Colecție coordonată de
DENISA COMĂNESCU

ROSE TREMAIN

SONATA GUSTAV

Traducere din limba engleză și note de
VERONICA D. NICULESCU

HUMANITAS
fiction

Redactor: Raluca Popescu
Coperta: Angela Rotaru
Tehnoredactor: Manuela Măxineanu
Corector: Cristian Negoiță
DTP: Florina Vasiliu, Carmen Petrescu

Tipărit la Livco Design

Descrierea CIP a Bibliotecii Naționale a României
TREMAIN, ROSE
Sonata Gustav / Rose Tremain; trad. din engleză și note de Veronica D. Niculescu. –
București: Humanitas Fiction, 2019
ISBN 978-606-779-476-2
I. Niculescu, Veronica D. (trad.) (note)
811.111

EDITURA HUMANITAS FICTION
Piața Presei Libere 1, 013701 București, România
tel. 021/408 83 50, fax 021/408 83 51
www.humanitas.ro

Comenzi online: www.libhumanitas.ro
Comenzi prin e-mail: vanzari@libhumanitas.ro
Comenzi telefonice: 021/311 23 30

În amintirea lui Richard Simon
1923–2013

„La stăruința să spun de ce-l iubeam, eu simt că vorbele nu pot dovedi decât răspunzând: pentru că era el, pentru că eram eu.“[1]

Michel de Montaigne, *Despre prietenie*

1. Michel de Montaigne, *Eseuri*, vol. 1, traducere de Mariella Seulescu, Editura Minerva, București, 1984.

PARTEA ÎNTÂI

Mutti

Matzlingen, Elveția, 1947

La vârsta de cinci ani, Gustav Perle era sigur de-un singur lucru: își iubea mama.

O chema Emilie, dar toată lumea îi spunea Frau Perle. (În Elveția, în vremurile acelea, după război, oamenii erau protocolari. Putea să treacă o viață întreagă și să nu *știi* care e prenumele celui mai apropiat dintre vecini.) Gustav îi spunea „Mutti“[1] lui Emilie Perle. Avea să fie „Mutti“ toată viața lui, chiar și după ce numele începuse să-i sune copilăros: era Mutti a lui și numai a lui, o femeie slabă cu voce pițigăiată, păr răvășit și-un fel ezitant de a trece dintr-o cameră în alta a micului apartament, de parcă s-ar fi temut să nu descopere, între un spațiu și următorul, obiecte – sau chiar oameni – pe care nu era pregătită să le întâlnească.

Apartamentul de la etajul al doilea, la care se ajungea pe o scară de piatră prea impozantă pentru clădirea aceea, dădea spre râul Emme din orașul Matzlingen, aflat într-o regiune a Elveției cunoscută drept Mittelland, între munții Jura și Alpi. Pe peretele micuței camere a lui Gustav se afla o hartă a Mittellandului, ținut care se arăta ca fiind deluros, verde și populat de vite, mori de apă și bisericuțe acoperite cu șindrilă. Uneori Emilie lua mâna lui Gustav și i-o îndrepta spre malul nordic al râului unde era însemnat Matzlingen. Simbolul care marca orașul era o roată de cașcaval din care fusese tăiată o felie. Gustav

1. Mămică, mami (germ.).

își amintea că o întrebase pe Emilie cine mâncase felia care lipsea. Dar Emilie îi spusese să n-o bată la cap cu întrebări aiurea.

Pe un bufet din sufragerie era o fotografie a lui Erich Perle, tatăl lui Gustav, care murise înainte ca Gustav să fie suficient de mare încât să și-l poată aminti.

În fiecare an pe 1 august, de Ziua Națională a Elveției, Emilie așeza buchețele de gențiană în jurul fotografiei și îl punea pe Gustav să îngenuncheze în fața acesteia și să se roage pentru sufletul tatălui său. Gustav nu înțelegea ce-i acela un suflet. El vedea doar că Erich era un bărbat chipeș, cu un zâmbet încrezător, care purta uniformă de polițist cu nasturi strălucitori. Așa că s-a hotărât să se roage pentru nasturi – pentru ca ei să rămână la fel de strălucitori, iar zâmbetul mândru al tatălui să nu pălească peste ani.

— A fost un erou, îi reamintea Emilie fiului ei în fiecare an. La început, eu n-am înțeles asta, dar a fost. A fost un om bun, într-o lume stricată. Oricine îți spune altceva greșește.

Uneori, cu ochii închiși și cu mâinile împreunate, ea bâiguia și alte lucruri pe care și le amintea despre Erich. Într-o zi, a spus:

— Ce s-a întâmplat a fost foarte nedrept. Nu s-a făcut niciodată dreptate. Și nici n-o să se facă vreodată.

Îmbrăcat în șorțuleț, cu părul frumos pieptănat, Gustav era dus în fiecare dimineață la grădinița din zonă. Rămânea absolut nemișcat în ușa școlii, privind-o pe Emilie cum se îndepărtează pe alee. Nu plângea niciodată. Simțea adesea cum plânsul încearcă să-i urce dinspre inimă, dar întotdeauna îl forța să rămână acolo. Fiindcă așa îi spusese Emilie că trebuie să se poarte în lume. Trebuia să *se stăpânească*. În lume se petreceau o grămadă de nedreptăți, zicea ea, dar Gustav trebuia să se comporte ca tatăl lui, care, atunci când fusese tratat nedrept, se purtase ca un om onorabil; se *stăpânise*. În acest fel, Gustav avea să fie pregătit pentru orice ar mai fi urmat. Căci chiar și în Elveția, unde războiul nu pătrunsese, nimeni nu știa deocamdată cum avea să arate viitorul.

— Deci, i-a zis ea, tu trebuie să fii *ca Elveția*. Înțelegi? Trebuie să te stăpânești și să fii curajos, să te ții deoparte, puternic. Și astfel o să ai o viață cum se cuvine.

Gustav habar n-avea ce înseamnă „o viață cum se cuvine". Tot ce știa era viața pe care o ducea el, cea cu Emilie în apartamentul de la etajul al doilea, cu harta Mittellandului pe peretele dormitorului său și cu ciorapii lui Emilie uscându-se pe o sârmă deasupra căzii de fier. Își dorea să rămână mereu acolo – ciorapii aceia. Își dorea să nu se schimbe niciodată gustul și textura acelor *knödel*[1] pe care le mâncau la cină. Până și mirosul de cașcaval din părul lui Emilie, care nu-i plăcea în mod deosebit – știa că și acesta trebuia să rămână așa fiindcă slujba lui Emilie de la cooperativa de brânză din Matzlingen era cea care îi ținea în viață.

Specialitatea cooperativei din Matzlingen era cașcavalul Emmental, făcut din lapte colectat de pe văile râului Emme. Emilie îi spunea lui Gustav, cu tonul unui ghid turistic:

— În Elveția s-au inventat multe lucruri minunate, iar cașcavalul Emmental e unul dintre ele.

Dar, în ciuda faptului că era minunat, vânzările de Emmental – atât pe teritoriul Elveției, cât și în țările învecinate, care încă se chinuiau să se reconstruiască după război – erau nesigure. Iar dacă vânzările erau scăzute, primele plătite muncitorilor de Crăciun și de Ziua Națională puteau fi dezamăgitoare.

Emilie Perle era cuprinsă de neliniște așteptând să vadă ce primă va lua. Stătea așezată la raftul din bucătărie (nu era o masă, ci doar un raft prins într-o balama, unde ședeau ea și Gustav când luau masa) și-și făcea calculele pe marginile cenușii ale *Matzlingerzeitung*, ziarul local. Tiparul de pe hârtia de ziar îi mânjea întotdeauna calculele. Și nici cifrele ei nu se limitau la coloanele lor, ci rătăceau peste reportajele despre Campionatul de *Schwingen*[2] și despre faptul că în pădurile din apropiere au

1. Găluște (în germană în original).
2. Un sport asemănător cu luptele greco-romane, în varianta elvețiană.

fost zăriți lupi. Uneori, mâzgăliturile nervoase ale lui Emilie erau întinate și de lacrimi. Ea îi spusese lui Gustav să nu plângă niciodată. Dar regula asta părea să nu i se aplice și ei, fiindcă uneori, seara târziu, Gustav se strecura din camera sa și o găsea pe Emilie plângând pe paginile din *Matzlingerzeitung*.

În aceste momente, răsuflarea mamei mirosea adesea a anason și ea strângea în mână un pahar întunecat de-un lichid galben, iar lui Gustav îi era frică de aceste lucruri – de răsuflarea ei cu iz de anason, de paharul murdar și de lacrimile mamei. Se cocoța pe un taburet lângă ea și o privea cu coada ochilor săi cenușii, iar în curând Emilie își sufla nasul, se întindea spre el și spunea că-i pare rău. El o pupa pe bărbia umedă și fierbinte, iar apoi ea îl lua în brațe, clătinându-se un pic sub greutatea lui, și-l ducea înapoi în camera lui.

Dar în anul în care Gustav a împlinit cinci ani nu s-a acordat nici o primă de Crăciun, iar Emilie a fost nevoită să-și ia un al doilea serviciu, pentru diminețile de sâmbătă, ca femeie de serviciu la Biserica Protestantă Sankt Johann.

I-a spus lui Gustav:

— Asta-i o muncă la care poți să mă ajuți și tu.

Așa că au plecat împreună de-acasă foarte devreme, înainte ca orașul să se trezească de-a binelea și înainte să apară prima geană de lumină pe cer. Au mers pe jos prin zăpadă, la lumina slabă a două felinare, aburind cu răsuflările fularele de lână de la gură. Când au ajuns la biserică, și aceasta era întunecată și rece. Emilie a aprins cele două lumini verzui înguste aflate de o parte și de alta a naosului și și-au început treaba, ordonând cărțile de rugăciuni, ștergând praful de pe băncuțe, măturând podeaua de piatră, lustruind sfeșnicele de alamă. Se auzeau bufnițele afară, în întunericul ce începea să se risipească.

Pe măsură ce lumina zilei sporea, Gustav revenea la treaba lui preferată. Îngenunchea pe o pernuță, pe care o trăgea după el când înainta, și curăța grilajul de fier care trecea de-a lungul culoarului dintre scaune. Lui Emilie i-a zis că trebuia să facă treaba asta cu mare grijă, fiindcă fierul avea tot felul de ornamente și trebuia să le curețe cu cârpa trecând pe deasupra lor și prin ele, iar ea i-a spus:

— Da, Gustav, foarte bine. E bine să-ți faci treaba cu grijă.

Însă ce nu știa ea era că Gustav căuta de fapt obiectele care căzuseră *prin* grilaj și care zăceau acolo, în praf. El considera această colecție bizară „comoara“ lui. Numai niște mâini mici ca ale lui putea extrage obiectele. Din când în când, găsea și bani, dar întotdeauna erau acei bănuți lipsiți de valoare cu care nu se putea cumpăra nimic. Cel mai adesea erau agrafe, petale de flori ofilite, mucuri de țigară, ambalaje de dulciuri, clame de hârtie și cuie de fier. Știa că lucrușoarele astea erau lipsite de importanță, dar nu conta. Într-o zi, a găsit un ruj nou-nouț, într-o cutiuță aurie. L-a desemnat „comoara principală“.

Ducea toate astea acasă în buzunarele paltonului și le ascundea într-o cutie de lemn în care se aflaseră cândva țigările de foi pe care obișnuia să le fumeze tatăl său. Netezea ambalajele de la dulciuri, admirând culorile vii, și scutura tutunul rămas în mucuri într-o cutiuță.

Când era singur în camera lui, se uita la comoară. Uneori, o atingea și o mirosea. Faptul că o ascundea de Emilie – ca și cum ar fi putut fi un dar pentru ea, cu care să o surprindă într-o zi – era ceea ce-l încânta cel mai tare. Rujul era de-un purpuriu închis, aproape negru, o culoare ca de prună fiartă, iar lui i se părea frumos.

El și Emilie trebuiau să petreacă la biserică două ore, ca să pregătească totul lună pentru slujbele de la sfârșitul săptămânii. În acest răstimp, puțini oameni intrau, înfofoliți din cauza frigului, se așezau pe băncuțe și se rugau sau se duceau la altar și se uitau la pietà, un vitraliu de culoarea chihlimbarului din fereastra de la apus.

Gustav vedea că Emilie îi ocolea furișându-se cu grijă, de parcă ar fi încercat să fie invizibilă. Acești oameni rareori spuneau

Grüezi[1] sau îi spuneau pe nume, Frau Perle. El îi privea de pe pernuța lui. A remarcat că majoritatea erau bătrâni. I se păreau niște ființe nefericite, care nu aveau nici o comoară secretă. Se gândea că poate ei nu avuseseră „o viață cum se cuvine". Se întreba dacă nu cumva „viața așa cum se cuvine" nu consta în lucrurile pe care doar el le putea vedea – lucrurile de sub vreun grilaj sau altul, peste care cei mai mulți dintre oameni pășeau nepăsători.

După ce terminau curățenia, Gustav și Emilie plecau pe jos acasă, mergând unul lângă altul. La ora aceea deja circulau tramvaiele, un clopot se auzea bătând undeva, un stol de porumbei fâlfâia de pe-un acoperiș pe altul, iar florăreasa își scotea afară vazele și gălețile în fața chioșcului de la colțul străzii Unter der Egg. Florăreasa, pe care o chema Frau Teller, îi saluta întotdeauna și le zâmbea, chiar și dacă ningea.

Unter der Egg se numea strada pe care se afla clădirea cu apartamentul lor. Înainte să se construiască aceste blocuri, Unter der Egg fusese o fâșie de pământ cu iz rural, unde locuitorii din Matzlingen puteau lua loturi de teren în arendă și puteau cultiva legume, dar timpurile acelea erau de mult duse. Acum mai existau doar un trotuar lat, o fântână metalică de unde se putea bea apă și chioșcul lui Frau Teller, care era ultimul memento al plantelor verzi care creșteau pe aici. Emilie zicea uneori că i-ar fi plăcut să cultive legume – varză roșie, zicea, mazăre cățărătoare și dovlecei.

— Dar măcar, spunea ea oftând, bine că locul ăsta n-a fost distrus de război.

Îi arătase lui Gustav niște poze în reviste cu locuri distruse. Îi spusese că nici unul nu era din Elveția. Dresda. Berlin. Caen. În toate fotografiile acestea nu apărea nici un om, însă într-una dintre ele era un câine alb, care stătea singur pe un munte de moloz. Gustav a întrebat ce se întâmplase cu câinele, iar Emilie îi spusese:

---

1. „Bună ziua", în germana elvețiană.

— N-are rost să întrebi ce s-a întâmplat, Gustav. Poate că și-a găsit un stăpân bun sau poate c-a murit de foame. De unde să știu eu? În război, totul depindea de cine erai și *unde* erai. Iar mai departe era doar mâna destinului.

Gustav s-a uitat lung la mama ei.

— Și noi unde eram? a întrebat.

Ea a închis revista și a pus-o deoparte, împăturind-o ca pe o haină mătăsoasă, pe care avea de gând să o poarte din nou în viitorul apropiat. I-a cuprins fața lui Gustav în palme.

— Noi eram aici, i-a zis, în siguranță, în Matzlingen. Pentru o vreme, când tatăl tău era adjunct al șefului poliției, am avut chiar și un apartament frumos pe Fribourgstrasse. Aveam un balcon, unde creșteam mușcate. De câte ori văd o mușcată mă gândesc la cele pe care le creșteam eu.

— Și apoi am venit pe Unter der Egg? a întrebat Gustav.

— Da. Apoi am venit pe Unter der Egg.

— Doar tu și cu mine?

— Nu. La început am fost toți trei. Dar nu pentru mult timp.

După ce făceau curat în biserică, Gustav și Emilie ședeau la raftul pliant din bucătăria lor mititică, unde beau ciocolată caldă și mâncau pâine neagră cu unt. Ziua lungă de iarnă se întindea înaintea lor, rece și pustie. Uneori, Emilie se ducea iarăși în pat și își citea revista. Nu se scuza pentru asta. Spunea că copiii trebuie să învețe să se joace singuri. Spunea că dacă nu învățau să facă asta nu-și dezvoltau imaginația.

Gustav se tot uita pe fereastra din camera lui la cerul alb. Singura jucărie pe care-o avea era un trenuleț de tinichea, așa că își punea trenul pe pervaz și îl plimba încolo și-ncoace. Adesea era atât de frig lângă fereastră, încât răsuflarea lui Gustav scotea aburi adevărați, pe care el îi îndrepta spre locomotivă. La ferestrele vagoanelor erau pictate fețe de oameni, și toți călătorii aveau niște expresii foarte mirate. Acestor oameni năuciți Gustav le șoptea din când în când:

— Trebuie să *vă stăpâniți*.

Cel mai ciudat loc din blocul lor era buncărul de la subsol. Fusese construit pe post de adăpost antiatomic, dar mai adesea se făcea referire la el ca la „pivnița pentru protecție aeriană". În curând, fiecare clădire din Elveția trebuia să aibă așa ceva.

O dată pe an, administratorul convoca toți locatarii, inclusiv copiii, și coborau cu toții în adăpost. În spatele lor, când ei coborau pe scări, se închideau niște uși masive, metalice.

Gustav se ținea de mâna lui Emilie. Luminile erau aprinse, dar ele nu dezvăluiau decât alte și alte scări care duceau în jos. Administratorul le reamintea mereu tuturor că trebuie să „respire normal", că sistemul de ventilare este verificat frecvent și că funcționează perfect. Nu degeaba, zicea el, i se spunea „pivniță pentru protecție aeriană". Și totuși mirosea ciudat, un miros de animal, de parcă își făcuseră culcușul acolo vulpi sau șobolani, hrănindu-se cu praf sau cu vopseaua gri pe care o lingeau de pe pereți.

Sub scările nenumărate, se ivea adăpostul, un depozit mare, plin din podea până-n tavan cu niște cutii de carton sigilate.

— Țineți minte că păstrăm în cutiile astea, spunea administratorul, destulă mâncare pentru noi toți, pentru circa două luni. Iar rezerva de apă o să fie în rezervoarele acelea, de-acolo. Apă curată, potabilă. Raționalizată, desigur, fiindcă sursa principală – chiar dacă va fi funcțională – va fi deconectată, în caz de contaminare radioactivă, dar va fi apă suficientă pentru toți.

Apoi îi conducea afară. Era un om solid. Vorbea tare și cu blândețe, de parcă ar fi fost cu un grup de surzi. Sunetul vocii lui răsuna din zidurile de beton. Gustav a remarcat că locatarii tăceau întotdeauna în timpul vizitării adăpostului antiatomic. Figurile lor îi aminteau de cele ale oamenilor pictați pe trenulețul lui. Soți și soții stăteau ghemuiți unii într-alții. Bătrânii se sprijineau între ei ca să se poată ține pe picioare. Gustav spera de fiecare dată ca mama să-l țină strâns de mână tot timpul, să nu-i dea drumul deloc.

Când ajungeau în partea cu „dormitorul" din adăpost, Gustav vedea că paturile fuseseră construite câte cinci, puse unul peste altul. Ca să ajungi la paturile de sus trebuia să urci pe o scară, iar el se gândea că nu i-ar plăcea asta, adică să fie atât de departe de podea. Dacă se trezea noaptea, pe întuneric, și n-o putea găsi pe Mutti? Dacă Mutti era într-un pat de jos de tot sau pe un șir diferit? Dacă el cădea din pat și ateriza în cap și-i exploda capul? Șoptea că nu vrea să locuiască aici, într-un pat de fier și cu mâncare din cutii, iar Mutti zicea:

— Probabil că n-o să se întâmple niciodată.

— Ce n-o să se întâmple niciodată? întreba el.

Dar Emilie nu voia să zică.

— Nu trebuie să te gândești la asta deocamdată, îi spunea ea. Adăpostul e doar un loc în care oamenii să poată sta în siguranță în caz că rușilor – sau oricui altcuiva – i-ar trece vreodată prin cap să facă rău Elveției.

Gustav stătea noaptea întins în patul lui și se gândea ce s-ar întâmpla dacă i s-ar face un rău Elveției. Se întreba dacă Matzlingen ar deveni un morman de moloz și dacă el s-ar pomeni dintr-o dată absolut singur, așa cum era câinele alb din fotografie.

Anton

Matzlingen, Elveția, 1948

Anton a venit la grădiniță primăvara, când încă era frig. A intrat în clasă și a rămas lângă ușă, plângând. Nici unul dintre copii nu-l mai văzuse pe acest băiat înainte. Una dintre educatoare, Fräulein Frick, s-a dus la el, l-a luat de mână, s-a lăsat în genunchi și a început să-i vorbească, dar el nu părea s-o audă. Plângea în continuare.

Fräulein Frick i-a făcut semn lui Gustav. Gustav nu-și prea dorea să fie el băiatul ales pentru a-l liniști pe acest copil care plângea, dar Fräulein Frick l-a îndemnat să vină la ea și i-a zis lui Anton:

— El e Gustav. Gustav o să fie prietenul tău. O să te ducă la groapa cu nisip și acolo puteți să faceți un castel împreună, înainte să începem lecțiile.

Anton a privit în jos spre Gustav, care era un pic mai scund decât el.

Gustav i-a spus:

— Mama zice că-i mai bine să nu plângi. Zice că trebuie să *te stăpânești*.

Anton a părut așa de surprins să audă asta, încât a încetat brusc să plângă.

— Ia uite, a zis Fräulein Frick. Foarte bine. Deci mergi cu Gustav.

Educatoarea a scos o batistă și i-a șters obrajii lui Anton. Fața băiatului era de un roz aprins, ochii îi erau niște mari iazuri întunecate. Tremura din tot corpul.

Gustav l-a condus la groapa cu nisip. Mâna micuță a lui Anton se simțea extraordinar de fierbinte. Gustav a zis:

— Ce fel de castel vrei să facem?

Dar băiatul n-a putut răspunde. Așa că Gustav i-a dat o lopățică și a spus:

— Mie-mi plac castelele împrejmuite de un șanț. Începem cu șanțul?

Gustav a trasat un cerc și au început să sape. În jurul lor s-au strâns alți câțiva copii care se holbau la băiatul cel nou.

Înainte să apară Anton, Gustav nu avusese nici un prieten apropiat la grădiniță. Era o fată care-l distra, pe nume Isabel. Ei îi plăcea să se suie pe măsuțele din clasă și să sară de pe ele, aterizând ca o gimnastă, cu picioarele lipite și brațele depărtate. Își aducea mereu la școală, într-o cușcă de lemn, șoarecele pe care-l avea drept animal de companie, iar Gustav era unul dintre puținii copii căruia i se permitea să mângâie șoarecele. Dar era prea obositor să te joci vreme îndelungată doar cu Isabel. Căci ea voia să fie Regina fiecărui joc.

Gustav avea să-și amintească toată viața foarte limpede acea primă dimineață petrecută cu Anton. N-au vorbit prea mult. Era de parcă Anton era așa de epuizat din cauza plânsului, încât nu *putea* vorbi. Se ținea după Gustav peste tot și stătea foarte aproape de el la măsuța de lucru, se uita la ce făcea el și încerca să îl copieze. Când Gustav l-a întrebat de unde venise, el a zis:

— Din Berna. Am avut o casă în Berna, dar acum avem doar un apartament în Matzlingen.

Gustav a spus:

— Locul unde stau eu e foarte mic. N-avem nici măcar masă în bucătărie. Voi aveți masă în bucătărie?

— Da, a zis Anton, avem masă în bucătărie. Am vomitat pe ea la micul dejun, că nu voiam să vin aici.

Mai târziu, Anton l-a întrebat pe Gustav:

— Tu ai pian?

— Nu, a răspuns Gustav.

— Noi avem pian, și eu știu să cânt. Știu să cânt *Für Elise*. Nu partea rapidă, doar începutul.

— Ce-i *Für Elise*? a întrebat Gustav.

— Beethoven, a spus Anton.

Poate a fost imaginea lui Anton cântând la pian cu mâinile lui mici, sau poate faptul că Anton i-a zis că numele lui de familie e Zwiebel, un cuvânt care însemna „ceapă“ și te făcea să-ți fie milă de el; indiferent ce-o fi fost, Anton avea ceva care l-a făcut pe Gustav să simtă că trebuia să îl protejeze.

În ziua următoare, Anton plângea iarăși la sosire. Gustav a văzut-o pe Fräulein Frick venind înspre el, dar el s-a pus în calea ei și i-a zis că o să aibă el grijă de Anton. L-a dus la Masa de Științele Naturii și i-a arătat viermii de mătase care erau crescuți într-o cutie de alimente cu capac perforat. I-a zis:

— În cutia dinainte, găurile erau prea mari și viermii de mătase ieșeau prin ele.

— Și unde s-au dus? a întrebat Anton printre lacrimi.

— S-au dus peste tot, a spus Gustav. Am încercat să-i găsim și să-i băgăm la loc, dar unii dintre ei au fost călcați. E scârbos să calci pe-un vierme.

Gustav l-a văzut pe Anton zâmbind, dar apoi ochii băiatului s-au umplut din nou de lacrimi, și el și-a acoperit fața cu mâinile.

Gustav a întrebat:

— De ce plângi?

Anton a spus, bâlbâindu-se, că plângea fiindcă și-a pierdut prietenii de la fosta grădiniță, din Berna.

— Au murit? a întrebat Gustav.

— Nu. Dar n-o să-i mai văd niciodată. Acum eu sunt în locul ăsta.

Gustav a spus:

— Păi atunci mi se pare o prostie să plângi după ei. Mama ta nu-i supărată că plângi mereu?

Anton și-a luat mâinile de pe față și s-a uitat lung la Gustav.

— Nu, a răspuns, pentru că ea înțelege că sunt nefericit.

— Ei, a zis Gustav, *mie* mi se pare că e un pic cam aiurea. Acum ești aici, așa că n-ai decât să te-obișnuiești.

A sunat clopoțelul, dând semnalul de începere a orelor de dimineață. Anton l-a urmat pe Gustav la una dintre măsuțele din clasă. În față le-au fost așezate coli de hârtie glasată gri și cutii cu creioane și li s-a spus că, pentru începutul zilei, să deseneze ce doresc ei.

Lacrimile lui Anton au pătat încetișor hârtia, ca niște stropi grei de ploaie, dar după cinci sau șase minute băiatul s-a oprit din plâns.

— Ce-o să desenezi? l-a întrebat pe Gustav.

— O s-o desenez pe mama, a răspuns el.

— Mama ta e frumoasă?

— Nu știu. E mama mea, și-atât. Lucrează la cooperativa de brânză, face Emmental.

Fräulein Frick a bătut în catedră cu o linie.

— Știți regula, a zis ea. Când desenăm, nu vorbim. Vorbim în gând cu desenele noastre, nu unul cu celălalt.

Gustav voia ca, în desenul său, Emilie să stea așezată la raftul din bucătărie, așa că a desenat întâi raftul, o formă alungită suspendată în aer. L-a colorat în maro. Apoi s-a apucat de fața lui Emilie, nu rotundă, ci de-un fel de formă lunguiață, pe care nu știa cum s-o facă. Și-a dat seama imediat că ceea ce desenase era *prea* lunguiață. A ridicat mâna, iar Fräulein Frick a venit la el, și Gustav a spus:

— Asta trebuia să fie o față, dar arată ca un cornet de înghețată.

— Nu-i nimic, a spus Fräulein Frick. De ce nu desenezi chiar un cornet? Pune în el niște înghețată bună, de căpșuni.

Treaba asta era cumva amuzantă – faptul că Emilie Perle putea deveni dintr-odată un cornet. Gustav i-a șoptit lui Anton:

— Voiam să o desenez pe Mutti a mea, dar nu mi-a ieșit bine. Acum ea este o înghețată.

Iar atunci l-a auzit pentru prima oară pe Anton râzând. Și era un râs din acela irezistibil; trebuia să i se alături, așa că brusc cei doi băieți s-au pomenit că nu se mai puteau opri din hlizit. Gustav bănuia că Fräulein Frick îi privea severă, însă educatoarea nu le-a zis nimic, iar atunci când el a ridicat ochii spre ea – în sfârșit stăpânindu-și râsul – a văzut că figura ei nu era deloc severă, ci mai degrabă blândă și amuzată.

Gustav a ales un creion roz și a mâzgălit niște înghețată pe cornet. Apoi s-a uitat să vadă ce desena Anton. Băiatul folosea doar un creion negru. Pusese o riglă mică pe hârtia glasată și trăsese o linie pe toată lungimea acesteia. De-a lungul formei perfecte era o serie de linii negre de diferite mărimi. Gustav și-a dat seama ce trebuia să reprezinte: era un pian.

Gustav i-a povestit lui Emilie despre râsul lui Anton. A spus:

— Îmi place să-l aud.

Seara, a început să se gândească ce povești amuzante ar putea inventa ca să i le spună lui Anton, ca să îi poată auzi râsul toată ziua. Iar atunci i-a venit o idee care l-a surprins – a hotărât să-i arate lui Anton comoara din cutia de țigări. Avea să i-o arate fiindcă i se părea că Anton o să înțeleagă că este o colecție care merita strânsă. Dar Gustav nu putea risca s-o ducă cu el la grădiniță. Așa că i-a spus lui Emilie:

— Putem să-l invităm pe Anton Zwiebel la ceai?

— Zwiebel? a zis Emilie. E un nume foarte ciudat.

— Ce să facă, așa-l cheamă! a zis Gustav.

— Da. Dar numele sunt importante. Când l-am cunoscut pe tatăl tău și mi-a spus că numele lui de familie este Perle[1], m-am gândit ce frumos este și că mi-ar plăcea să devin Frau Perle.

Gustav a înălțat privirea spre mama lui. Ea tocmai își desfăcea părul rar de sub basmaua roșie cu care și-l ținuse legat la muncă și și-l lăsa liber în jurul feței. Apoi și l-a netezit și aranjat cu mâna, de parcă atunci, pe loc, s-ar fi pregătit iarăși pentru acea primă întâlnire cu un bărbat pe nume Erich Perle.

— Putem să-l invităm într-o miercuri? a întrebat Gustav. Când nu lucrezi decât jumătate de zi.

— Anton Zwiebel. Uite că n-am mai auzit niciodată de-un asemenea nume. Dar, da, îl putem invita – dacă sunt de acord

1. Perlă (germ.).

părinții lui. Aș putea să fac o *Nusstorte*[1], asta dacă reușesc să găsesc nuci la vremea asta...

— S-ar putea să nu-i placă nucile.

— Treaba lui. Dacă nu-i plac, să nu mănânce *Nusstorte.*

Până când a fost făcută invitația la ceai, era deja spre sfârșitul primăverii. S-a stabilit că Anton o să vină pe jos cu Gustav de la școală până pe Unter der Egg, iar tatăl lui îl va lua de la apartamentul lui Emilie la ora șase. Tatăl, din câte reieșea, era un bancher care lucrase pentru o mare bancă națională în Berna, iar acum lucra pentru o filială mai mică a acelei bănci, în Matzlingen. Motivul pentru care se mutaseră nu se știa. Tot ce spusese Anton era că toți membrii familiei duceau dorul traiului în Berna. Herr Zwiebel, bancherul, ducea dorul băncii mari; Frau Zwiebel, care era casnică, ducea dorul magazinelor minunate, iar Anton ducea dorul vechilor săi prieteni.

În fiecare lună mai, în curtea din spatele apartamentului înflorea un cireș alb. În această primăvară, a anului 1948, probabil din cauză că la sfârșitul iernii plouase cu regularitate, florile cireșului erau atât de multe, încât ramurile copacului atârnau grele spre pietrele din curte.

Fereastra lui Gustav, unde se juca el cu trenulețul de tinichea, dădea spre cireș, iar el vedea cum locatarii care intrau și ieșeau din clădire pe acolo se opreau aproape invariabil și rămâneau privind copacul, cu încărcătura sa de frumusețe, iar uneori se întindeau spre el, de parcă s-ar fi întins, plini de dor, spre o persoană pierdută. Emilie a spus că mai demult fuseseră cireși în fața clădirii, pe tot Unter der Egg, însă fuseseră scoși, iar acum nu mai era decât acesta, din curte. A spus:

— Copacul le e drag oamenilor fiindcă a rezistat transformărilor – așa cum se pare că reușesc anumite lucruri.

— Ce lucruri? a întrebat Gustav.

---

1. Tartă cu nuci (în germană în original).

— Păi, uite, a spus Emilie, ca acel câine alb pe care mi l-ai arătat tu pe grămada de moloz din Berlin. El supraviețuise.

— Ai zis că poate și-a găsit un stăpân bun sau poate c-a murit de foame.

— Știu că așa am zis. Dar important e că, atunci când în jurul lui totul era distrus, el a mai supraviețuit o vreme. A rezistat.

Și a sosit după-amiaza de miercuri, a ceaiului. Lui Gustav i-a făcut plăcere să vină pe jos acasă, prin soare, cu Anton. Era mândru, într-un fel pe care nu-l putea explica.

Atunci când Anton i-a fost prezentat lui Emilie, Gustav a văzut că mama lui l-a privit mai mult decât se uita de obicei la oamenii pe care-i întâlnea pentru prima dată, iar Gustav s-a întrebat oare la ce se gândea. Ea a spus:

— Tu și Gustav o să mergeți să vă jucați o vreme în camera lui, iar apoi o să bem ceai și o să mâncăm *Nusstorte*. Sper că-ți place *Nusstorte*.

— Nu știu ce este, a zis Anton.

— Ah! a spus Emilie. Păi o să-ți explice Gustav.

S-au dus în camera lui Gustav, unde, la ora aceasta din zi, soarele își trimitea razele înclinate prin cameră, iar Gustav a zis:

— *Nusstorte* e un fel de plăcintă, un blat cu caramel și nuci.

Dar Anton nu asculta. Stăteau în picioare lângă pervaz, lângă trenulețul de tinichea, iar Anton se uita lung jos, la cireșul alb. A întrebat:

— Putem să mergem acolo?

— Să ne jucăm în curte?

— Vreau să văd copacul ăla.

— E doar un cireș, a spus Gustav.

— Și nu putem să mergem acolo?

— Va trebui s-o rugăm pe Mutti.

Emilie a spus:

— Bine, dar vin și eu cu voi. Nu vreau să faceți gălăgie pe scări. Sper că n-ai uitat că Herr Nieder e foarte bolnav, Gustav.

— Herr Nieder e vecinul nostru, i-a spus Gustav lui Anton. E pe moarte.

— O! a făcut Anton. Are pian?

— Nu știu. Are, Mutti?

— Pian? a zis Emilie. De ce întrebi?

— Păi, a spus Anton, dacă are i-aș putea cânta *Für Elise*.

— S-ar putea să nu vrea să îi cânți *Für Elise*, a zis Gustav.

— Ar vrea. Tuturor le place să cânt asta.

— Da, dar nu acum, a spus Emilie. Haideți să coborâm în mare liniște, da?

Așa că au ajuns în curte, iar Anton s-a uitat lung la cireș, cu ochii lui negri larg deschiși. A fugit spre copac și a început să sară într-un picior, iar apoi să țopăie scoțând mici țipete de bucurie.

Gustav stătea foarte liniștit, privindu-l pe Anton. Și-a dat seama că era o anumită legătură între bucuria lui Anton la vederea cireșului înflorit și plânsul lui de dimineața devreme la grădiniță, dar nu putea spune exact care. S-a dus spre prietenul lui, l-a luat de mână și-au început să țopăie împreună în jurul copacului, dându-i roată iar și iar și râzând până și-au pierdut răsuflarea. Gustav n-avea habar *de ce* țopăie, dar știa că Anton știe, iar asta părea să fie suficient.

Unul sau doi locatari din bloc au trecut prin curte și s-au oprit ca să zâmbească la cei doi băieți care dansau în jurul cireșului bătrân. Mai târziu, după ce Anton plecase acasă, Emilie a spus:

— Bănuiesc că la Berna n-or fi cireși. Nu prea-mi vine să cred, dar cine știe?! Poate că n-a mai văzut nici unul înainte, nu?

— Nu știu, a zis Gustav.

— Cred că-i băiat bun, a zis Emilie, dar sigur este evreu.

— Ce înseamnă evreu? a întrebat Gustav.

— Ah! a zis Emilie. Tatăl tău a murit încercând să salveze evreii.

Nusstorte

Matzlingen, 1948

La sfârșitul anului, Gustav și Anton au terminat grădinița. Amândoi aveau șase ani.

Au fost dați la aceeași școală din Matzlingen, aflată foarte aproape de biserica unde Gustav și Emilie făceau curățenie în fiecare sâmbătă. Școala se numea Academia Protestantă Sankt Johann și funcționa într-o clădire veche, cu ecou – tencuială de ipsos peste piatra veche –, cu storurile vopsite într-un roșu-închis și o ușă grea, împodobită cu fier forjat. Avea un acoperiș ascuțit, unde se odihneau uneori porumbeii.

Lui Gustav îi era dor de grădiniță; de masa cu Științele Naturii, de groapa cu nisip, de desenele copiilor care acopereau pereții. Locul acela avusese o anumită *seninătate*, în clase se simțea un soi de libertate, de parcă dincolo de ferestre ar fi fost pășuni, păduri și râuri largi, nu străzi obișnuite. În schimb, Școala Protestantă Sankt Johann era întunecată, iar clasele erau pustii. Lui Gustav îi era frig acolo. Celelalte clădiri din jur păreau să se înghesuie asupra sa.

Școala era plină de-un zgomot ciudat, continuu.

— O să te-obișnuiești cu timpul, a zis Emilie. N-ai altă variantă.

El abia aștepta sâmbetele, când se duceau să facă curat în biserică și putea sta cu Emilie toată ziua. Ea se oprea din cititul revistelor și îl ajuta pe Gustav la teme. Dar asta rareori mergea bine. Ea îi spunea că lecțiile făcute de el erau *lamentabile* – „atât pot spune, Gustav. Lamentabil".

La matematică nu stătea tocmai rău. Numerele aveau un ceva care i se părea liniștitor. Dar știa că stă prost cu cititul, iar scrisul îi este nesigur. Uneori, ea îl plesnea peste încheieturile degetelor cu o riglă. Spunea:

— Dacă era taică-tău aici, el te-ar fi pedepsit mult mai aspru.

El se străduia cât putea – de dragul lui Emilie, de dragul „standardelor înalte“ cerute copiilor în Elveția –, dar își dădea seama că eforturile lui nu dădeau rezultatele care i se cereau. Gustav deja deplângea prima parte a copilăriei, când nu trebuia decât să aibă *grijă de lucruri*: să hrănească viermii de mătase cu frunze de dud și să le vorbească oamenilor din trenulețul său.

De câteva ori, Gustav o întrebase pe Emilie dacă poate să vină iarăși Anton pe la ei la ceai, iar Emilie spusese că da, însă, ori de câte ori el propunea o zi anume, ea zicea imediat că nu era o zi potrivită.

— Adevărul este, a spus ea în cele din urmă, că apartamentul ăsta-i prea mic pentru doi copii.

— Ba nu este, a zis Gustav. N-a fost prea mic data trecută.

— Da, bine, dar de ce nu inviți și un alt băiat? Doar ai și alți prieteni în afară de Zwiebel ăsta, nu-i așa?

Gustav s-a uitat lung la mama lui. Ea terminase cu spălatul și își împăturea șorțul, și l-a tot împăturit, iar și iar, până când șorțul de bumbac a devenit mic și tare ca o pană de lemn în mâinile ei.

— Anton e singurul prieten de care chiar îmi place, a spus Gustav.

Emilie a despăturit șorțul și l-a agățat într-un cârlig în dosul ușii. A oftat și a zis:

— Foarte bine. I-a plăcut *Nusstorte*?

— Cred că da.

— Bun. Invită-l miercurea viitoare. O să fac iarăși.

Anton a părut încântat de invitație. Apoi, în ziua în care a venit Anton la ceai, *Nusstorte* n-a ieșit tocmai bine.

Era o delicatesă pe care Emilie se lăuda că o poate găti și „cu ochii închiși“. Dar în după-amiaza aceea aluatul s-a ars pe la margini și caramelul era prea gros, ca o caramea.

Emilie nu s-a scuzat. A trântit farfuria cu *Nusstorte* pe raftul din bucătărie înghesuit, lângă un ceainic, a tăiat furioasă câteva felii, apoi și-a aprins o țigară și și-a întors fața dinspre Gustav și Anton, ca să fumeze.

După ce a terminat țigara, s-a întors spre Anton și a zis:

— Nu ne-ai spus nimic despre tine data trecută. Cu ce se ocupă tatăl tău?

Anton se străduia să-și mănânce felia de *Nusstorte*, dar era destul de greu. A băgat mâna în gură, a scos cocoloșul de aluat lipicios și l-a pus pe farfuria sa.

— E bancher, a răspuns.

— Ce maniere urâte! a spus Emilie Perle, strâmbându-se la îmbucătura de *Nusstorte*. De cât timp ești în Elveția?

— Ce ați spus, Frau Perle? a întrebat Anton.

— Te-am întrebat de cât timp e familia ta în Elveția.

— Nu știu.

— Zwiebel e mai degrabă nume nemțesc, nu elvețian. Poate c-ați venit din Germania în timpul războiului?

— Nu știu. Nu cred.

— Sau din Austria? Cu ajutorul altora, poate? Bănuiesc că știi că mulți oameni, ca tatăl lui Gustav, au ajutat familiile persecutate din Germania să-și facă o viață nouă în Elveția. Poate că și familia ta a fost ajutată în acest fel?

Anton se uita lung la Emilie. Ea fuma altă țigară, suflând fumul spre fereastra deschisă. Anton și-a întors privirea dinspre ea către Gustav.

— Putem să mergem să ne jucăm acum? a întrebat.

— Îți amintești Germania? a insistat Emilie.

Anton a scuturat din cap. Gustav a văzut că se înroșise la față, așa cum i se întâmpla ori de câte ori îi venea să plângă. Își dădea seama că, cine știe cum, această conversație ciudată despre Germania avea legătură cu tarta ratată.

În camera lui Gustav, Anton s-a așezat pe patul îngust și s-a uitat la scrinul de lemn, la scaunul Biedermeier, la preșul din fâșii colorate, la coșul de gunoi metalic și la harta ținutului Mittelland – singurele obiecte care se aflau în mica încăpere. Nu a spus nimic.

Gustav a rămas în picioare la fereastră, împingându-și trenul înainte și înapoi. Preț de câteva minute, în cameră a fost liniște, iar această liniște Gustav a resimțit-o ca pe-un fel de suferință. A deschis fereastra, sperând să audă – așa cum se întâmpla uneori – uguitul porumbeilor de pe acoperiș. Sunetele scoase de animale sau păsări pot fi uneori o alinare. Dar nu se auzea nici un porumbel. Gustav s-a dus la scrin și a scos cutia de țigări în care se afla „comoara“ lui. A adus cutia la pat și a așezat-o lângă Anton.

— Ia uite, i-a spus. Am vrut să ți-o arăt data trecută. E comoara mea.

Anton și-a îndreptat atenția spre conținutul cutiei. Era încă roșu la față, și Gustav a văzut cum o lacrimă îi alunecă pe obraz. Știa că trebuie să spună ceva, dar habar nu avea ce.

Anton și-a trecut mâinile prin colecția de agrafe, petale de flori și cuie. Apoi a apucat rujul auriu, l-a deschis rotindu-l și s-a holbat la el. Și-a șters lacrima cu mâna, s-a uitat o clipă la ruj și apoi și-a colorat încet buzele cu acea culoare intensă de prună. Cu buzele vineții, Anton arăta așa de ciudat, încât Gustav a început să râdă. Era un râs agitat, pițigăiat și încărcat de teamă.

Anton a zâmbit.

— Ai o oglindă? a întrebat.

— Nu.

— Vreau să văd cum arăt.

— Arăți ciudat.

— Vreau să văd.

— Putem să mergem în baie.

Au traversat în fugă palierul. Acum râdeau amândoi și teama din râsul lui Gustav se mai risipise. Au pătruns în baie râzând și deodată și-au dat seama că încăperea era plină de abur, iar prin abur se putea vedea Emilie, stând în cadă. Avea ochii închiși, capul ud și-l sprijinea de marginea căzii. Când era obosită sau furioasă, îi plăcea să facă asta, adică o baie atât de fierbinte, încât camera se umplea de abur, și să stea acolo, goală în ceața fierbinte. Acum, când i-a văzut pe Gustav și Anton dând buzna, a țipat. A apucat săpunul și l-a aruncat spre băieți, iar săpunul l-a lovit pe Gustav în braț. El își dădea seama că durerea nu era cine știe ce, și totuși pentru o clipă i s-a părut cea mai cumplită durere din câte simțise vreodată. Anton se holba la Emilie, la brațele ei subțiri, care se odihneau pe marginea căzii, și la sânii mici, iar Gustav și-a dat seama că e groaznic ca prietenul lui să facă una ca asta. L-a împins afară și l-a urmat iute, trântind ușa în urma lor și grăbindu-se înapoi în ceea ce considera spațiul sigur al camerei sale.

— Îmi pare rău, i-a spus lui Anton. N-am auzit-o când a dat drumul la apă.

Anton își ștergea rujul cu dosul palmei. Apoi s-a dus la fereastră și s-a uitat jos, la cireșul din curte. Gustav își freca brațul în locul unde îl lovise săpunul. S-a gândit la săpun, cum alunecă pe linoleumul din baie, și la mama lui captivă în cadă, fără săpun cu care să se spele.

— Ce s-a întâmplat cu cireșul? a întrebat Anton după o clipă.

— Ce? Ce s-a întâmplat?

— Nu mai e alb.

— Nu, a zis Gustav. Lucrurile nu sunt albe decât pentru scurt timp.

Emilie nu și-a luat la revedere de la Anton la ora șase și nici n-a venit să-l întâmpine pe tatăl lui când acesta a venit să îl ia. Se dusese în camera ei și rămăsese acolo, cu ușa încuiată.

— Ce face mama ta, Gustav? a întrebat politicos tatăl, bancherul.

— Bine, mulțumesc, domnule, a spus Gustav.

— Sper că nu e bolnavă.

— Nu. Cred că doarme.

— Ah, bine, atunci să nu facem gălăgie. Dar ce-ai pe față, Anton?

— Nimic, tată.
— Un nimic foarte colorat!
— E vina mea, a zis Gustav. Să aduc o cârpă ca să-l ștergeți?
— Da. Cred că ar fi o idee bună. Nu poate merge acasă așa.

Gustav s-a dus în baie și a pornit apa caldă. Aburul de la baia lui Emilie se evaporase, dar în spațiul îngust se simțea un miros neplăcut, umed, care îl făcea pe Gustav să se simtă stânjenit că se află acolo. A înmuiat cârpa și s-a întors repede la Anton și la tatăl acestuia. Tatăl a luat cârpa și a frecat bine fața lui Anton. Gustav a observat atunci pentru prima oară ce mare era inelul cu sigiliu pe care îl purta domnul Zwiebel pe inelarul său gros.

— Soția mea și cu mine ne întrebam, a spus Herr Zwiebel după o clipă, dacă ai vrea să vii la ceai la noi într-o zi.

Gustav a simțit un fior de bucurie amestecat cu încă ceva, care părea să fie teamă, însă despre care nu voia să admită că era teamă.

— Mulțumesc, a spus.

— S-o întrebi pe mama ta, da? Poți să vii de la școală cu Anton, pe jos, iar apoi te aduce acasă soția mea, cu mașina.

— Mulțumesc, a spus Gustav iarăși.

— Poți să mă asculți cântând, a spus Anton. Acum aproape că îmi iese și bucata mai rapidă din *Für Elise*. Și studiez un lied de Schubert. E greu Schubert, nu-i așa, tată?

— Da, e greu. Dar așa sunt multe alte lucruri. Nu, Gustav?

— Da. Dar mama spune că trebuie să continui până ajungi să le stăpânești.

— Așa e, a spus Herr Zwiebel. Exact așa e.

Mai târziu în seara aceea, Emilie, cu părul proaspăt spălat încadrându-i fața serioasă, i-a spus lui Gustav că întreaga după-amiază – și nu doar episodul din baie – fusese foarte dificilă pentru ea.

— Îmi pare rău, Mutti. N-am știut că ești în baie, a spus Gustav.

— Am zis că *nu doar aia*! a sărit Emilie. Treaba e că prezența acelui copil în amărâtul ăsta de apartament mic e de-a dreptul dureroasă pentru mine.

— De ce? a întrebat Gustav.

— O să încerc să-ți explic când o să fii mai mare. Dar deocamdată te rog să nu-l mai inviți pe-aici. Cel puțin nu o vreme.

Gustav s-a uitat lung la mama lui. Avea în față una dintre băuturile ei cu miros de anason, din care sorbea foarte iute.

Ori de câte ori își amintea acest moment, Gustav știa că ceea ce simțise fusese o senzație subită și copleșitoare de oboseală – o oboseală ivită din toate lucrurile pe care nu le înțelegea. Își amintea că închisese ochii. O imagine a lui Emilie, cu părul curat și paharul întunecat, apărea și dispărea, apărea și dispărea, așa cum se întâmplă atunci când ești pe cale să adormi.

Teiul

Matzlingen, 1948

Emilie a întrebat unde se afla apartamentul familiei Zwiebel, iar când Gustav i-a spus că era pe Fribourgstrasse, ea a făcut:

— O, nu!

Gustav nu-și putea aminti Fribourgstrasse – fusese prea mic –, dar i se povestise despre apartamentul lor de acolo și despre mușcatele lui Emilie, pe care ea le îndrăgise așa mult.

— La ce număr pe Fribourgstrasse? a întrebat ea.

— Șaptezeci și șapte.

— Ah, bine, măcar nu-i în aceeași clădire. Poate că n-au un balcon frumos cum am avut noi.

Emilie făcea *rösti*[1], felul de mâncare preferat al lui Gustav, însă lăsase cartofii să se prăjească și se dusese la fereastra din bucătărie ca să respire un pic de aer proaspăt, așa că Gustav venise la sobă ca să-i supravegheze. Îi plăcea să se uite la mâncare cum se face. Se gândea că pe viitor, în viața lui pe care mama sa o numea „o viață cum se cuvine", ar putea deveni bucătar-șef.

Împungea *rösti* cu spatula de oțel a lui Emilie, însă aceasta i-a fost smulsă repede din mână.

— Las-o-n pace! i-a zis ea.

Gustav era atât de obișnuit cu toanele proaste ale lui Emilie, încât foarte rar se supăra din cauza asta. Pur și simplu erau parte din ea, așa cum și părul ei rar era parte din ea, și fumatul, și

1. Cartofi fierți, răzuiți și eventual amestecați cu cașcaval și șuncă, iar apoi prăjiți, mâncarea rezultată fiind asemănătoare ca aspect unei omlete.

faptul că-i plăceau revistele. A ieșit din bucătărie, s-a dus în camera lui și s-a așezat pe pat, unde stătuse Anton când se dăduse cu rujul de culoarea prunei. Tot ce-l interesa era să fie lăsat să meargă la ceai la familia Zwiebel. Dar era aproape sigur că acum, că-i spusese lui Emilie că ei locuiau pe Fribourgstrasse, o să găsească vreun motiv să spună nu.

Gustav s-a ridicat în picioare, s-a dus la cutia de țigări și a scos rujul, amintindu-și ce puternic îi strălucise învelitoarea în țărâna de sub grilajul de la biserică. L-a lustruit un pic de pantalonii scurți, iar apoi s-a dus cu el în bucătărie, unde *rösti* începea să miroasă și să facă o crustă crocantă, și a ridicat mâna în care-l ținea.

— Am un cadou pentru tine, Mutti, a zis.

Emilie s-a uitat lung la rujul din mâna întinsă a lui Gustav.

— De unde-l ai? a întrebat. Nu l-ai furat, nu? N-o să se aleagă nimic de viața ta, Gustav, dacă te-apuci de furat.

— L-am găsit la biserică, a spus Gustav. Sub grilaj.

Emilie a ezitat. S-a șters pe față cu tivul șorțului, fiindcă transpirase un pic de la soba încinsă. Apoi a spus:

— Nu crezi c-ar fi trebuit să i-l predai pastorului Sammlung?

— Nu, a spus Gustav. Era acolo, în mizerie. L-am luat pentru tine.

— Eu cred c-ar fi trebuit să i-l predai pastorului. Poate c-a venit vreo enoriașă să întrebe de el.

Gustav a ignorat ce a spus mama lui și a zis:

— Uite, Mutti...

A scos capacul rujului și i-a arătat lui Emilie nuanța frumoasă de mov.

— Dumnezeule! a făcut ea. Cine-ar purta o nuanță ca asta?

— Nu îți place?

— Nu, nu-mi place. Hai, că-i aproape gata *rösti*. Fugi și te spală pe mâini. Iar când o să mergem la biserică, sâmbătă, să duci rujul înapoi. Nu uita, tatăl tău a fost polițist. El n-ar fi încurajat micile șterpeleli.

Însă mai târziu, consolată de băutura cu miros de anason, Emilie i-a zis:

— Dacă te duci la ceai la familia Zwiebel, iar tatăl e plecat, cine o să te aducă acasă?

— Mama lui Anton. Are mașină.

— Și-o să te întorci acasă înainte de șase?

— Nu știu.

— Nu vreau să stai prea mult acolo.

— De ce?

— Ei trăiesc diferit de noi. Nu vreau să crezi că viața noastră ar putea fi ca a lor.

— Cum adică?

— Mașini. Piane. Mâncăruri scumpe. Treburi din astea.

— Mie-mi place mâncarea noastră. Îmi plac găluștile noastre și *rösti*.

— Bine. Fiindcă noi atât ne permitem. Deci să fii înapoi acasă înainte de șase.

Primele lucruri pe care le-a văzut Gustav când a intrat în sufrageria familiei Zwiebel, din apartamentul de pe Fribourgstrasse nr. 77, au fost pianul cu coadă, mare și negru, și jardiniera cu mușcate stacojii de pe balconul care dădea la stradă. O parte din el – cea care o iubea atât de mult pe Emilie – s-a prefăcut că nu vede mușcatele.

Mama lui Anton stătea la fereastră, ținând în mână o stropitoare mică. I-a întins lui Gustav o mână fină, cu manichiura făcută.

— Ah, a zis ea, Gustav! Ești foarte bine-venit. Ai fost așa de bun cu Anton.

— Bună ziua, Frau Zwiebel, a zis Gustav, înclinându-se, așa cum fusese învățat.

— Și ce maniere frumoase! a râs doamna Zwiebel. Unde le-ai învățat?

— Nu le-a învățat. Așa e el, a spus Anton.

— Și mai bine așa, a spus Frau Zwiebel. De-ar fi așa toți! Ei, băieți, ce vreți să faceți înainte să bem ceaiul?

— O să cânt pentru Gustav, a spus Anton. O să cânt *Teiul*.

— Ah, a zis Frau Zwiebel, dar îl știi deja suficient de bine?

— Da, îl știu.

— Atunci, Gustav, ți-ar plăcea să-ți cânte Anton *Teiul*?

— Nu știu ce este.

— Este ceea ce se numește un lied. Un cântec de Schubert.

— Și cine-o să cânte cu vocea?

— Nimeni, astăzi. Uneori, cântă soțul meu câteva acorduri, dar de obicei Anton cântă doar partea de pian.

— Dacă asculți atent și închizi ochii, a spus Anton, poți auzi frunzele copacului foșnind în note.

— Cum adică să auzi frunzele foșnind în note?

— O să înțelegi la ce mă refer.

— Atunci, haide, a zis Frau Zwiebel, luându-l pe Gustav de mână, noi doi o să stăm pe sofa, Gustav, iar Anton o să cânte.

Camera era mare, un candelabru atârna din tavan, iar pereții erau plini de fotografii înrămate – extraordinar de multe. Lângă șemineu stătea un urs de porțelan. Gustav s-a așezat lângă Frau Zwiebel, care mirosea puternic a flori de vară.

S-a uitat cum Anton își tot aranjează scaunul de pian, rotindu-l până când a devenit de înălțimea potrivită pentru statura lui mică. Apoi, băiatul s-a așezat și și-a aranjat partitura, ridicând o pagină și punând-o la loc, după ce i-a îndoit un colț. A spus:

— Lucrarea este în mi major. Majoritatea liedurilor din acest ciclu sunt în tonalități minore, dar acesta nu este. Nu mai țin minte de ce.

Gustav se uita lung la Anton. Era greu de imaginat că acest băiat, de pe scaunul de pian, era același care plânsese lângă groapa cu nisip de la grădiniță. Părea mai mare. Ochii îi erau uscați și luminoși. Era aproape ca și cum Anton ar fi plecat de lângă el într-o altă viață, un loc unde el, Gustav, era prea mic – sau prea speriat – ca să-l urmeze. Și-a dorit atunci să se ridice și să spună: Nu cânta *Teiul* ăsta, ce-o fi el. Nu vreau să-l aud.

Dar Anton deja începuse să cânte. Frau Zwiebel își împreunase mâinile, cuprinsă de o încântare pătimașă, iar acum îi șoptea lui Gustav:

— Copacul îi vorbește unui om trist. Copacul îi șoptește omului: vino, culcă-te aici, sub frunze, și odihnește-te. Auzi frunzele care-i vorbesc omului?

Lui Gustav nu i se părea că aude așa ceva, sau poate că auzea undeva, înăuntrul său, dar nu se putea concentra la asta din cauza senzației că Anton fugise mult înaintea lui și poate n-avea să se mai uite niciodată înapoi. Dar știa că trebuie să fie politicos cu Frau Zwiebel, așa că i-a răspuns în șoaptă că da, auzea copacul vorbind, și s-a gândit că, dacă muzica poate fi frunzele unui copac mișcate de vânt, atunci poate c-ar putea fi și omul, așa că a început să fie atent, căci poate avea să se audă un acord – așa i se zice oare, *acord*? – care va suna ca vocea unui om. Însă cântecul s-a terminat.

Anton s-a dat jos de pe scaunul pianului zâmbind și a făcut o plecăciune spre mama sa și o plecăciune spre Gustav. Iar Gustav și-a dat seama că trebuia să aplaude, așa că a aplaudat, și la fel a făcut și Frau Zwiebel, care a zis:

— Bravo, Anton. Ți-a ieșit foarte bine.

— Ți-a plăcut, Gustav? a întrebat Anton.

— Da, a zis Gustav. Dar de ce nu i-a răspuns omul copacului?

Anton a izbucnit în râs:

— Să-i răspundă copacului? Păi nu se poate! Pentru că el nu se află acolo cu adevărat. Este foarte bătrân și trist. Și doar își amintește, nu-i așa, mama?

— Cred că așa este, da. Își amintește. I se pare că aude frunzele copacului foșnind ca atunci când era foarte tânăr, poate la fel de tânăr ca voi, băieți: *„Und seine Zweige rauschten / Als riefen sie mir zu...“*[1] Și poate că obișnuia să stea culcat sub un copac și să viseze. Dar nu se mai poate întoarce acolo.

1. „Și-atunci foșni din ramuri / De parcă mă chema...“ (în germană în original).

— De ce nu mai poate? a întrebat Gustav.

— Fiindcă așa-i viața. Nu te mai poți întoarce niciodată odată ce lucrurile au trecut.

— Așa cum noi nu putem să ne întoarcem la grădiniță?

— Întocmai. Trebuie să mergi înainte. Niciodată înapoi. Ei, Anton, și ce ne mai cânți?

— Nu mai cânt. O să-i arăt lui Gustav trenulețul meu nou. Voiam doar să audă și el *Teiul*.

Pe Gustav îl nedumeriseră atât de multe în legătură cu *Teiul*, încât mai că-și dorea ca Anton să nu-l fi cântat. Nu era doar povestea cu notele care sunau ca niște frunze ce foșnesc (și totuși nu sunau chiar așa) sau cea cu omul trist care era și nu era acolo; ci faptul că Anton *era capabil* să cânte cântecul ăsta complicat. Cum de-l putuse învăța? Când?

Iar apoi lui Gustav i-a trecut prin minte alt gând tulburător. Și-a imaginat că exact în clipa în care el și Emilie stăteau în patru labe și făceau curățenie în Biserica Sankt Johann, în diminețile de sâmbătă, Anton era cu profesorul său de pian. El și Emilie frecau, ștergeau de praf și lustruiau, în timp ce Anton cânta muzică de Schubert.

Așa că s-a hotărât: N-o să-i spun lui Mutti. Mutti nu trebuie să știe de mușcate și Mutti nu trebuie să știe că Anton cântă *Teiul*.

În timp ce Gustav era distras de aceste gânduri, Anton îl ruga să se uite la noua lui machetă feroviară. Băieții au îngenuncheat lângă micile șine de oțel așezate în cerc pe covorul din camera spațioasă a lui Anton. Trenulețul de pe șine, frumos vopsit, cu garnituri de alamă și cu niște cărbuni ce păreau adevărați în tender, avea o cheiță cu care putea fi tras. Îl trăgeai și-l așezai pe șine, iar el pornea ușor, scoțând clinchete. Pe șine era un semnal, iar Anton a pus mâna pe tren, ca să se oprească acolo.

— Așa fac trenurile, a zis el, se opresc la semnal. Iar asta o sperie pe mama. Nu știu de ce. Ea întreabă mereu: „De ce ne-am oprit?", și tata zice: „Bănuiesc că ne-am oprit la semnal, dragă. Nici un motiv de îngrijorare".

Probabil că Anton crezuse că felul în care își imitase un pic părinții îl va amuza pe Gustav, fiindcă atunci când Gustav n-a râs, el l-a întrebat:

— Te simți bine? Ești cam tăcut.

— Sunt bine, a zis Gustav. Dar trenulețul tău e mai frumos ca al meu, nu-i așa?

— Mie-mi place al tău, a zis Anton. Îmi plac oamenii aceia pictați la ferestre. În al meu nu e nimeni – e doar cărbune.

Gheață

Matzlingen, 1949

Asta era povestea nouă și minunată: patinajul.

Frau Zwiebel, al cărei prenume era Adriana, fusese cândva o „speranță" a patinajului mondial. La cincisprezece ani câștigase un concurs la Berna. Ea i-a povestit lui Gustav că fusese unul dintre cele mai fericite momente din viața ei. Se așteptase să continue și să câștige și alte premii, însă la șaisprezece ani trecuse în „altă categorie" și fetele care concurau acolo erau ceea ce ea numea niște „adevărate profesioniste, cu dragoni pe post de mame și cu tendoane de oțel". Și astfel s-a terminat cu premiile, însă ea încă iubea patinajul și-l practica doar pentru pura ei plăcere, iar când a auzit de noul patinoar care se deschidea în Matzlingen – un patinoar acoperit, cu gheață fină, artificială, și cu un gramofon uriaș din care se revărsa muzică populară elvețiană și jazz american, și cu o micuță cafenea unde se vindeau băuturi și covrigi –, i-a zis lui Anton:

— Hai să mergem duminică după-amiază. Putem să-l luăm și pe Gustav cu noi. Plătesc eu pentru toți.

Adriana aluneca minunat. Și încă își mai putea lua avânt pentru un *lutz*[1] perfect și o aterizare grațioasă. Adriana Zwiebel s-a îmbrăcat cu ciorapi lungi de lână, o fustă scurtă ecosez și o jachetă verde de piele. Privirile bărbaților de la patinoar o urmăreau când își executa întoarcerile elegante, cu brațele depăr-

1. Săritură la patinaj, cu o rotație prin aer, numită după Alois Lutz, care a realizat-o prima oară în 1913.

tate ca o balerină și cu părul negru legat într-o coadă, care se zbătea și sfichiuia aerul la mișcările ei.

Și Anton, și Gustav, amândoi având acum șapte ani, o urmăreau, dar nu doar fiindcă era frumoasă, ci fiindcă știau că pot învăța de la ea. Anton patina foarte bine, dar Gustav nu, însă Gustav își propusese să stăpânească tot ce putea Anton să facă și apoi, în timp, tot ce putea Adriana să facă – oricât de îndepărtat părea acest țel. A căzut de multe ori, dar n-a plâns niciodată, deși gheața era cea mai tare suprafață întâlnită vreodată de oasele lui. S-a învățat să râdă, în schimb. Râsul semăna un pic cu plânsul. Era o convulsie ciudată; doar că venea dintr-o parte diferită a minții tale. Șmecheria era să mute plânsul din acea parte și să lase râsul în locul lui. Așa că se ridica și continua, râzând.

La sfârșitul după-amiezii, el și Anton au făcut un circuit pe care îl numeau „goana nebună". S-au ținut de mâini și au patinat în sincron cât de repede au putut, pe la marginea patinoarului. Ajunseseră să fie cunoscuți de clienții fideli ai patinoarului drept „băieții care râd". În acel moment, Gustav era cu doi centimetri și jumătate mai scund ca Anton.

Acolo, la patinoar, unde lui Anton și Gustav li s-a permis să își cumpere ciocolată caldă, Gustav a aflat ceva „despre care nu vorbește nimeni".

Anton i-a spus că a avut cândva o surioară, pe nume Romola. A spus:

— Nu mi-o amintesc prea bine. Era doar un bebeluș, stătea acolo, și apoi a murit.

— Dar de ce? a întrebat Gustav.

— Despre asta nu vorbește nimeni.

— Au omorât-o niște răufăcători?

— Nu-mi amintesc nici un răufăcător.

— Poate c-au venit cu o secure sau ceva?

— Nu cred c-au venit. Eu aveam trei ani. Mi-aș fi amintit de răufăcători, nu? Cred că sora mea a murit pur și simplu în pătuțul ei și-apoi a fost îngropată, iar după o vreme tata s-a îmbolnăvit și-a fost internat. Mama mi-a spus că tata era bolnav fiindcă murise Romola și că trebuia lăsat în pace, ca să-și revină.

Gustav și Anton s-au uitat la Adriana, care încă era pe gheață, făcând întoarceri și salturi, neobosită de propria-i grație.

— Și ea? a întrebat Gustav. Nu s-a îmbolnăvit și mama ta după ce-a murit bebelușul, Romola?

— Nu, a zis Anton. Mama mea nu-i niciodată bolnavă. Nu-i niciodată nici măcar obosită. Doar când a trebuit să plecăm din Berna. Atunci a zis că e obosită. Bănuiesc că era la gândul că trebuie mutată toată mobila aia. Nu puteam s-o lăsăm acolo, fiindcă părinții mei sunt foarte atașați de mobilă.

— Și de ce-a trebuit să plecați din Berna?

— A fost ceva legat de serviciul lui tata. Cred că cei de la banca din Berna au crezut – după ce el fusese mult timp bolnav din cauză c-a murit sora mea – că ar fi mai fericit la o bancă mai mică, așa că am venit la Matzlingen.

— Și tu ai plâns la grădiniță.

— Și tu ai desenat-o pe Mutti a ta ca pe-o înghețată!

Atunci au râs, dar Anton s-a oprit deodată din râs și a zis:

— Gustav, să nu spui niciodată, dar absolut niciodată, o vorbă cuiva despre Romola. Jură pe sânge.

— Cum adică să jur pe sânge?

— Trebuie. Trebuie să ne tăiem pe mână cu patinele și să ne amestecăm sângele, iar apoi trebuie să juri.

— Bine.

Gustav avea să-și amintească toată viața ce greu e să te tai la mână cu o patină. Lamele par ascuțite, dar nu sunt destul de ascuțite ca să te poți tăia cu ușurință. „Am făcut-o varză", avea să le povestească oamenilor. „Nu puteam face sângele să curgă. Dar apoi a curs, fiindcă am tăiat prea adânc, și ne durea pe amândoi, dar a trebuit s-o ascundem."

Apoi, într-o zi, după ore, Gustav a fost chemat la directorul școlii. Pe biroul directorului se aflau câteva dintre caietele cu teme ale lui Gustav. Iar acolo putea vedea oricine ce urât scria

Gustav. Până și încercările sale de-a face desene sau de-a schița hărți erau slabe.

— Ei? a făcut directorul. Ce concluzie să tragem din astea?

— Nu știu, domnule, a spus Gustav.

— Nu știi. Bineînțeles. Și nici mama ta. E disperată. Nu-i așa, Frau Perle?

Gustav s-a întors și a văzut-o pe Emilie stând neclintită într-un fotoliu verde. N-o observase când intrase. Nu își dădea seama cum de intrase în biroul directorului fără un sunet. I se părea că seamănă cu un personaj dintr-un tablou.

Emilie a zis:

— Important este, domnule director, că eu îmi doresc enorm ca Gustav să reușească în viață. Vreau să realizeze ceva de care tatăl lui ar fi fost mândru, iar dacă se alege praful de educația lui...

— Nu, nu, a zis directorul, de educația lui nu se va alege praful. Gustav nu are deocamdată nici opt ani. Avem timp. Însă ce aș dori să vă propun este să ia niște meditații, ca să-i poată prinde din urmă pe ceilalți la anumite materii. La matematică e satisfăcător, chiar bun, dar în rest e slab. Avem un profesor tânăr în școală, Herr Hodler, care ar fi dispus să vină și să-l mediteze, pentru o sumă mică, duminica după-amiaza.

— Nu! a izbucnit Gustav. Nu duminica după-amiaza! Atunci mă duc la patinaj.

— Liniște, Gustav! a spus Emilie.

— Herr Hodler nu este disponibil decât duminica după-amiaza, a spus directorul. Decizia vă aparține, însă eu personal simt că i-ar fi de mare ajutor. Altfel s-ar putea să fim nevoiți să-l lăsăm pe Gustav repetent, să mai facă o dată anul acesta.

Gustav s-a întors spre mama lui cu o figură care o implora, însă ea se uita undeva departe, dincolo de el și de director.

— Cât ar costa orele particulare? a întrebat ea.

— Nu mai mult de câțiva franci pe oră. Nu știu exact cât costă biletul pe care-l plătiți pentru patinoar, dar am auzit că e scump. S-ar putea să fie un pic mai mult de-atât.

Gustav ar fi vrut să-i spună directorului că Adriana Zwiebel plătea biletul de intrare, și închirierea patinelor, și ciocolata caldă, și covrigii, dar Emilie își dusese un deget la buze, avertizându-l să nu spună nimic.

Au mers în tăcere până acasă, pe jos.

Când au ajuns pe Unter der Egg, ploua. Gustav s-a dus direct în camera lui, sperând să fie lăsat singur, dar Emilie a venit după el. S-a așezat pe pat, iar el s-a dus la fereastră, unde-a rămas în picioare, ținând în mână trenulețul de tinichea. Gustav se ruga ca ea să nu vorbească. Fiindcă știa că, dacă Emilie îi va spune că trebuie să renunțe la patinajul cu Anton și Adriana, probabil o să înceapă să plângă.

Nucă de cocos

Matzlingen, 1949–1950

Așadar: gata cu patinajul. Gata cu „băieții care râd".

Gustav a dat cu pumnii în pereții camerei. Și-a făcut zob trenulețul. A țipat la Emilie. Ea i-a tras o scatoalcă peste cap, să-l facă să tacă. Apoi mama a ridicat trenul stricat de pe jos și l-a aruncat la gunoi.

Herr Hodler era un tânăr slab și palid, cu niște ochi tiviți cu roz, ca ai iepurilor albi. În apartamentul de pe Unter der Egg, acești ochi de iepure au căutat în zadar o masă pe care să se poată face lecțiile necesare.

— N-avem nici o masă, a spus Emilie Perle.

I-a arătat lui Herr Hodler raftul din bucătărie prins în balamale. Profesorul s-a holbat la el. Nu era plătit bine pentru meditații, iar vederea acestui spațiu inadecvat l-a făcut să ofteze de frustrare. I-a spus lui Emilie că se va strădui, dar considera că în aceste „condiții de lucru chinuite" Gustav nu se va putea concentra bine.

Nu i se spusese că Gustav trebuise să sacrifice patinajul pentru meditații, așa că a urmat altă dezamăgire: furia și ciuda băiatului care trebuia să stea aici cu el. Când Gustav a dărâmat intenționat pe jos cărțile de povești și cele de istorie care fuseseră așezate pe raft, Herr Hodler a înjurat.

— *Scheisse!*[1]

1. „Rahat!" (în germană în original).

Înjurătura a răsunat cu ecou în bucătăria tăcută. Pentru Emilie, conform crezului său în stăpânirea de sine, înjuratul era o slăbiciune neplăcută, absolut interzisă. Iar acum profesorul încălcase această regulă sfântă.

Lui Gustav i-a venit să râdă. Și deodată s-a simțit mai bine. I-a cerut scuze lui Herr Hodler și l-a ajutat să ridice cărțile și să le rearanjeze pe raft. Când a văzut că una dintre cărți se numea *O scurtă istorie a Elveției*, i-a spus lui Herr Hodler:

— Nu știu nimic despre istoria Elveției. Știu doar că războiul n-a ajuns aici. S-a dus în Germania, în Rusia și prin alte locuri, unde toate clădirile au fost bombardate. Așa este?

— Da, a spus Herr Hodler. Cu aproximație. Numai că au murit și milioane de oameni. În Elveția, noi credem că trebuie să evităm conflictele, și mai ales să evităm să fim atrași în conflictele altora. Asta se numește „neutralitate". Știi ce înseamnă?

— Nu.

— Înseamnă că noi *credem în noi înșine*. Protejăm ce este al nostru. Și, știi, așa e bine să fii în viață, Gustav. Ai mâncat vreodată o nucă de cocos?

— O ce?

— Știi că nucile de cocos au o coajă foarte tare?

— N-am mâncat niciodată o nucă din asta.

— Ei, da, coaja e tare și fibroasă, greu de străpuns. Ea protejează miezul hrănitor și laptele dinăuntru. Și așa-i și Elveția, și așa ar trebui să fie și elvețienii – ca nucile de cocos. Noi ne protejăm pe noi înșine – toate lucrurile bune pe care le avem și pe care le reprezentăm – printr-un comportament dur și hotărât, dar rațional – neutralitatea noastră. Înțelegi despre ce vorbesc?

— Că trebuie să fiu ca o nucă de cocos?

— Da. Și în felul acesta nu o să suferi, Gustav.

— Dar sufăr.

— De ce?

— Pentru că de obicei eu mergeam la patinaj duminică după-amiază. Să patinez era lucrul care-mi plăcea cel mai mult pe lume. Acum nu mai pot să merg. Trebuie să fac lecții cu dumneavoastră.

Ochii roz ai lui Herr Hodler, ca două luminițe licărind, l-au privit neliniștiți pe Gustav.

— N-am știut, a spus el.

— Patinam din ce în ce mai bine. Puteam să fac și mici sărituri. Acum s-a terminat. Și asta mă face să sufăr.

— Înțeleg. Tot ce-ți pot eu propune este să facem lecțiile astea cât de repede putem. În felul acesta, tu vei progresa, iar apoi poate că-n câteva săptămâni vei putea patina din nou.

După aceea, Gustav și Herr Hodler au devenit prieteni – sau măcar n-au fost dușmani.

Herr Hodler i-a permis lui Gustav să i se adreseze pe numele mic, care era Max. Gustav a văzut că Max Hodler avea un scris de mână foarte frumos și l-a rugat să îl învețe și pe el să scrie așa.

S-au trasat niște linii. De-a lungul lor, Max a supravegheat ritmul lent, ca o muzică îndepărtată, al scrierii de litere de către Gustav: a a a a a a, b b b b b b, c c c c c c.

Profesorul a spus că Gustav trebuia să își imagineze că nu învățase niciodată să scrie, fiindcă, nu se știe de ce, învățase greșit, iar acum trebuia s-o ia de la capăt. Din când în când, Max scria niște litere foarte mari, pentru ca Gustav să le copieze, și atunci studiau împreună formele și curbele literelor, cum se răsuceau și ondulau, ca niște modele pe gheață. Și în felul acesta le vedea Gustav acum, când scria literele. Se gândea că stiloul său era o patină.

— Bine, a spus Max. E o îmbunătățire.

Gustav a vrut să se ducă să-i arate lui Emilie literele îmbunătățite, dar bănuia că Emilie adormise, și, în plus, Max a zis că n-ar trebui să-și piardă vremea arătând cuiva o treabă neterminată. Mai aveau foarte mult de muncă. Gustav încă stătea prost cu cititul și, pentru a-l ajuta să se concentreze, Max Hodler adusese cu el una dintre cărțile sale favorite, *Struwwelpeter*. În cartea asta, copiii neascultători își atrăgeau asupra lor pedepsele, în diferite feluri. O fetiță căreia îi plăcea să se joace cu chibriturile își dădea foc la rochie și ardea până nu mai rămânea din ea decât o grămadă de cenușă. Unui băiat pe nume Konrad, care își sugea degetul, venea și-i tăia degetul un om-foarfece uriaș, cu picioare roșii.

Weh! Jetzt geht es klipp und klapp
mit der Scher die Daumen ab,
mit der grossen scharfen Scher!
Hei! Da schreit der Konrad sehr.[1]

Aceste povești l-au încântat pe Gustav. Într-o oarecare măsură, îl încântau și nu-l înspăimântau prea tare, fiindcă micuții din desene purtau niște haine demodate, așa că el bănuia că tot ce li se întâmplase fusese așa de demult, încât nu se mai putea întâmpla acum, când era aproape 1950. L-a întrebat pe Max dacă i-ar putea împrumuta *Struwwelpeter* ca să citească în pat, la culcare. Max a ezitat. L-a avertizat pe Gustav că aceste povești i-ar provoca niște coșmaruri.

— Nu, n-o să-mi provoace, a spus Gustav. Dar o să învăț să citesc mai bine dacă le tot recitesc.

Apoi l-a dus pe Max să-i arate cămăruța lui, în care se afla harta Mittellandului, dar nu era nici o jucărie și nici o carte, iar când Max a văzut camera a cedat și a spus că Gustav putea păstra *Struwwelpeter*, cu condiția să aibă grijă de carte. Când l-a întrebat pe Gustav de ce nu are nici o jucărie, el a spus:

— Am avut un trenuleț. Dar l-am spart, și Mutti mi l-a aruncat.

Și la desenat era înzestrat Max Hodler. A desenat pentru Gustav – foarte repede, din niște trăsături de condei foarte agile și îndrăznețe – un desen cu trei bărbați care stăteau în picioare într-un câmp plin cu flori, înveșmântați cu mantii și având săbii în mâini. I-a explicat că bărbații aceștia, din cantoanele

1. Din *Struwwelpeter*, de Heinrich Hoffmann: „Vai! Începe, țac, țac, țac, / pe la degete să-l taie / cu o foarfecă ascuțită! / Ah! Ce tare țipă Konrad“.

împădurite Schwyz, Uri și Unterwalden, trăiseră demult, foarte demult, la sfârșitul secolului al XIII-lea. Ei erau adevărații fondatori ai Elveției. Își înfruntaseră stăpânii, puternicii Habsburgi, pentru a-și jura credință, iar țara a început să se formeze de la această alianță. Acest moment istoric este sărbătorit în fiecare an, pe 1 August, în locul numit pajiștea Rütli, la acea dată fiind Ziua Națională a Elveției.

Max i-a spus lui Gustav că nu multă lume din „lumea largă" cunoaște câte ceva despre istoria Elveției.

— Și asta, a spus el, e din cauză că Elveția este pentru ei doar o *idee* – ceasuri, cabane, bănci și munți. Dar noi – tu și cu mine, Gustav –, care suntem parte din ea, știm că nu suntem doar o idee. Și noi mai știm și despre neutralitate, *despre conceptul de nucă de cocos*, așa că trebuie să ne învățăm istoria și să fim mândri de ea.

Profesorul a vrut ca Gustav să încerce să copieze desenul lui, sau măcar o mică parte din el, de exemplu o sabie sau o floare, dar Gustav l-a întrerupt pentru a-i povesti despre buchețelele de gențiană pe care Emilie le așază în jurul fotografiei lui Erich Perle de Ziua Națională a Elveției și cum Emilie spune că tatăl lui a fost un erou.

Max a lăsat jos tocul cu peniță fină pe care-l folosise la desenat și s-a întors spre Gustav.

— Povestește-mi despre asta, a zis. Cine a fost tatăl tău?

— A fost polițist. Polițist-șef adjunct la poliția din Matzlingen. A murit când eu eram foarte mic.

— Și cum a murit?

— Nu știu exact. Mutti zice că din cauza evreilor.

În bucătăria mică s-a lăsat tăcerea. Max Hodler a scuturat din cap și-a oftat, apoi s-a ridicat de pe scaun.

— O să ies un pic la aer, a spus. Vezi dacă poți copia ceva din desenul cu pajiștea Rütli, Gustav. Ce vrei tu. Fața unui om. O mână. Pietrele de prin iarbă. Nu te grăbi. Lucrează încet și atent.

Era iarăși iarnă, chiar după Anul Nou, 1950. Gustav lucra cu Max Hodler de trei luni, în fiecare duminică.

Singur în camera lui rece, lui Gustav îi era dor de trenulețul său. Le dăduse nume oamenilor pictați și obișnuia să le vorbească în șoaptă atunci când călătoreau în sus și-n jos pe pervaz. Gândul că îi strivise și-i omorâse îl făcea să se rușineze.

Când i-a povestit lui Anton despre asta, Anton a zis:

— Uneori trebuie să strici niște lucruri. Eu am stricat un metronom. Încercam să cânt un vals de Chopin și-o tot lua razna, așa că am stricat tâmpenia aia de metronom. Tata m-a bătut la fund cu cureaua. M-a întrebat dacă vreau să se îmbolnăvească iarăși, din cauza mea.

— Păi cum putea să se îmbolnăvească din cauza ta?

— Pentru că am stricat metronomul; ți-am zis. În tot cazul, pune-o pe Mutti a ta să-ți cumpere alt tren.

Dar Emilie nu avea bani.

Din ce în ce mai des, seara târziu, ea stătea cu băuturile ei din anason și se frământa cu calculele făcute pe marginea *Matzlingerzeitung*. Într-o seară, târziu, ea i-a spus lui Gustav că au început să circule zvonuri cum c-o să dea faliment cooperativa de brânză, fiindcă cererea de Emmental scăzuse acum, că francezii produceau iarăși atât de multe sortimente diferite de brânză, și că era doar o chestiune de timp până când cooperativa din Matzlingen se va închide.

— Și-apoi ce-o să ne facem?

Gustav s-a dus și a adus ce lucrase el cu Max Hodler – pagini cu litere frumos scrise, paragrafe de scris îngrijit, desene cu săbii, coifuri, flori și fete care își dădeau foc cu chibrituri – și i le-a așezat lui Emilie în față, acoperind toate calculele ei notate pe ziar.

Ea s-a uitat în jos, făcând ochii mari. Și-a pus ochelarii.

— Tu ai făcut astea? l-a întrebat.

— Da, a spus Gustav, sigur că eu le-am făcut.

— Ia te uită. Nu-i rău.

Gustav și-a lăsat mama să studieze desenele cu fete care își dădeau foc, dar, înainte să apuce să spună ceva despre ele, el a zis:

— Acum poți să faci economii, Mutti. Fiindcă nu mai am nevoie de Herr Hodler. Am progresat.

Emilie a sorbit lung din băutura ei cu anason. A bâjbâit după o țigară și și-a aprins-o cu mâini tremurânde. Gustav ar fi vrut s-o cuprindă în brațe și să-și culce capul pe umărul ei, însă știa că ea nu voia asta; ea nu voia decât băutura și țigara.

— O să vedem, a zis ea. Unele sunt încă un pic cam neglijente. Să vedem ce zice directorul școlii.

Herr Hodler a rămas până la sosirea primăverii. Până atunci, Gustav deja învățase pe de rost majoritatea poveștilor din *Struwwelpeter* și putea să îl sperie pe Anton recitându-le.

Weh! Jetzt geht es klipp und klapp
mit der Scher die Daumen ab,
mit der grossen scharfen Scher!
Hei! Da schreit der Konrad sehr.

Cunoștea în mare felul în care luase naștere această țară. Putea să deseneze în mod „rezonabil“ biserici cu acoperișurile ca niște pălării de vrăjitoare și ursul Bernei, simbolul marelui oraș despre care Anton încă mai povestea.

Și se poate spune că Gustav se atașase de Max Hodler. Se poate spune că acea unică înjurătură scurtă, *scheisse*, deschisese ușa unei prietenii. Când a venit momentul să se despartă de Max Hodler, Gustav s-a întristat că îl va pierde.

— O să ne mai vedem din când în când la școală, a spus Max.

— Da, a zis Gustav.

— Trebuie să lucrezi în continuare serios.

— Da.

— Să o faci pe mama ta mândră de tine.

— Da.

Ca dar de despărțire, Gustav a făcut pentru Max Hodler un desen în care a copiat harta Mittellandului din camera lui.

A colorat pământul cu verde și râurile cu albastru. Ici și colo, pe pământul verde, hoinăreau câteva animale, care ar fi putut fi capre alpine sau oi cenușii. Berna era un cerc negru, păzit de ursul său brun. Lângă Matzlingen era roata de cașcaval cu o felie tăiată. Iar alături Gustav scrisese: *Aici locuiește Herr Max Hodler.*

Ceea ce nu știa Gustav era că Emilie Perle nu-i mai plătise lui Max Hodler lecțiile particulare din februarie. El nu știa nici că Max ceruse plata – o singură dată –, însă Emilie fusese dezgustată de ochii lui de iepure, umezi și rugători, și-l expediase fără să-i dea un ban. Până în momentul despărțirii, tot nu fusese plătit. Tot ce primise Max de la Emilie era o chitanță de mână. Preceptorul a resimțit-o ca pe-o nedreptate. Muncise din greu cu Gustav și se simțea mândru de rezultate. Dar Emilie Perle era mult prea copleșită de problemele ei ca să îi pese de asta.

Cooperativa de brânză nu s-a închis, dar și-a micșorat producția cu 40% și a înjumătățit plata tuturor muncitorilor. Acum Emilie lucra doar trei zile pe săptămână. În zilele când nu avea nimic de făcut, mergea prin Matzlingen căutându-și ceva nou de lucru.

Însă pe străduța vieții lui Gustav părea să iasă iar soarele. Era acea lumină puternică și strălucitoare care căzuse cândva pe Câmpiile Elisee ale patinoarului.

La sfârșitul lui aprilie, i-a putut spune lui Anton:

— Pot să vin iarăși duminică la patinaj.

— Ah! a zis Anton. Păi acum nu mai contează.

— Cum? a făcut Gustav.

— Nu mai contează.

— Ce vrei să spui?

— Hm. Acum îl luăm pe Rudi Herens cu noi la patinaj.

— Cine e Rudi Herens?

— Un băiat care locuiește în aceeași clădire de apartamente cu noi. E un patinator foarte bun. Știe să facă piruete pe două picioare.

— Adică nu vrei să vin?

— Ba vreau, Gustav. Dar trei băieți ar fi prea mult pentru mama. Acum două zile mi-a spus: trei ar fi prea mult.

Când a avut loc această conversație, erau pe un coridor al școlii. Gustav a plecat și s-a îndepărtat de Anton. Nu știa încotro se duce. Era vremea orei de geografie, dar nu spre clasă se ducea Gustav.

Când a ajuns în capătul holului lung, a intrat la toaletă, o încăpere înaltă, ca un hambar, unde întotdeauna era frig, chiar și vara. A deschis o cabină și a încuiat ușa. S-a așezat, dar nu pe un vas de toaletă, ci pe podeaua acoperită cu gresie, cu genunchii aduși la piept. S-a gândit la ce îi spusese Max Hodler despre nucile de cocos – cum coaja lor tare protejează miezul dinăuntru. A încercat să-și imagineze că îi crește și lui o asemenea coajă, de jur împrejur, ca un scut impenetrabil. Și-a cercetat brațele albe și moi.

Vederi din Davos

Matzlingen, 1950–1951

La un moment dat după aceea, când a venit să-l ia pe Anton de la școală, Adriana Zwiebel l-a văzut pe Gustav pe treptele școlii, jucându-se cu niște arșice primite de la Max Hodler. S-a dat jos din mașină și a venit zâmbind spre el. Purta o rochie de vară ce avea imprimate lalele de culoarea coralului. Părul lăsat liber îi strălucea în soare.

Gustav și-a adunat arșicele și a fugit spre Adriana, iar ea s-a aplecat și l-a îmbrățișat.

— Ce mai faci, Gustav? l-a întrebat.

— Bine, mulțumesc, Frau Zwiebel, a răspuns Gustav.

— Bun, a zis Adriana. Dar Anton mi-a spus că mama ta a pierdut niște ore de lucru la fabrica de brânză. Mare păcat.

— Da, a spus Gustav.

— Aș vrea să vă ajut.

Gustav nu era sigur ce se aștepta Adriana Zwiebel să spună. Îi venea greu să-și imagineze cum ar fi putut să o „ajute" ea pe Emilie. Poate că nu știa nici ea cum, fiindcă a schimbat brusc subiectul și a zis:

— Cum mai merg lecțiile particulare?

— S-au terminat, a zis Gustav. Acum sunt mai bun la scris. Și pot desena oamenii de pe pajiștea Rütli. Herr Hodler mi-a dăruit aceste jackuri pentru munca mea.

Gustav a arătat arșicele, care încă păreau noi și străluceau în ciuda prafului din curtea școlii.

— Ah, a zis Adriana, ce amuzant! Se spune că pe vremuri, când Elveția era o țară săracă, copiii jucau jocul ăsta cu oase de la încheieturi.[1]

Atunci a venit în fugă și Anton, care și-a îmbrățișat mama. Gustav i-a privit cum se țineau unul de celălalt. Se aștepta ca acum cineva să zică ceva despre patinaj, dar tăceau amândoi, pur și simplu îmbrățișându-se tandru. Gustav se holba la ei. Și-ar fi dorit să plece cu ei și să se întoarcă în apartamentul de pe Fribourgstrasse, să mănânce tartă cu cireșe și să îl asculte pe Anton cum cântă. Dar Anton își trăgea mama spre mașină.

— Așteaptă o clipă, Anton, a zis Adriana. Îi spuneam lui Gustav că trebuie să încercăm să-i găsim ceva nou de muncă mamei lui. O să mă interesez. Oare ar fi dispusă să renunțe la fabrica de brânză ca să lucreze cu normă întreagă în altă parte?

— Nu știu, a spus Gustav.

— Fiindcă știu că slujbele cu jumătate de normă sunt greu de găsit. Crezi că i-ar plăcea să lucreze într-o florărie? În locul de unde-mi cumpăr eu mușcatele mi-au spus că vor avea nevoie de cineva în curând...

O florărie. Mirosul de trandafiri. Totul proaspăt și umed. Și gata cu mirosul de Emmental în hainele lui Emilie. Gustav s-a gândit că mama lui ar fi bucuroasă de propunere. A încuviințat dând din cap, ca din partea ei.

— Bine, a zis Adriana. O să trec pe la ei și întreb. O să te anunțe Anton.

— Ce să-l anunț? a întrebat Anton, care nu ascultase, ci scotocise prin buzunarul adânc al mamei sale după dulciuri, însă găsise doar un pachet de țigări franțuzești, pe jumătate gol.

---

1. Jocul există din timpuri străvechi; inițial se foloseau oase (un anumit os de la picior, provenind de la oi), iar apoi arșice metalice sau, în varianta modernă, de plastic. Oasele sau arșicele cu șase piciorușe se aruncă într-un mod asemănător zarurilor, uneori se folosește și o minge mică.

— De ce-ar vrea să lucreze acolo? a zis Anton. Urăsc să merg în magazinul ăla. E mereu frig.

Adriana a zâmbit.

— Cred că nu știi tu prea multe despre florărie, a spus ea. Oamenii care lucrează cu florile sunt de obicei fericiți.

Apoi l-a luat de mână pe Anton și au plecat.

Când a ajuns Gustav acasă, Emilie făcea un ghiveci de legume. Bucătăria mică duhnea a praz. Mama îi spusese lui Gustav că nu-și mai permiteau carne, nici măcar bratwurștii[1], pe care el îi adora.

Gustav s-a dus la fereastra bucătăriei și s-a uitat afară, pe Unter der Egg. A văzut-o pe Frau Teller închizându-și chioșcul și s-a gândit la ce îi spusese Adriana despre postul liber de la florăria Valeria, dar și-a dat seama că ar fi mai bine să nu menționeze asta acum.

— Azi m-am uitat pe niște fotografii, a zis deodată Emilie înviorată, cu tatăl tău și cu mine, când am fost într-o vacanță la Davos. Vrei să le vezi?

— Da, a zis Gustav. Eram și eu cu voi?

Nu era. El era într-o altă viață, *dinainte de viață*.

Prima fotografie era cu un balcon larg și cu niște munți înzăpeziți pe fundal.

— Balconul nostru de la hotel, a spus Emilie. Uite ce mare este. Era un loc de cazare atât de frumos! Hotelurile sunt niște locuri minunate.

Apoi a urmat o fotografie cu Emilie într-un scaun de răchită, pe același balcon. Avea fața luminată de soare, părul îi părea curat și proaspăt, ea râdea.

— Arăți frumos, Mutti, a zis Gustav.

— Da? Ei, era demult, 1938, înainte de război. Uite-l și pe tatăl tău. Noi doi credeam pe-atunci c-o să avem o viață bună.

1. Cârnați proaspeți.

Erich stătea în picioare, încadrat de munți, fumând pipă. Purta o cămașă albă și pantalonii îi erau susținuți de bretele. Fața îi părea întunecată, bronzată.

Celelalte fotografii erau în general ceea ce Emilie numea „vederi din Davos". I-a explicat lui Gustav că acela fusese cândva cel mai celebru loc din lume pentru tratarea tuberculozei, fiindcă aerul era foarte bun și erau multe ore cu soare tămăduitor. Oamenii veneau de la mii de kilometri distanță la Davos și se vindecau. Un sanatoriu imens se construise acolo pentru a-i găzdui pe toți cei ce sufereau de tuberculoză, căreia i se mai spunea și „boală-seacă", din cauză că boala îți mănâncă din plămâni. Unii oameni mai mergeau și acum, fiindcă Davos avea să rămână mereu cunoscut ca loc vindecător.

Gustav a reluat răsfoirea „vederilor din Davos", căutând altă fotografie cu Erich. Și iată-l, zâmbind, așezat la o masă într-o cafenea, cu o halbă de bere în față și cu un chelner cu șorț alb și lung stând în picioare în spatele lui.

— Vezi prin ce fel de locuri puteam merge? a zis Emilie. Vezi chelnerul, atât de corect îmbrăcat? Ne simțeam așa de răsfățați și fericiți. Tatăl tău nu mai voia să plece din Davos. Ne-am schimbat biletele de tren ca să rămânem două zile în plus. Și chiar în ultima seară i-am zis: „Nu-ți face griji, sunt sigură că vom reveni". Davos a fost cel mai frumos loc din câte-am cunoscut vreodată, perfect. Soarele strălucea în fiecare zi, absolut în fiecare zi. Însă n-am mai revenit.

— De ce? a întrebat Gustav.

— Timpul, a spus Emilie. Când ești tânăr, ai impresia că ai tot timpul din lume în fața ta și o să faci lucrurile pe care le-ai plănuit. Nu bagi de seamă trecerea timpului, asta-i problema. Dar el trece oricum.

La sfârșitul anului, cooperativa care fabrica brânză s-a închis de tot. Laptele din văile dimprejurul orașului Matzlingen era transportat în altă parte, în Burgdorf sau Lyss, sau chiar și mai departe, la Berna. Cazanele și putinele mari, deasupra cărora asudaseră Emilie și colegele ei, au fost demontate și duse într-un depozit șubred, unde vântul și ploaia au început să le ruginească și unde se cocoțau uneori caprele, simțind mirosul resturilor de cheag din metalul corodat.

Emilie s-a dus la pastorul de la Biserica Sankt Johann, ca să ceară mai mult de muncă, și a primit de lucru în diminețile de luni: curățenie după slujba de duminică. Dar nu îi plăcea deloc. I-a spus lui Gustav:

— Ai fi surprins să vezi ce mizerie fac oamenii în biserică. Uneori găsesc azime pe jumătate mestecate și scuipate pe podea. Și grămezi de confetti făcute terci, ca voma.

În acel moment Gustav a îndrăznit să îi vorbească despre posibilitatea unui post în florăria Valeria.

— Dar de unde știi tu de el? l-a întrebat Emilie.

— De la Frau Zwiebel.

— Ah, a făcut Emilie, bănuiesc că de-acolo își cumpără mușcatele, nu?

— Da, așa cred.

— Păi poți să-i spui că n-am nevoie de pomană.

— Care pomană? E doar un loc de muncă. Poate l-a și ocupat altcineva între timp.

Auzind asta, Emilie s-a mai înmuiat. A zis:

— Eh, bănuiesc că cerșetorii n-au de ales. Poate o poți întreba pe Frau Zwiebel de asta – dacă te mai întâlnești vreodată cu ea.

Gustav a zis că o să întrebe. Îi plăcea să și-o imagineze pe mama lui printre frunzele, trandafirii și crinii parfumați. Își închipuia că, atunci când o să vină iarăși 1 August, Valeria poate o să îi ofere gratuit buchețelele de gențiană și că atunci când Emilie o să le așeze lângă fotografia lui Erich Perle o să-i poată spune bărbatului: „Acum lucrez într-un loc drăguț. Nu-mi mai miros hainele a brânză“.

Dar Emilie Perle n-a primit postul din florărie. S-a îmbolnăvit.

Ludwig

Matzlingen, 1951

Zile în șir, Emilie a rămas la pat în apartamentul de pe Unter der Egg, transpirând, tremurând și tușind. Gustav a fost nevoit să îi spună că nu mai era mâncare în cămară, așa că ea i-a dat câțiva franci și l-a trimis după niște legume ieftine. I-a spus:

— Nu trebuie decât să le cureți, Gustav, să le pui într-o oală cu apă și să le fierbi. Apoi adu-mi o cană din supa asta.

El era foarte mândru că putea să facă toate astea – a cumpărat praz, morcovi și ceapă, apoi le-a curățat și le-a tocat, a aprins gazul și a așezat oala grea pe sobă. Și-a pus unul dintre șorțurile lui Emilie. A dat drumul la radio și a găsit o emisiune de jazz, iar apoi s-a apucat să bată în ritmul saxofonului cu o lingură de lemn.

— Ce-i zgomotul ăla îngrozitor? a strigat Emilie din pat. Stinge-l!

S-a așezat lângă ea și a încercat să îi dea supă cu lingura. A văzut că are buzele uscate și crăpate. Ea i-a spus că supa era prea fierbinte și a închis ochii. El a privit-o lung, nedumerit. Un miros familiar, usturător, la care Gustav nu voia să se gândească, umplea camera. Nu știa dacă să încerce iarăși cu supa sau să plece tiptil și să-și lase mama să doarmă. Știa că în ultima vreme lucrul care-i plăcea ei cel mai mult era să doarmă.

A tot amestecat în supă. A văzut o viespe mergând în sus și-n jos pe geam și a sperat să nu se ducă la pat și s-o înțepe pe Emilie când bea din lichidul care îi acoperea în broboane fața. A atins-o pe mama ușor pe umăr, ca să o trezească, iar ea a mai sorbit un pic din supă. Apoi ea a fluturat ușor din mână zicând:

— Nu pot. Sunt prea bolnavă. Du-te și caut-o pe Frau Krams, Gustav. Zi-i să cheme salvarea.

Frau Krams era administratora clădirii de pe Unter der Egg. Avea un fiu ciudat pe nume Ludwig, care era suficient de mare ca să se angajeze cu normă întreagă sau să fie luat în armată, dar care își pierdea mare parte din vreme stând pe scări și coridoare, fredonând ușurel un cântecel și făcând treburi mărunte pentru locatari, în schimbul unor mici sume puse în palma pe care-o ținea întinsă, ca un cerșetor de pe stradă. Emilie Perle zicea că Ludwig Krams era „o rușine pentru valorile Elveției". Însă măcar îi plăceau copiii. Ori de câte ori îl vedea pe Gustav, îi ciufulea părul și-i zicea: „Ce mai faci, micuțule? Hai să stăm de vorbă. Ia spune-mi, ce-ți face lumea asta ție?"

Gustav a bătut la ușa lui Frau Krams și a apărut Ludwig, fumând o țigară subțire.

— Ce mai face universul? a întrebat el.

— Nu prea bine, a spus Gustav. E bolnavă mama. Are nevoie de salvare.

— Of, a făcut Ludwig, ambulanțe, spitale... hai să nu vorbim de ele. Nu vrei să ne jucăm cu arșicele?

— N-am arșicele la mine, a zis Gustav.

— Ce păcat! a zis Ludwig. Ce păcat, omulețule! Și nu vrei să le-aduci?

— Nu acum. Trebuie să chemăm salvarea pentru Mutti.

Gustav a așteptat. Ludwig pufăia din țigară. Gustav o vedea pe Frau Krams în salon, făcea un ghem dintr-un scul de lână întins pe spătarul unui scaun. Femeia s-a ridicat și a venit la ușă, împingându-l pe Ludwig deoparte.

— Salvarea, Gustav? Am auzit bine? Ce s-a întâmplat?

Gustav i-a zis că mama lui zăcea la pat, că era prea slăbită ca să se ridice și că probabil că făcuse în pat de mai multe ori. Frau Krams și-a acoperit gura cu palmele grăsuțe.

— *Mein Gott!*[1] a zis.

---

1. Dumnezeule! (în germană în original).

L-a urmat pe Gustav în susul scărilor. Ludwig a vrut să vină cu ei, dar Frau Krams l-a trimis înapoi în casă, la parter.

Când au ajuns la apartament, dimensiunile mari ale lui Frau Krams și felul în care corpul ei părea să umple cadrul ușii i s-au părut deodată liniștitoare lui Gustav. Când a condus-o în camera lui Emilie, el și-a dat seama brusc că era foarte obosit, de parcă o parte din boala lui Emilie trecuse în sângele lui și îl slăbea.

S-a uitat cum Frau Krams se apleacă deasupra lui Emilie și îi atinge obrazul fierbinte. Miasma de urină era foarte puternică. Frau Krams a luat apoi plapuma de puf de pe pat. Apoi a dat deoparte și celelalte așternuturi și a ridicat-o pe Emilie, care părea ușoară ca un copil în brațele ei, și a așezat-o într-un fotoliu, învelind-o cu plapuma de puf, ale cărei margini i le-a îndesat pe lângă corp.

— Îmi cer scuze... a zis Emilie.

— N-aveți de ce să vă cereți scuze, a spus Frau Krams.

A scos cearșafurile pătate de pe pat și a deschis fereastra. I-a spus lui Gustav să umple cada cu apă, apoi să toarne dezinfectant în ea și să înmoaie acolo cearșafurile.

— După ce faci asta, să vii aici și să stai cu mama ta. Eu mă duc jos să chem salvarea. S-ar putea să fie pneumonie.

— Sau tuberculoză, a zis Gustav.

— Cum?

— Știu de tuberculoză. Și atunci Mutti va trebui să plece la Davos.

Frau Krams s-a uitat lung la Gustav, care acum ținea grămada de cearșafuri îmbibate de urină. A scuturat din cap.

— Nu, nu, a zis. Nu cred, scumpete. Hai, așteaptă-mă aici. O să-i aduc pe oamenii de la salvare.

Gustav a dat drumul la apa fierbinte, a găsit dezinfectantul cu care curăța Emilie toaleta și l-a turnat pe tot în cadă. Apa sălta și făcea clăbuci, de parcă era acid. Din cadă s-au înălțat vapori, care l-au făcut pe Gustav să tușească. A așteptat până s-a umplut cada, apoi s-a dus înapoi la Emilie, care se prăbușise într-o parte în fotoliu, cu capul atârnându-i peste piept. Acum arăta foarte ciudat, înfășurată în plapuma de puf verde. Lui Gustav îi amintea de un vierme de mătase. Avea fața complet albă, dar cu două pete roșii de febră pe obraji, ca julițurile pe care le-ar fi avut un vierme de mătase care cădea pe podea la grădiniță.

În camera lui Emilie mai era un scaun, unul tare, Biedermeier, pe care ea îl adusese pe Unter der Egg din fosta ei viață de pe Fribourgstrasse. Gustav și l-a tras lângă fotoliul lui Emilie, s-a așezat și s-a uitat la mama lui. În clipa asta a observat ce slabă ajunsese și ce supărată părea. Și s-a întrebat dacă nu cumva el era vinovat de aceste schimbări, într-un fel pe care nu-l pricepea. S-a întins și a atins umărul lui Emilie, care se întrezărea prin cămașa de noapte roz, deasupra marginii plăpumii. L-a mângâiat cu blândețe, simțind sub palmă clavicula tare. Își dorea ca mama să nu fie bolnavă, ca să i se poată sui în poală și să fie ținut în brațe de ea până când adormea.

Când Frau Krams s-a întors cu oamenii de pe ambulanță, Emilie a fost pusă într-un scaun cu rotile și transportată cu un fel de ascensor mic. Gustav a ajutat-o pe Frau Krams să facă bagajul, în care să pună cămăși de noapte curate, șampon, pastă de dinți, poșeta ruptă a lui Emilie și fotografia lui Erich Perle. Frau Krams i-a spus lui Gustav că ea o să meargă la spital cu Emilie și o să se întoarcă pe Unter der Egg până la ora cinei. I-a spus să se ducă jos, în apartamentul ei, și să stea cu Ludwig până se întoarce ea.

Ludwig bea.

A zis:

— E mișto votca. Dar să nu sufli o vorbă, da, Gustav?

Gustav s-a așezat pe o canapea tare din salonul lui Frau Krams. Și-a dat jos pantofii, și-a suit picioarele pe canapea și s-a întins, iar în câteva clipe a adormit, în zgomotele unui mic șemineu, care pocnea și șuiera în vreme ce se însera.

Când s-a trezit, era dimineață.

Era acoperit cu o pătură moale, cu roșu și alb, ca steagul elvețian, iar el s-a înfășurat și mai bine cu ea, amintindu-și că are nevoie de un înveliș protector.

Din bucătărie se auzea fredonatul lui Ludwig. Focul din șemineu se stinsese și la fereastra mică se vedea lumina soarelui. Și-a amintit că mama lui era la spital, iar el era în apartamentul familiei Krams. S-a întrebat dacă se făcuse ora de plecat la școală.

Ludwig a intrat în cameră, s-a aplecat deasupra lui și a început să îl gâdile și să râdă, iar odată cu hohotele de râs venea și mirosul stătut de votcă.

— Scularea, băiat rău! a zis Ludwig.

Lui Gustav i se părea că seamănă cu unul dintre personajele care aduc pedepse în *Struwwelpeter*.

— Nu-s rău, a zis.

— Ba ești. Și-o să te gâdil până țipi!

— Eu nu țip niciodată.

— Eu pot să te fac să țipi.

— Ba nu poți.

— Bine, atunci. Dă pătura deoparte. Oricum, e pătura mea, preferata mea, dar te-am lăsat s-o folosești. Nu-i așa că-s bun? Hai, la masă acum: ciocolată caldă cu pâine și murături.

Ludwig și Gustav s-au așezat în salon la o masă acoperită cu o mușama galbenă. Ludwig fiersese laptele pentru ciocolata caldă și așezase o farfurie cu pâine, unt și ceapă murată. Gustav a început să se înfrupte din toate acestea. I-ar fi plăcut să mănânce o farfurie enormă de bratwurști cu cartofi fierți. În cele din urmă, l-a întrebat pe Ludwig:

— De ce nu s-a întors mama ta?

Ludwig a dârdâit.

— Spitalele, a zis. Te răpesc. Eu am fost răpit. M-au legat de un pat și mi-au făcut șocuri electrice la cap.

— De ce? a întrebat Gustav.

— Cine știe? Asta-i treaba cu lumea, Gustavus: n-ai cum să știi de ce se-ntâmplă lucrurile care se-ntâmplă.

Gustav a sorbit și ultimele resturi de ciocolată caldă.

— Mama ta a zis că se întoarce până la cină, și-acum e micul dejun.

— Da. Sper că nu i-au făcut șocuri electrice la cap. Vrei să mergem în camera mea? Pot să-ți arăt câteva dintre jucăriile mele.

— Jucării?

— Da. Lucrurile cu care mă joc eu.

— Cred c-ar trebui să mă duc la școală.

— Dar dacă faci asta o să rămân așa de singur, omulețule.

Camera era aproape la fel de mică ca a lui Gustav și era înțesată de unele lucruri pe care chiriașii clădirii le aruncaseră, dar pe care Ludwig decisese să le salveze: șezlonguri decolorate, tablouri cu Isus, un căluț de lemn stricat, niște foarfece de grădină ruginite, ghivece de flori, un pătuț de bebeluș, un coș de picnic, un borcan de biscuiți, reviste, două stropitori, o mașinuță de jucărie, un set de berne de brocart...

Gustav se holba la toate astea. Ludwig abia de mai avea loc să se bage și să iasă din patul lui îngust, așa de tare se revărsa valul de obiecte găsite.

— Cu ce-ai vrea să te joci? a întrebat Ludwig. Vrei să te dai pe căluțul de lemn?

— Da.

Ludwig a călcat pe șezlonguri și pe coșul de picnic ca să ajungă la căluț. Când l-a ridicat, ceva a căzut dintre perne: era trenulețul de tinichea stricat al lui Gustav.

Când l-a văzut, Gustav a rămas uluit.

— Trenul meu! E trenul meu! a strigat. Dă-mi-l, Ludwig!

Ludwig a ridicat trenulețul.

— E al meu acum, a zis. L-am găsit în coșul de gunoi.

— Mutti l-a aruncat, nu eu. N-am vrut să-l stric. Eram supărat din altă cauză. Te rog, dă-mi-l înapoi!

— Nu. Nu ți-l dau!

— Te rog! *Te rog*, Ludwig!

Ludwig ținea trenul în aer, cu susul în jos. Dacă oamenii din vagoane nu ar fi fost pictați, ci așezați pe scaune, ar fi căzut.

Atunci Ludwig l-a țintuit lung cu privirea pe Gustav. Fața lui îngustă și albă s-a umplut deodată de pete roșii. Lent, a lăsat trenul jos, într-un loc unde Gustav nu putea să ajungă.

— Am o idee mișto, a zis el.

— Dă-mi trenul înapoi!

— Dacă ești de acord să facem ce m-am gândit eu, a zis. Bine?

— Nu. Nu știu la ce te-ai gândit.

— Păi e mișto. O să vezi. Multă lume face asta. Am făcut-o și la spital, unde mi-au administrat șocuri electrice. Oamenii o fac tot timpul.

— Ce anume?

— Uite, a zis Ludwig. Ia bucură-ți privirea cu asta, omulețule.

Și atunci s-a deschis la șliț și și-a scos penisul, pe care a început să și-l mângâie.

— Primești trenul înapoi *dacă*... a zis.

Gustav a icnit.

— Dacă ce?

— Vino încoace. Atinge-mi puța. Mângâi-o așa, cum fac eu.

— Nu vreau.

— Atunci nu primești trenul. Haide, pune mâna aici. Ți-am zis, e foarte mișto. Ne-am putea distra așa. N-o să afle nimeni. Și eu sunt un zeu al sexului! Așa-mi zicea în spital. Hai, pune mâna un pic și-o să-mi vină.

Gustav simțea cum trupul său devine tot mai rece. Și-a întors privirea dinspre Ludwig și s-a uitat la trenul lui, care stătea pe pătuțul de copil răsturnat cu fundul în sus. Ludwig, care era tot mai roșu la față, s-a întins și l-a tras zdravăn pe Gustav spre el. Gustav a căzut de pe căluțul de lemn și s-a julit la picior. Acum Ludwig îl strângea de braț și-i îndrepta mâna spre penisul lui, care se lungise și mărise, însă chiar în clipa asta Gustav a auzit sunetul unei chei în ușa de la intrare și și-a dat seama că trebuia să fie Frau Krams, care în sfârșit se întorcea de la spital.

— *Scheisse!* a bombănit Ludwig și s-a întors cu spatele la Gustav, ca să se frece mai tare. Ieși de-aici! Du-te la mama, a șuierat. Închide ușa!

Gustav a vrut să-și ia trenulețul, dar n-a îndrăznit. A ieșit din camera lui Ludwig și a intrat în salon, unde resturile de la micul dejun se aflau încă pe masă. Frau Krams se apucase imediat să le strângă, dar când l-a văzut pe Gustav s-a așezat.

— De ce nu ești la școală? l-a întrebat.

Gustav și-a dat seama că nu putea să vorbească. Tremura. Durerea de la julitură i se transmitea prin tot piciorul.

— Ce face Mutti? a reușit să întrebe în cele din urmă.

Frau Krams a băgat mâna în poșetă, a scos o țigară și și-a aprins-o. Ochii încercănați de oboseală păreau înconjurați de vânătăi. A oftat când i-a spus:

— Are *chiar* pneumonie, Gustav. Cum m-am temut. Am stat cu ea toată noaptea, fiindcă era într-o stare critică, multă vreme a fost într-o stare critică. Voiam să simtă că e cineva cu ea.

— Foarte amabil din partea dumneavoastră, Frau Krams. Și o să vină acasă?

— Nu, scumpete. O să mai dureze ceva vreme. Trebuie să se înzdrăvenească înainte să vină acasă. Așa că fii atent. Trebuie să plănuim ce facem cu tine. Ai o bunică sau vreo mătușă la care să te duci să stai?

— Nu, a zis Gustav.

Frau Krams s-a frecat la ochi.

— Bănuiesc că pot să am eu grijă de tine pentru scurt timp, a spus. Am putea încerca să facem curat în camera lui Ludwig, să mai scăpăm de o parte dintre gunoaiele alea și să băgăm acolo o saltea pentru tine.

Gustav a scuturat din cap, nu.

— Nu te condamn, a zis Frau Krams. Nu vrei să stai în aceeași cameră cu niște stropitori și șezlonguri. Așa că, ia spune, ce ne facem cu tine?

Solo

Matzlingen, 1951

Gustav stătea lângă cadă, uitându-se la apa cu dezinfectant și la cearșafurile pătate. Frau Krams îi spusese să le ducă în pivniță, unde era mașina de spălat folosită la comun, într-un mic spațiu betonat, însă își dădea seama că lenjeria udă ar fi prea grea pentru el. Se întreba cât de puternic ar trebui să fie – la cei aproape zece ani ai săi.

A ieșit din baie, s-a dus în bucătărie și a găsit restul de fiertură de legume pe plită, dar nu arăta deloc apetisant. Bucățile albe de praz care pluteau îl duceau cu gândul la penisul oribil de lung pe care îl văzuse în mâna lui Ludwig. A vărsat fiertura la canal, străduindu-se să nu vomite când a văzut o bucată mare de praz blocând scurgerea. S-a gândit că, dacă ar fi fost alt băiat, până acum ar fi început să plângă sau măcar să scâncească, dar nu: el era Gustav Perle. Avea să *se stăpânească* – de dragul lui Mutti, de dragul tatălui său mort, de dragul lui Anton, care plângea prea des, de dragul câtorva lucruri frumoase din lume, cum ar fi soarele pe un balcon din Davos. A apucat cu mâna prazul lipicios și l-a aruncat la coș.

S-a spălat pe față și pe mâini, și-a schimbat hainele și a pornit pe jos spre școală. Nu știa cât era ceasul, așa că a rugat-o pe Frau Teller, de la standul cu flori, să îi spună ce oră este, iar ea i-a răspuns:

— Eu nu știu decât că-i miercuri, Gustav.

Când a ajuns la școală, a văzut că orele abia începeau. S-a dus în clasa lui, s-a așezat în bancă și a constatat că banca de lemn, familiară, era un soi de alinare. Ca și cum ar fi fost singurul lucru în ceea ce Ludwig numea „univers“ care nu se stricase în ultimele douăzeci și patru de ore. Ținându-se de bancă, a hotărât ca după școală să împrumute bani pentru biletul de tramvai și să se ducă la Emilie la spital. Spera să o găsească într-un pat curat, cu părul spălat și pieptănat.

I-a șoptit lui Anton:

— Mutti are pneumonie.

— Ce înseamnă pneumonie?

— E ca tuberculoza. Aproape c-a murit azi-noapte.

— Vorbești serios, „aproape-a murit“?

— Da.

— Și ce-ai face dacă ar muri?

— Aș fi singur, a spus Gustav.

În pauză, Anton i-a spus lui Gustav că profesorul lui de pian, Herr Edelstein, îl înscrisese la un concurs național de pian pentru copii, la Berna. Avea să cânte *La Cathédrale engloutie*[1] de Debussy.

— Când? a întrebat Gustav.

— La vară. Înainte să plecăm în vacanță la munte. Dar mai întâi sunt preselecțiile.

— Ce înseamnă „preselecții“?

— Sunt ca niște reprize, prima și apoi a doua. Trebuie să mergi la Berna și să cânți pentru doi dintre jurați. Apoi, dacă ești destul de bun, după runda a doua, intri în concurs.

— Și ce se întâmplă dacă nu ești suficient de bun?

— O să fiu suficient de bun, Gustav. Poate c-o să vii și tu la Berna ca să mă asculți când cânt, nu?

Lui Gustav i-a făcut plăcere să și-l imagineze pe Anton pe scenă, într-o sală de concerte imensă, singur cu pianul negru cu coadă deschis ca o inimă enormă, gata să-l primească în ea. Spera să o poată convinge pe Emilie să-l ducă acolo și astfel să îl poată auzi și ea pe Anton.

1. *Catedrala scufundată*, lucrare pentru pian, solo.

Era frig în curtea școlii. Gustav voia să-i povestească lui Anton ce făcuse Ludwig, în așa fel încât repulsia, odată împărtășită, să nu îi mai sape în creier, ca un vierme care sapă în pământ. Dar i se făcea rău numai la gândul că încearcă să descrie ce se întâmplase. În plus, se întreba și dacă nu cumva Anton nu l-ar *condamna* pe el cine știe cum, iar apoi nu l-ar evita. Îi era ușor să-și imagineze cum Anton îi întoarce spatele și le spune celorlalți băieți că Gustav Perle făcuse ceva oribil. Așa că s-a hotărât pe loc că va trebui să țină secretul ăsta doar pentru el și nu-l va spune nimănui – *niciodată*.

Stătea și îl asculta pe Anton cum povestea entuziasmat despre concursul de pian. Anton a zis:

— Poate fi un pic cam înfricoșător să cânți în fața atâtor oameni. Mama zice să există o pilulă pe care pot s-o iau ca să nu fiu agitat. Mai zice și că aș face bine să mă obișnuiesc, fiindcă probabil asta o să fie cariera mea, o să devin pianist și-o să susțin concerte.

— Dar de unde știe ea?

— Fiindcă sunt un „copil-minune“. Adică sunt mai bun la pian decât majoritatea celor de vârsta mea. Așa că atunci când o să am optsprezece ani o să pot susține concerte mari, la Paris, Geneva și New York. Înțelegi?

— Concerte mari?

— Sigur. Chiar și la vârsta noastră, spune mama, trebuie să ne gândim ce o să facem în viață. Tu ce o să faci, Gustav?

Gustav a întors fața în altă parte. S-a văzut în gând pe sine, stând în patru labe, în Biserica Sankt Johann, căutând „comori“ jalnice pe sub grilajul metalic. Și era ușor să proiectezi imaginea asta în viitor – de parcă nici nu *exista* vreun viitor pentru el, ci doar asta: un bărbat târându-se singur, tot mai bătrân an de an, căutând lucruri lepădate de alții.

— Nu știu ce-o să fac, a răspuns.

După ore s-a dus la Herr Hodler. Max Hodler purta ochelari acum, iar acești ochelari îi umbreau ochii tiviți cu roz și-l făceau să pară mai bătrân și ceva mai chipeș ca înainte. Când i s-a spus de pneumonia lui Emilie Perle, a zis:

— Doamne, Gustav! E foarte înfricoșător.

I-a dat lui Gustav o caramea și și-a băgat și el una în gură. Stăteau în cancelaria plină de cărți, mestecând caramele și fără să vorbească.

În cele din urmă, Max Hodler a întrebat:

— Cine are grijă de tine?

— Eu sunt bine, a zis Gustav. Numai dacă mi-ai putea împrumuta niște bani pentru biletul de tramvai, ca să pot să mă duc la Mutti.

— Sigur că da, a zis Max. Te duci acum? Hai să vin cu tine.

Gustav a scuturat din cap, nu.

S-ar putea ca Mutti să nu vrea vizitatori, a spus, amintindu-și cearșafurile îmbibate în urină și sudoarea grasă de pe fața lui Emilie.

— Bine, a zis Max. Aș putea aștepta pe hol.

— Pot să mă duc singur, a spus Gustav. E tramvaiul 13.

Emilie era greu de găsit în spitalul mare. Gustav a rătăcit dintr-un salon în altul, uitându-se la toți bolnavii. Începea să se simtă iarăși obosit și-i era foarte foame. Când a văzut o infirmieră care împingea un cărucior cu mâncare, a întrebat-o dacă poate să ia o bucată de pâine. Și s-a întins după pâine fără să mai aștepte un răspuns, însă infirmiera l-a plesnit peste mână și a zis:

— Ia lasă-n pace porțiile pacienților! Oricum, ce cauți tu aici, băiete? Ești din salonul de copii?

A fost trimis înapoi, prin toate saloanele deja vizitate, la un birou unde se afla o soră-șefă, care purta o pălărie albă apretată, ca dintr-un fel de costum național elvețian ciudat.

— Ce-i? a întrebat ea. Ce vrei?

El a spus numele lui Emilie: Frau Perle – căci nu era niciodată Emilie pentru străini. Sora-șefă a chemat o asistentă, iar Gustav a urmat-o pe aceasta, repetând drumul prin saloanele aglomerate, pe lângă căruciorul cu mâncare, până a ajuns pe un coridor întunecat și liniștit, iar asistenta a deschis ușa unei camere mici, luminată cu o lampă cu abajur albastru.

Gustav a intrat. În lumina albastră, abia de putea distinge forma lui Emilie pe patul metalic. De brațe îi erau prinse niște tuburi care se uneau sus, într-o pungă întoarsă, fixată pe un stâlp. Un alt tub îi intra în nas. Avea ochii închiși și respira zgomotos, de parcă sforăia.

Lângă pat era un scaun, iar Gustav s-a așezat. Ar fi vrut s-o ia pe Emilie de mână, dar îi era frică să nu se desprindă tuburile, așa că a rămas așa, cu mâinile în poală. A spus:

— Mutti, mă auzi?

Nu îl auzea. Era în acel loc ca un lac întunecat și tăcut, unde se duc oamenii când dorm. Din când în când, Gustav auzea pași trecând pe coridor, dar în salon n-a intrat nimeni. A stat acolo nemișcat, scăldat în lumina albastră. Faptul că totul era albastru îl făcea să se simtă foarte singur. Îl sâcâia întruna gândul la cearșafurile din cada cu dezinfectant și faptul că trebuia să le scoată de acolo și să le târască cumva până la mașina de spălat din pivniță.

S-a întrebat câte alte treburi nu făcea Mutti de-a lungul unei zile, ca să se asigure că ei trăiau o viață așa cum se cuvine, cu podelele curate și cu șoarecii ținuți la distanță și cu pernele moi și uscate. Și a hotărât că asta era misiunea lui acum, să învețe ce trebuia făcut ca să aibă apartamentul pregătit pentru întoarcerea lui Emilie. Înțelesese cum să ajute la curățenie la Biserica Sankt Johann. Așa că poate și asta era la fel de simplu? O să facă curățenie în apartament ca în naos și între băncuțe, cu mopul, cârpa de șters praful și bătătorul de covoare. O să scotocească prin cutia cu comoara după toate monedele mărunte pe care le-a strâns acolo, cu speranța să cumpere cu ele mâncare și un buchet de violete, pe care să le pună în camera lui Emilie când ea avea să se întoarcă acasă.

La Ludwig refuza să se gândească. Dar apoi și-a amintit, cu o strângere de inimă, că Frau Krams avea o cheie a apartamentului lor. Ludwig putea să ia cheia aceea și să urce la el în miezul nopții, ținându-și penisul în mână. Gustav își dorea să fi avut un câine fioros, care să-i poată smulge penisul cu dinții – așa cum îi tăiase omul-foarfece cu picioare roșii degetele mari lui Konrad (*klipp und klapp!*) –, lăsându-l pe Ludwig să țipe ca un liliac, în vreme ce din el se scurg șiroaie de sânge pe linoleum.

Înainte să plece din camera albastră de la spital, a găsit la capătul patului lui Mutti o fișă de care atârna un creion. Pe aceasta a scris:

DRAGĂ Mutti,

Nu te îngrijora din cauza mea. Familia Zwiebel o să aibă grijă de mine.

Gustav

Când a ajuns înapoi acasă, a început să caute mâncare. A găsit o supă de roșii la cutie – ultima conservă din dulapurile lui Emilie – și și-a încălzit-o. Știa că ar trebui să își păstreze și pentru micul dejun sau pentru cina de mâine, dar îi era așa de foame, încât a băut-o pe toată.

Și-a numărat banii din cutia cu comoara. Însumau trei franci și douăzeci de centime. S-a întrebat dacă se vindea pe undeva vreun bratwurst pentru o sumă mai mică de-atât. Apoi s-a întrebat dacă putea supraviețui doar cu o masă pe zi, adică prânzul de la școală, care consta de obicei în găluște cu un pic de carne și sos. Și-a amintit că Max Hodler îi spusese că Elveția se născuse, ca țară, *printr-un act de voință*. Elveția era o *Willensnation*, iar Max zisese că toți copiii elvețieni ar trebui să țină minte asta și să fie la fel de puternici și de perseverenți ca bărbații de pe pajiștea Rütli și de mai apoi – sute de ani mai târziu –, generalii din vremea războiului, care apăraseră neutralitatea Elveției. Dar Gustav învățase deja că voința lui, când venea vorba de foame, era slabă. Nu pricepea cum ar fi putut fi altfel.

Își promisese că înainte de a adormi o să încerce să ducă cearșafurile dezinfectate jos, la subsol. A scurs apa din cadă, apoi s-a băgat înăuntru și a început să calce pe cearșafuri, ca să se stoarcă mai bine. Simțea cum îl arde la picioare.

În dulapul lui Emilie cu produse de curățenie, a găsit un cărucior pliant metalic, în care îl plimba mama când era mic. L-a dus în baie, a tras de cearșafurile din cadă și le-a înghesuit în cărucior, apoi a împins căruciorul până la lift. Pe tot acest drum, pe podeaua de gresie cearșafurile lăsau mici picături și băltoace.

Când a ajuns la subsol, acolo era întuneric. Întrerupătorul era prea sus și nu ajungea la el. A rămas în beznă, amușinând umezeala încăperii și mirosul înțepător al cearșafurilor. Știa că dacă n-ar fi fost problema cu Ludwig ar fi mers și-ar fi bătut la ușa lui Frau Krams și i-ar fi cerul ajutorul, dar acum se temea să facă asta.

A stat așa multă vreme. Apoi i s-a făcut frică – nu cumva Ludwig să vină și să închidă ușa pivniței, cu ei doi încuiați înăuntru. Nu știa ce să facă, decât să împingă căruciorul cu cearșafurile aproape de mașina de spălat și să le lase acolo până în zori.

Acum construia o baricadă în spatele ușii apartamentului.

A folosit scaunul Biedermeier, l-a proptit de un raft de lemn pe care îl scosese Emilie din dulapul ei. Apoi a adus toate oalele și tigăile, una câte una, din bucătărie la ușă, și le-a pus grămadă pe scaun și în jurul acestuia. Știa că ușa încă mai poate fi deschisă, dar măcar o să audă tigăile zăngănind și trântindu-se, dacă încerca Ludwig să intre. Iar atunci el fugea în toaletă și se încuia acolo.

Când a terminat baricada, Gustav era așa de obosit, încât i se părea c-o să se prăbușească. Ar fi vrut să facă baie, ca să se spele de toate câte i se întâmplaseră în ultimele douăzeci și patru de ore, dar se temea să nu adoarmă în apă și să se înece. Așa că și-a dat jos hainele și s-a băgat în pat. A spus o rugăciune pentru Emilie și a adormit.

Pharma

Matzlingen și Berna, 1951

Gustav s-a obișnuit să supraviețuiască doar cu mesele de prânz de la școală și cu pachetele de mâncare pe care i le dădea Max Hodler. Max includea aproape invariabil și o conservă de bratwurști, iar pe aceasta Gustav o legăna la piept înainte să o deschidă. Se gândea că Max Hodler este, probabil, cel mai bun om din Elveția.

Uneori era invitat la ceai cu Anton și Adriana pe Fribourgstrasse nr. 77, unde se îndopa cu tartă cu cireșe și biscuiți florentini și-l asculta pe Anton exersând pentru concursul de pian. I-a spus lui Anton că nu se mai putea concentra foarte bine la Debussy, la fel cum nu se mai putea concentra la lecțiile de istorie și nici măcar la cele de matematică. Nu-i stătea mintea decât la mâncare. Poate că spera ca, atunci când spunea asta, Anton să-i zică: Păi atunci de ce nu vii să locuiești cu noi?

Însă Anton n-a făcut decât să-și rotească scaunul de la pian, zicând:

— Să știi că-n război milioane de evrei au fost duși în lagăre, unde au murit de foame. Măcar tu nu mori de foame, Gustav.

— De ce-au murit de foame?

— Pentru că evreii sunt urâți de alți oameni. Așa spune tata. Sunt urâți în toată lumea.

— Eu nu-i urăsc.

— Știu că tu nu. Dar multă lume. Mama ta îi urăște.

Era o dimineață de duminică de la începutul verii când Emilie Perle a revenit în apartament. A rămas în ușa salonului, privind în jur uluită.

— Miroase frumos, a curat, a zis. Bănuiesc că Frau Krams a făcut toată treaba în locul meu, nu? Să nu uit să-i mulțumesc.

— Nu, a spus Gustav. M-a ajutat la spălat și la călcat, dar atâta. Eu am dat cu mopul, am șters praful și ce mai trebuia. Ți-am pus așternuturi curate pe pat.

Emilie s-a așezat și s-a uitat la Gustav.

— Ai slăbit, i-a spus.

— Sunt bine.

— Nu m-am îngrijorat din cauza ta. Mi-ai scris în biletul acela că familia Zwiebel are grijă de tine.

— O, da, a avut, a mințit Gustav. Iar lui Anton i s-a întâmplat ceva extraordinar. A fost ales să participe la un concurs de pian pentru copii, la Berna. A trebuit să treacă prin „preselecții", dar a reușit. O să cânte Debussy la Kornhaus[1].

— Ah! a făcut Emilie. Ce drăguț!

— Ai putea veni cu mine la Berna, să-l ascultăm cum cântă.

— Nu știu ce să zic. Să le luăm pe rând.

A pornit prin apartament. Avea părul proaspăt spălat și prins la spate tinerește cu o clamă de baga. I-a spus lui Gustav:

— După ce-ai fost bolnav mult timp, toate îți par ciudate, de parcă nu le-ai mai fi văzut niciodată înainte.

— Vrei să mănânci ceva, Mutti? a întrebat Gustav.

— Ce-avem de mâncare? a zis Emilie.

— O cutie de bratwurști și o cutie de *sauerkraut*[2]. Și o felie de tartă cu cireșe, pe care am păstrat-o de când am fost la ceai la familia Zwiebel.

— Sună foarte bine, a zis Emilie. În spital parcă nu ne dădeau decât supă și iar supă.

---

1. Clădire cu o splendidă arhitectură barocă, cândva grânar, transformată în spațiu de evenimente culturale.

2. Varză murată (în germană în original).

Gustav a luat o tavă, a așternut un șervet curat pe ea și a așezat un pahar cu apă lângă farfuria cu bratwurst și *sauerkraut*. A mai adăugat și un șervețel curat. I-ar fi plăcut să aibă și-un buchețel de flori, ca să îl pună alături. Dar, chiar și așa, vederea tăvii cu mâncare îi făcea plăcere.

Emilie a zâmbit când a luat tava de la el. Era prima oară când Gustav o vedea zâmbind după mult timp. Ar fi vrut s-o întrebe dacă acum totul va fi bine, dacă își va găsi de lucru și va primi bani, dacă lucrurile o să fie ca înainte, cu ciorapii atârnați pe sârmă deasupra căzii și cu găluște proaspete pentru cină, în fiecare zi de luni. Dar bănuia că Emilie nu știa să-i răspundă la toate astea.

Emilie a început să devoreze mâncarea. Între guri, a ridicat privirea spre Gustav.

— Ai părul prea lung, i-a spus.

A găsit de lucru la o farmacie din centrul orașului.

I s-a dat o uniformă bleu, pe care trebuia să o poarte peste bluzele și fustele ei decolorate. I-a spus lui Gustav:

— Swiss Pharma e cea mai avansată din lume. Noi vindem medicamente care nu se mai pot găsi nicăieri altundeva.

I-a explicat că nu putea vinde ea personal nimic din toate astea. Nu avea „cunoștințele necesare". Fiecare solicitare trebuia verificată de farmacist. Ea putea vinde săpun, aspirină, pastile de tuse, bandaje și dezinfectante, și cam atât.

— Însă slujba mea e importantă, a zis. Eu sunt omul care verifică de două ori dacă avem marfa pe raft – ca să nu rămânem fără ceva esențial. Și îi ajut pe oameni să găsească ce le trebuie.

După ore, când s-a dus la farmacie, Gustav s-a simțit mândru de Emilie. Se ținea foarte dreaptă în uniforma ei albastră. Mergea iute prin magazin, în pantofi albi, curați, și nu-și mai târa picioarele, cum făcea prin apartament sau pe vremea când lucra la cooperativa de brânză. Le zâmbea clienților.

Salariul era mediocru, dar le ajungea. Emilie și Gustav nu s-au mai dus să facă niciodată curat la Biserica Sankt Johann.

Uneori aveau *Nusstorte* la ceai, iar duminică aveau și câte-o bucățică de carne prăjită.

Concursul de pian a avut loc la finalul lui iunie.

S-a căzut de acord ca Gustav să meargă cu mașina împreună cu familia Zwiebel la Berna, în seara dinainte, să stea la hotel cu toții, iar băieților avea să li se permită să rămână la cină în restaurantul hotelului. Nu s-a pomenit nimic despre Emilie, cum că ar fi și ea invitată.

Anton concura la categoria de vârstă „8–10 ani". Acești copii urmau să cânte în cursul dimineții. Aveau să mai fie încă patru concurenți în această secțiune a concursului, trei băieți și o fată. Când i-a explicat asta lui Gustav, Anton a zis:

— Abia acum îmi dau seama că s-ar putea să nu câștig.

Gustav își auzise de multe ori prietenul cântând *La Cathédrale engloutie*, dar nu putea ști dacă un alt băiat – sau singura fată – aveau să se dovedească a fi în vreo altă categorie de „copii-minune", copii și mai supradotați ca Anton, și dacă nu ei vor fi cei care vor primi cupa de argint și vor avea banderola de câștigător înfășurată pe trupurile lor subțiri. Dar se temea că probabil așa va fi.

— Ce-o să te faci dacă nu câștigi? a întrebat Gustav.

— Nu știu, a zis Anton. S-ar putea să sparg un metronom.

Gustav o convinsese pe Emilie să-i cumpere o haină nouă, pe care să o poarte în călătoria la Berna. Își imaginase că Berna, capitala țării, seamănă cu o imagine pe care o văzuse cândva cu grădinile suspendate ale Babilonului, cu minarete, domuri și păsări ale paradisului cocoțate în copaci. Nu voia să arate ca un puști care cerșește într-un asemenea loc preaslăvit.

Când au ajuns acolo cu mașina lui Herr Zwiebel, a văzut că nu era cum își imaginase. Era un oraș cu acoperișuri de țiglă și clădiri înalte de piatră, porți uriașe, statui pictate și o mie de steaguri tremurând în briza vioaie de iunie. Pe străzile orașului toți goneau – mașini, tramvaie și oameni – ca împinși de nerăbdarea de-a fi altundeva. Aerul era încărcat de zgomotul traficului și de sunetul clopotelor. Era genul de loc pe care lui Gustav îi venea greu să-l înțeleagă. Până atunci, nu cunoscuse din lume decât Matzlingenul.

Când mergeau cu mașina pe o stradă îngustă care ducea la hotel, Gustav s-a uitat la Anton și a văzut că prietenul său era foarte palid și avea broboane de sudoare deasupra buzei.

— Frau Zwiebel, a zis Gustav, cred că lui Anton îi e rău.

Adriana s-a răsucit în scaunul din față și s-a uitat la Anton.

— Oprește mașina, Armin! a strigat.

S-au oprit, cu o smucitură, în fața unui coafor. Adriana a coborât, a fugit pe partea cealaltă a mașinii și a deschis portiera din dreptul lui Anton, iar el s-a dat jos împleticindu-se și a vomitat pe trotuar. Adriana i-a ținut fruntea, cu blândețe. Armin Zwiebel și-a întors privirea dinspre mica scenă tulburătoare.

— Bravo, Gustav, a zis el. Mi-ai salvat interiorul mașinii. Am avut cândva un câine căruia i se făcea rău în vechiul meu Mercedes și n-am mai scăpat niciodată cu totul de miros.

Anton părea să nu se mai oprească din vărsat. O femeie proaspăt coafată a ieșit din salon, s-a tras înapoi îngrozită și apoi s-a îndepărtat în grabă, mergând cât de repede îi permiteau pantofii cu toc înalt. Herr Zwiebel și-a aprins o țigară.

— Bănuiesc că-i din cauza emoțiilor, a zis. Soția mea are la ea niște leacuri pentru asta.

— O să câștige Anton? a întrebat Gustav.

— Nu, a răspuns Armin Zwiebel.

— De unde știți, domnule?

— Pur și simplu. E foarte talentat, însă-i prea fragil pentru concursuri. Și are o fire prea anxioasă.

— Dar a trecut de preselecții.

— Da. Erau într-o sală de repetiții mică, nu pe-o scenă mare. N-o să reușească să cânte bine la Kornhaus.

Într-un fel, Gustav s-a simțit ușurat că Herr Zwiebel nu se aștepta ca Anton să câștige. Simțea că asta crea o legătură temporară între ei – bancherul evreu și fiul polițistului mort –, fiindcă acum își dădea seama că și el însuși era convins, în mintea lui, că Anton avea să piardă. Îi fusese rușine să gândească asta despre prietenul lui, dar acum, când știa că și Herr Zwiebel gândea la fel, rușinea se risipea. Au stat în tăcere în mașină. Știau amândoi că ceea ce aveau acum de făcut era să-l ajute pe Anton în următoarele douăzeci și patru de ore.

Restaurantul hotelului era ca o cușcă înaltă de sticlă, plină cu palmieri și flori. Gratiile și acoperișul cuștii erau dintr-un grilaj de fier alb. Deasupra sticlei, o lună plină traversa lent cerul și se cufunda dincolo de o coamă de nori.

Armin Zwiebel a comandat friptură de vițel cu piure de cartofi pentru Anton și Gustav, în timp ce el și Adriana au fost serviți cu niște farfurii mari de stridii pe gheață zobită. Ascuns aproape de tot în spatele palmierilor, un pianist cânta cântecele lui Cole Porter. Înălțându-și capul ca să asculte o clipă atent, Anton a comentat:

— Mâna stângă nu-i merge bine. Acordurile sunt prea simple.

— Liniște, dragule! a zis Adriana.

— Nu, n-o să tac, a spus Anton, că doar cântă pentru public, nu? Nu-i plătit pentru asta? Ar trebui să ia pe cineva mai bun.

— Îmi place Cole Porter, a zis Adriana.

— Și mie, a spus Armin.

— Dar nu despre asta e vorba, a zis Anton.

— Știm. Dar mănâncă, scumpete. E bună carnea de vițel?

— Da. Dar nu mi-e foame.

Gustav aproape că terminase tot ce avea în farfurie, așa delicioase erau friptura și cartofii cremoși, însă Anton împinsese totul deoparte. Acum era foarte roșu la față, Gustav vedea asta, de parcă în salonul ca o cușcă de sticlă ar fi fost arșiță, când de fapt în acel spațiu trăgea curentul și era atât de răcoare, încât unii dintre meseni își trăseseră pe ei hainele de afară.

Adriana s-a uitat la soțul ei. El tocmai sorbea o stridie, dar i-a surprins privirea.

— Anton, a zis tatăl după ce și-a înghițit stridia, după ce își termină Gustav cina ar trebui să mergeți amândoi la culcare. Nu te agita cu mâncarea. O să-ți aducă mama un medicament care să te ajute să te odihnești. Gustav, ai luat cu tine vreo carte? I-ai putea citi lui Anton, ca să se liniștească înainte să vă culcați.

— Da, domnule, a zis Gustav. Am luat *Struwwelpeter*.

— Ah, cartea aceea! Mi-o amintesc. Vrei să-ți citească Gustav din *Struwwelpeter* în pat?

— Da, a zis Anton. Îmi place povestea cu băiatul care se înalță, plutește pe cer și nu se mai întoarce niciodată.

Anton a părut ușurat să plece din salonul de sticlă. S-a ținut de brațul lui Gustav când urcau pe scări în camera lor. S-au dezbrăcat în liniște, iar Anton s-a băgat direct în pat, fără să se spele pe corp sau pe dinți. Dincolo de fereastră, sunetele complicate ale marelui oraș păreau să se acordeze pentru noapte, devenind din ce în ce mai puternice de la o clipă la alta. În cameră era frig.

Emilie îi pusese lui Gustav în bagaj halatul de lână, iar el și l-a înfășurat strâns pe corp. Când s-a uitat la Anton, cum stătea neclintit și foarte țeapăn în pat, s-a gândit la prima zi a prietenului său la grădiniță, la cum stătuse în picioare lângă groapa cu nisip, plângând. Ar fi vrut să îi spună: Sunt aici, Anton. O să te-ajut să treci prin orice-ar urma.

Adriana a intrat în cameră, s-a așezat pe patul lui Anton și i-a dat o pastilă. L-a mângâiat pe cap.

— O să te-ajute să dormi, a zis. Dimineața o să-ți mai dau una, să te calmeze. Stai liniștit acum, dragul meu, iar Gustav o să-ți citească.

Anton a încuviințat. A atins mâna mamei.

— Și dacă n-o să fiu cel mai bun pianist? a întrebat-o.

— Păi, a zis Adriana, atunci n-o să fii. Nu trebuie să ți se pară că-i sfârșitul lumii.

— Vreau să fiu cel mai bun. Vreau să câștig.

— Știu că vrei. Dar, și dacă nu câștigi, noi tot o să fim mândri de tine, nu-i așa, Gustav?

— Da, o să fim.

— Bine, eu mă duc jos să beau o cafea cu tata. Ia cartea, Gustav, și stai aici. Anton o să adoarmă în curând.

Adriana a plecat, lăsând în urma ei o dâră fină de parfum. Gustav a inspirat.

— De ce adulmeci? a întrebat Anton.

— Nu adulmec. Spune ce poveste vrei.

— Ți-am zis, pe aia cu băiatul, „Cap-în-nori", care e luat pe sus, în cer.

Gustav i-a arătat lui Anton ilustrațiile. Băiatul, Hans, merge prin lume fără să se uite niciodată pe unde merge. Într-o zi, se ciocnește de un câine maro. Altă dată cade în râu și trebuie să fie tras afară cu un cârlig de pescuit. Apoi, iese pe-afară cu umbrela când e furtună, iar vântul îl înalță și-l duce departe.

— Și nu mai e văzut niciodată? a întrebat Anton.

— Exact. Așa e.

— Mi-ar plăcea să fiu el, a zis Anton. Mi-ar plăcea să dispar cu un nor de ploaie și să nu trebuiască să cânt mâine Debussy.

Dar iată-l ieșind pe scenă, în aplauzele ca răpăitul subit al ploii venind dinspre public. Soții Zwiebel și Gustav stăteau în al doilea rând din sala mare, și chiar și din acest loc Anton părea mic.

Purta un sacou bleumarin și pantaloni gri. În loc să se ducă în linie dreaptă spre pian, a cotit spre marginea scenei, apoi s-a oprit și s-a uitat în jur, cu un fel de nedumerire plină de neliniște. A făcut o plecăciune stângace. Gustav s-a gândit că asta nu era prevăzut. Cei doi concurenți dinainte nu făcuseră nici o plecăciune. În cele din urmă, s-a întors și s-a îndreptat spre pian.

Fusese greu să-l trezească dimineața. Pastila pe care i-o dăduse Adriana îl cufundase într-un somn atât de puternic, încât nu părea să se fi dezmeticit bine nici când coborâseră la micul dejun în salonul de sticlă. Gustav îl auzise pe Herr Zwiebel șoptindu-i Adrianei că „produsul farmaceutic a fost prea puternic", iar când Adriana îl privise pe Anton, îngrijorarea îi cutase fruntea netedă.

Îi dăduseră cafea și pâine. Prin geam bătea un soare puternic, care lumina fața palidă și bolnăvicioasă a lui Anton. El făcea mici cocoloașe de pâine cu mâna și le băga în gură încet, ca pe pastile. Se uita în jurul lui, la ceilalți oameni cazați acolo. Lui Gustav i se păruse că nu-și prea dădea seama unde era. Gustav își unsese cu unt felia sa de pâine și apoi pusese gem de caise, după care i-o dăduse lui Anton.

— Mănâncă asta, i-a zis. Gemul o să te trezească.

Acum, în Kornhaus, Gustav spera ca pâinea, gemul și gura de aer pe care o luaseră cu toții în grădina hotelului să-l fi smuls pe Anton din toropeală. Când a ajuns în sfârșit la scăunelul pianului și a început să îi ajusteze înălțimea, așa cum făcea de obicei, părea mai puțin confuz. Aplauzele s-au domolit, în așteptarea primelor acorduri din *La Cathédrale engloutie*. Anton și-a șters palmele de pantaloni, ca să se ducă transpirația, apoi a ridicat mâinile...

În apartamentul de pe Fribourgstrasse, când Anton cânta la pian, era atât de concentrat, încât trupul lui și muzica pe care o scotea ca prin farmec din instrument se contopeau. Uitai de băiat, de Anton. Rămânea doar darul muzicii, învăluindu-te clipă de clipă. Aici însă, în Kornhaus, unde totul răsuna cu ecou, când a început piesa, Gustav a putut *auzi* numai muzica. Oare ținea Anton piciorul stâng pe pedală? Oare atingea clapele prea ușor, prea slab, și nu se ducea până la capăt? Sau îl cuprinsese și pe Gustav o stare de nervozitate pentru prietenul său, astfel că tot vacarmul din mintea sa estompa sunetele din exterior?

Gustav se simțea de parcă era foarte departe – altundeva, și aproape, dar și bizar de departe de locul unde se afla acum. S-a întrebat dacă avea să leșine. Și-a înfipt unghiile în genunchi. S-a uitat în jos, la podeaua de piatră, gândindu-se că acest spațiu, Kornhaus, fusese cândva plin cu saci de grâne, cu cărucioarele fermierilor și cu oameni care se târguiau și se tocmeau pe monede de argint. Iar această imagine a vremurilor trecute a devenit atât de vie în mintea lui, încât s-a agățat de ea ca să uite de muzică, să uite de chinul prin care trecea Anton, și s-a concentrat doar pe asta – pe mirosul grânelor, al bălegarului și-al prafului, și pe sunetul banilor.

Apoi, foarte brusc, muzica s-a terminat. Gustav a înălțat capul și l-a văzut pe Anton ridicându-se de pe scaun, sprijinindu-se cu o mână de pian și făcând iarăși o plecăciune. Organizatorul concursului, un om solid cu un cap chel care lucea, a venit pe scenă. A luat mâna lui Anton și a ridicat-o, așa cum ridică arbitrul mâna unui boxer la finalul unei reprize.

— Doamnelor și domnilor, a zis, cred că suntem de acord cu toții că a fost o interpretare frumoasă, a celui de-al treilea concurent din această dimineață, Anton Zwebbel. Vă rog să vă arătați prețuirea cu încă o rundă de aplauze.

Mai târziu, după ce s-au anunțat câștigătorii și Anton a aflat că se clasase ultimul din grupa de cinci concurenți, tot ce i-a putut spune lui Gustav a fost:

— Tipul mi-a greșit numele de familie. N-a suportat cuvântul „ceapă“. Dacă aș fi avut alt nume, poate-aș fi câștigat.

Muntele vrăjit

Davos, 1952

Când Gustav i-a spus că fusese invitat de familia Zwiebel într-o vacanță de două săptămâni la Davos, Emilie Perle a zis:

— Nu cred că poți să mergi, Gustav. Ai rămas iarăși în urmă cu școala când am fost bolnavă. Cred c-ar fi mai bine să petreci vara învățând. O să iau legătura cu Herr Hodler și sper să-ți poată acorda o parte din timpul lui prețios.

Gustav s-a dus în camera lui. Acum avea zece ani. Învățase că dacă se apucă să discute, încercând să o convingă pe Emilie, asta nu făcea decât să îi sporească hotărârea mamei.

S-a tot uitat la harta lui cu Mittelland, decolorată acolo unde fusese bătută de soare, așa încât fâșiile de pajiști verzi păreau pustiite. Căuta Davos, știind totuși că nu-l va găsi. Davos nu se afla în Mittelland. Era mult mai departe spre est, în munți, într-un loc unde cerul era atât de albastru, încât îți putea strica ochii.

Dacă ar fi crezut că Emilie ar înțelege, i-ar fi spus: Anton are nevoie să fiu cu el la Davos. Eu pot inventa jocuri și jucându-ne i-aș mai abate gândul de la prostia aia de concurs de pian. Dacă e singur cu părinții, o să se gândească întruna numai la asta.

Însă știa că lui Emilie nu-i păsa de Anton. Probabil că ar fi preferat ca familia Zwiebel să se mute înapoi la Berna și să nu mai apară niciodată prin Matzlingen.

Seara, când Emilie l-a chemat la masă, el a văzut că plânsese. Îi făcuse plăcintă cu brânză. Când ședeau amândoi la raftul din bucătărie și plăcinta fusese pusă în farfurii, ea a zis:

— În după-amiaza asta m-am uitat iarăși la pozele mele din Davos. M-am uitat ce frumos e vara acolo. Îmi dau lacrimile când văd. Și m-am gândit că n-ar fi frumos din partea mea să te împiedic să mergi acolo.

— Vrei să spui că mă lași să merg cu familia Zwiebel?

Gustav a așteptat. Dar Emilie nu i-a răspuns. A continuat să mănânce plăcintă. Era de parcă ar fi avut cuvântul „da" îngropat adânc în gât, sub o îmbucătură de plăcintă. În cele din urmă, ea i-a zis:

— Davos chiar are o climă specială. Valea e adăpostită dinspre nord. Când bate vântul din nord, abia dacă-l simți. O să vezi.

Cabana pe care o închiriase familia Zwiebel se afla în susul unei pajiști înverzite, cu fața spre sud, mult deasupra satului Davos. În spate era liziera, aerul era înmiresmat de pini. La poalele pajiștii se afla o căsuță unde locuia un bătrân, căruia i se spunea pur și simplu „Monsieur", fiindcă vorbea germana elvețiană cu accent franțuzesc. Monsieur avea o turmă de capre sperioase și câțiva pui de găină a căror dorință zilnică era să mișune prin valea înverzită, mișcându-se lent, ca o patrulă, cu un pas atent și delicat, în căutare de viermi și semințe înflorite.

Cabana era veche, cu un acoperiș abrupt, de șindrilă, cu pietre grele la temelie și pereții din lemn de pin înnegrit ca smoala. Ferestrele erau mici și decorate cu obloane galbene. Pe o verandă de lemn, o adăpătoare acoperită de mușchi fusese umplută cu mușcate stacojii. Când familia Zwiebel și Gustav au ajuns acolo, au văzut florile stacojii răsfățându-se la soare și-au auzit adierea vântului vâjâind delicat printre pini; au rămas cu toții nemișcați.

— Fermecător! a spus Adriana.

Cabana era spațioasă. Fiecare băiat avea camera lui. În salon erau o masă de stejar impunătoare și două divane încăpătoare, acoperite cu cuverturi de lână cu fir gros. Pe podeaua de lemn, în fața unui șemineu larg, era o piele de oaie și o cutie plină cu jucării străvechi. Când a văzut asta, Armin a spus:

— Ce frumos din partea proprietarilor – jucărioare de bebeluși pentru copii mari!

Toată lumea a râs. Dar Gustav nu se rușina să se gândească la faptul că poate în cutia cu jucării va găsi obiecte care să-i antreneze la joc pe el și Anton. Știa că, la zece ani, erau amândoi considerați prea mari pentru asemenea jucării, dar el fusese atât de lipsit de jucării până atunci, încât mai tânjea încă după ele.

Au scos bagajele din mașină. Adriana a comentat că valiza lui Gustav era foarte ușoară. El a spus:

— I-am zis lui Mutti că s-ar putea să am nevoie de costum de baie, pentru bazin, dar a uitat să-mi cumpere.

Iar Adriana a râs. Apoi s-a așezat pe patul lui Gustav și a zis:

— Cred c-o să ne simțim foarte bine aici. Tu nu? E un aer minunat. Putem să-ți cumpărăm noi costum de baie. Iar Anton o să depășească povestea cu concursul de pian.

Gustav a tăcut o clipă, privind la draperiile viu colorate de la ferestrele din camera lui și la cerul albastru și curat de dincolo de ele, apoi a spus:

— Poate că Anton n-ar mai trebui să participe la alte concursuri.

— S-ar putea să ai dreptate. Tatăl lui Anton este aproximativ de aceeași părere. Dar muzica va fi mereu importantă pentru Anton. E lucrul la care ține cel mai mult.

— Concursurile îi fac rău.

— Da. Așa se pare. Dar, dacă îți dorești să devii pianist de concert, trebuie să te înscrii la ele. Nu sunt încă sigură ce hotărâre să luăm.

Gustav a ridicat privirea spre Adriana, care în acea zi era îmbrăcată într-o bluză albă de in și pantaloni de zi, cenușii, strânși pe picior, purtați cu niște pantofi albi de pânză. A zis:

— Măcar dumneavoastră și domnul Zwiebel vă gândiți la asta. Mama mea nu se gândește niciodată la viitorul meu.

— Ba cred că se gândește, Gustav.

— Poate că tata își dorea să mă fac polițist.

— Ți-ar plăcea?

— Nu știu. Mutti zice că a fost erou. Eu nu cred că pot fi erou.
— Sunt sigură că poți. Dar poate nici n-o să fie nevoie să fii.

Ca să ajungă în satul Davos, în loc să ia mașina, au coborât valea înverzită la pas, până la potecuța care trecea pe lângă casa lui Monsieur, lângă care se aflau o grapă ruginită, un coteț gol și o grămadă de lemne dezordonată. Monsieur a ieșit afară, și-a atins pălăria și i-a întrebat dacă nu vor ouă proaspete. Caprele, cu câte-o talangă legată fiecare la gâtul mătăsos, s-au înghesuit la gardul țarcului lor, privindu-i pe străini.

— Sau, a zis Monsieur, dacă vreți o cină bună într-o seară, la care să vă invitați și prietenii, pot să tai o capră. E mai ieftin pentru dumneavoastră decât să cumpărați miel de la măcelar, și-i mult mai gustos.

Armin Zwiebel i-a mulțumit lui Monsieur. Adriana a zis că vor cumpăra ouă la întoarcere.

— Sau, a zis Monsieur, pot să meargă băieții dumneavoastră să le caute prin vale. Sunt peste tot. V-ar plăcea să facă asta?

— Sunt sigură că le-ar plăcea, a răspuns Adriana.

— *Sau*, a zis Monsieur iarăși, le-ar plăcea să vină cu mine la vânătoare? Pe-acolo, prin păduri, sunt mistreți. Ce ne-am mai ospăta apoi!

Anton, care mângâia caprele, s-a răsucit spre el.

— Nu vreau să omor nimic, a zis. Iar mistreții sunt porci, nu-i așa? Noi nu putem mânca așa ceva.

Au coborât pe potecă până jos, în satul care părea să picotească în soarele amiezii. Un grup de hamali stăteau tolăniți la umbră, lângă câinii lor Saint-Bernard uriași, care trăgeau cărucioarele cu bagaje ale turiștilor care veneau cu trenul. Vitrinele magazinelor aveau obloanele închise, dar câteva restaurante erau deschise. Gustav se întreba dacă va recunoaște hotelul unde stătuseră cândva Emilie și Erich – unde balcoanele erau împodobite cu flori și chelnerii erau „corect îmbrăcați".

Anton a spus că-i e sete, așa că Armin s-a uitat la ceas și a zis:

— Păi atunci haideți să alegem un restaurant și să mâncăm de prânz. Ce zici, Gustav? Ți-e foame?

— Lui Gustav îi e foame mereu, a zis Anton.

Adriana a ales un local liniștit, care se numea Café Caspar, cu o terasă mare cu pietriș și umbrită de glicine, a căror perioadă de înflorire tocmai trecuse. Lumina soarelui cădea în dungi pe fețele albe de masă și pe sticlăria curată. Armin a comandat pui la grătar și *rösti* pentru toată lumea, și-o carafă de vin nemțesc pentru el și Adriana. Ea și-a aprins o țigară, și-a depărtat larg brațele și a anunțat că se simțea „ca-n paradis". Gustav și Anton au băut limonadă și s-au jucat cu arșicele pe un colț al mesei, așteptând să vină mâncarea. Inevitabil, arșicele au sărit și au căzut în pietriș.

— Încercați să stați liniștiți, băieți, a spus Armin.

— Suntem în vacanță, a zis Anton. Nu putem să facem ce vrem?

— În limite rezonabile, a răspuns Armin.

Mai târziu, în decursul vieților lor, aveau să se întrebe dacă era „în limite rezonabile" jocul pe care au ales să-l joace în Davos. Știau că este ciudat. Dar în ciudățenia sa îi fascina, și chiar asta era frumusețea.

În a doua zi, atunci au descoperit poteca pietruită care ducea sus, printre pini, în pădurea întunecată. Poteca era lată, dar năpădită de buruieni. Pe marginea sa creșteau fragi: punctulețe roșii, ca picăturile de sânge pe bandajele de frunze verzi. Gustav și Anton s-au oprit să culeagă câteva și să mănânce. Erau tari, dar dulci la gust.

Știau că poteca trebuie să ducă undeva. În suprafața pietruită erau urme înguste de roată, de parcă pe aici trecuseră cu mult timp în urmă căruțe și trăsuri. În înalturi, brazii țineau lumina departe, iar ei au simțit cum se face tot mai frig. Un vânt s-a pornit și-a început să vâjâie printre copaci.

— Ți-e frică? a întrebat Anton. Să ne întoarcem?

— Nu, a zis Gustav.

Se aflau deja destul de sus. Uneori se întrezărea satul Davos, jos, foarte departe. Apoi poteca s-a lărgit și a dat într-un platou, iar aici se afla o clădire enormă.

Era o ruină. Îi lipseau părți din acoperiș, iar cele mai multe ferestre erau sparte. Pe latura sudică era o verandă, cu lemnul trosnit și decolorat de soare. În partea din spate, lipită de pădure, se afla o dependință din cărămidă, cu un coș mare de fum care se înălța spre cer.

Gustav și Anton au rămas încremeniți, privind. Un lanț ruginit, legat de doi stâlpi de lemn, tăia de-a curmezișul poteca – o încercare, din câte se părea, de a ține oamenii departe de un loc care era în mod evident părăsit. Gustav a ascultat dacă nu se aude lătratul vreunui câine de pază, dar nu se auzea nimic în afară de mișcarea copacilor, ca sunetul unei răsuflări obosite.

Băieții au sărit peste lanț. Din intrarea clădirii nu mai rămăseseră decât un portic de piatră și cuvintele *Sankt Alban* gravate deasupra locului unde fusese ușa. Au trecut pe sub acesta, pătrunzând într-un spațiu mic și întunecat, și de acolo într-o cameră enormă, inundată de lumină. Aici, înșiruite de-a lungul peretelui din spate, îndreptate spre lumină, erau douăzeci sau treizeci de paturi metalice.

— Spital, a zis Anton.

— Sanatoriu, l-a corectat Gustav. Unde veneau oamenii să se vindece de tuberculoză. Sau să moară.

— Poate c-au murit toți, a spus Anton. Și de-asta e abandonat.

Au mers încet prin camera scăldată în lumină. Au început să remarce și alte lucruri: tuburi de oxigen ruginite atârnau de pereți, colaci de furtunuri de cauciuc, măști de oxigen, găleți, ploști, saltele pătate, căruciorul unei asistente pe care încă erau așezate flacoane de sticlă maro, un stetoscop aruncat în moloz.

Anton a ridicat stetoscopul, l-a șters de praf pe cămașa sa marca Aertex și și l-a atârnat la gât.

— Doctor, a zis. Ești asistenta mea, Gustav. Adu căruciorul.

— Dar n-avem pacienți, a zis Gustav.

— Ba avem. Nu-i vezi?

— Nu.
— Sunt în paturi. Noi o să-i readucem la viață.

Și așa a început jocul lor, prin care alegeau cine, dintre suferinzii de la Sankt Alban, trăia sau murea. Le-au pus nume pacienților: Hans, Margaret, Frau Merligen, Frau Bünden, Herr Mollis, Herr Weiss...

Hans și Margaret erau copii. Doctorul Zwiebel și asistenta Perle urmau să aibă extrem de mult de lucru pentru a-i readuce la viață. Au găsit cele mai bune saltele pentru ei, și anume cele mai puțin mâncate de mucegai. Au scotocit prin restul clădirii după lucruri care le-a fi putut aduce alinare: perne și pături rupte, oale de noapte și sticle de apă caldă.

— Și le putem aduce jucării din cutia aia de la cabană, a zis Anton.

— Da, a spus Gustav, doar că...

— Doar că ce?

— Părinților tăi n-o să li se pară ciudat? Poate că nu vor să ne jucăm aici.

— N-o să le spunem, a zis Anton.

— Și unde-o să creadă că suntem?

— O să creadă că ne-am dus doar să „explorăm". În vacanțe, ori de câte ori nu vrea să stau pe lângă ea, mama îmi zice: „De ce nu te duci *să explorezi*, Anton?" O să le zicem că facem o tabără în pădure. Și, oricum, ei o să se fută.

— Cum adică să se fută?

— Adică ce la place lor să facă în vacanțe. Se bagă în pat, își dau jos hainele, se pupă și țipă chestii. Se numește futut.

Gustav s-a gândit. A zis:

— Cred că mama n-a făcut niciodată asta. Ea doar se bagă în pat și citește reviste.

Au pierdut noțiunea timpului. Ca să ajungă la cabană la timp pentru masa de prânz, când au auzit un clopot din sat bătând de ora douăsprezece, au trebuit să gonească prin camerele luminate, să coboare treptele și s-o ia înapoi pe poteca abruptă. Fără să se mai oprească de data asta pentru a culege fragi, au fugit repede pe sub bolta copacilor ce șuierau, tot mai jos, spre pinii cei zvelți, până când au ieșit în spatele casei și l-au văzut pe Monsieur pe pajiște, dându-le boabe la pui.

I-au găsit pe Armin și Adriana sorbind vin pe terasă, lângă adăpătoarea plină cu mușcate. Pe masă erau un castron cu carne, murături și brânză.

— Vi s-a tăiat răsuflarea, a zis Adriana când Anton și Gustav s-au așezat. Unde-ați fost?

— Să explorăm, au zis amândoi deodată.

— Să explorați unde? a întrebat Armin.

— În pădure, a spus Anton. Facem o tabără.

— O tabără? a întrebat Adriana, încruntându-se. Ce fel de *tabără*?

— Doar o vizuină. Nu-i gata încă.

— Îi dai voie tatălui tău să vină s-o vadă?

— Nu.

— De ce nu?

— Nu-i gata. Și, oricum, e a noastră.

— Bravo vouă! a zis Armin zâmbind. Hai, acum mâncați niște carne.

„Timpul acela. Timpul acela petrecut în Sankt Alban…“ aveau să spună mai târziu, de-a lungul vieții. „Asta a fost ceea ce n-am uitat niciodată.“ Iar uneori adăugau: „Și n-am uitat fiindcă noi atunci credeam că avem cu adevărat putere asupra vieții și-a morții“.

În prima zi, s-au asigurat că Frau Merligen, Frau Bünden, Herr Mollis și Herr Weiss se simțeau bine, în vreme ce ei le luau pulsul lui Hans și Margaret și îi dădeau oxigen lui Hans, care se stingea mai repede decât ceilalți. Au găsit niște scaune cu spătar rabatabil, din bambus și răchită, și i-au scos pe copiii bolnavi afară, pe verandă, unde soarele era puternic și unde erau feriți de vânt. Din cutia de la cabană, aduseseră o păpușă de cârpă pentru Margaret și o tamburină pentru Hans. I-au spus lui Hans să scuture din tamburină dacă simțea că se apropie moartea de el.

— Ce ne facem dacă moare Hans? a întrebat Gustav.

Anton s-a gândit o clipă, apoi a zis:

— Dependința aia cu coș – probabil că în locul acela îi ardeau pe oamenii morți. O să-l punem acolo.

— Nu vreau să moară, a spus Gustav.

— Nu. Nici eu. Îți zic eu ce facem. Vrei să fiu eu el? Poți să iei tu stetoscopul și eu o să stau întins în scaun. Dacă simt că mor, scutur din tamburină și tu vii să mă resuscitezi.

— Bine. O să stau cu Frau Bünden un pic. Nu arată bine. Apoi scuturi din tamburină și vin.

Gustav a hotărât că Frau Bünden semăna cu Frau Teller, cea cu chioșcul de flori de pe Unter der Egg. Era prea tânără ca să moară. A stat la căpătâiul ei și i-a spus să se gândească la florile la care avea să se întoarcă: trandafiri și crini, lalele, narcise, flori-de-colț și gențiene albastre. I-a zis:

— Sunteți în Davos acum, Frau Bünden. E cel mai bun loc din Elveția pentru dumneavoastră. Nu trebuie decât *să vă concentrați* ca să vă faceți bine. Nu vă gândiți la tuberculoză, da? Gândiți-vă la flori.

Frau Bünden i-a spus:

— Sunt foarte slăbită, asistentă Perle. Am plămânii plini de sânge.

— Știu. Dar, apropo, eu nu sunt asistenta Perle acum, sunt doctorul Perle. Doctorul Zwiebel și cu mine vă vom salva. Nu trebuie decât să ne credeți. Bine? Doar suntem la Davos.

Apoi a auzit zăngănitul tamburinei și a spus:

— Scuzați-mă o clipă, Frau Bünden, trebuie să mă duc să văd de Hans. Trebuie să mă asigur că Hans nu moare.

Gustav și-a aranjat stetoscopul la gât și a ieșit pe verandă. Hans stătea întins nemișcat, cu ochii închiși. Soarele strălucea pe părul lui închis la culoare și pe brațele care-i cădeau moi peste marginile scaunului. Doctorul Perle a îngenuncheat lângă el și l-a mângâiat pe braț.

— Hans, l-a întrebat, mori?

— Nu vezi și tu că mor? a zis Hans. Lipește-ți buzele de-ale mele și adu-mă la viață, asistentă Perle...

— Nu mai sunt asistenta Perle, sunt doctorul Perle acum, a zis Gustav, și nu-mi lipesc buzele de-ale tale.

— Trebuie, a zis Hans, sau o să mor. Vei fi nevoit să-mi arzi corpul în dependință...

— Nu fac chestia aia cu buzele.

— Gustav, a zis Anton ridicându-se brusc în capul oaselor, nu te purta ca un copil mic. Așa se învie oamenii. Îți pui gura pe gura lor. Doar am învățat la școală. Ai uitat? Așa că hai!

Hans s-a întins iarăși. A început să geamă.

— Șșș! a făcut doctorul Perle. O să te readuc la viață acum. Uite.

Anton și-a întors fața spre Gustav. Încet și cu rețineri, Gustav și-a apropiat gura de-a lui Anton și i-a atins ușor buzele. A simțit cum Anton își ridică un braț și-l cuprinde pe după gât, aducându-i capul mai aproape, așa încât acum cele două guri se apăsau puternic una pe cealaltă, iar Gustav îi putea simți fața lui Anton, fierbinte foc, lipită de-a sa. S-a gândit să se tragă brusc înapoi, dar n-a făcut-o. Îi plăcea cum se simțea brațul lui Anton cuprinzându-i capul. A închis ochii. I se părea că nici o clipă din viața lui nu fusese atât de bizar de frumoasă ca asta.

Apoi s-a tras.

— Ești bine, Hans? a șoptit. O să trăiești?

— Da, a murmurat Hans. Grație ție. O să trăiesc grație ție.

Sankt Alban a pus stăpânire pe mințile lor.

Timpul pe care îl petreceau cu Adriana și Armin – când mergeau în plimbări, înotau în bazin, urcau cu telefericul mai sus în munți, spre Schatzalp[1], cumpărau suveniruri, adunau ouă

1. Schatzalp, cunoscut și drept „Muntele vrăjit“, se află pe un platou însorit, mai sus de Davos. Se spune că primii cititori ai capodoperei literare cu acest nume, de Thomas Mann, și-au imaginat că acesta era „Muntele vrăjit“.

pentru Monsieur, făceau plajă, mâncau pe terasa cabanei – toate acestea, oricât ar fi fost de plăcute, erau tot mai contaminate de banalitate. În fiecare clipă își doreau din suflet să fie iarăși la sanatoriu, înapoi în lumea frumoasă și imaginară a muribunzilor.

Într-o zi, au decis că Frau Bünden murise. Au dus-o, înfășurată într-un covor rupt, pe un scaun de răchită, în dependință. Ușa atârna într-o balama, ei au împins-o și au intrat. Au lăsat-o jos pe Frau Bünden. Locul în care s-au pomenit era negru de la praful de cărbune. În capătul îndepărtat era o ușă metalică, iar când au deschis-o au văzut că era ușa unui cuptor enorm, încă plin de cenușă.

— Ți-am zis eu, a spus Anton. Aici se ardeau morții. Bănuiesc că trebuiau să ardă tot, ca să oprească răspândirea infecției.

— O s-o lăsăm aici pe Frau Bünden?

— Da, a zis Anton. Și-o s-o ardem.

— Nu avem chibrituri.

— Putem să aducem de la cabană.

A doua zi s-au întors cu chibrituri și un ziar. Au adus lemne dintr-o grămadă veche și putredă. Înainte să o bage pe Frau Bünden în cuptor, Anton a zis:

— Stai, Gustav! Știi c-o să iasă fum pe coș dacă facem focul? Și-atunci s-ar putea să vină Monsieur sau altcineva și să ne alunge.

— Dar nu putem s-o lăsăm să putrezească, a zis Gustav.

S-au uitat la scaun, neștiind ce să facă. Peste câteva clipe, Anton a spus:

— I-auzi! Hans zăngăne din tamburină. Are nevoie de noi. O s-o ardem pe Frau Bünden altădată.

— Știu eu cum facem, a propus Gustav. Hai să ardem toți morții în ultima zi. Putem să facem focul și-apoi să fugim la cabană.

— Câți morți o să fie? a întrebat Anton.

— Încă nu ne-am hotărât, a spus Gustav.

Au ieșit pe verandă, bucuroși să poată respira mireasma brazilor și să simtă razele soarelui pe fețele lor. Stăteau în picioare, privind în jos, la satul din depărtare, iar Gustav s-a gândit cu groază la cât de puțin timp mai aveau de petrecut în Davos și la nefericita întoarcere în apartamentul de pe Unter der Egg. Deodată, sub imboldul unui impuls – fără să-și dea seama ce făcea –, s-a întors spre Anton și a spus:

— Nu vreau să mă întorc acasă. Acolo se întâmplă ceva rău.

— Ce se întâmplă?

— E secret, înțelegi? Eu n-am zis nimănui și trebuie ca și tu să nu zici absolut nimănui.

— Nu zic. Dar nu trebuie să fii așa speriat, Gustav.

— Bine. *Juri* că nu spui?

— Jur.

— Bine, atunci uite. În blocul nostru e un bărbat, Ludwig, care încearcă să mă facă să-l ating.

— Încearcă să te facă să-l atingi?

— Da. Să-i ating penisul. Îl urăsc. Mă face să mă simt oribil.

Anton l-a scrutat cu privirea pe Gustav.

— Și tu? l-a întrebat. I-ai atins puța?

— Nu. N-aș face asta-n viața mea. Aș vrea să fie mort.

— Bine, a zis Anton. Hai să-l omorâm. Cum îl cheamă? Ludwig? O să-i dăm tuberculoză și-o să-l lăsăm să moară, și apoi îl ardem.

— Promiți să nu spui, Anton?

— Sigur că nu spun. Doar am jurat, nu? Dar Ludwig trebuie să moară.

Au ales un scaun rabatabil. Au pus pe el o saltea foarte pătată și au aruncat o bucată de pânză cenușie ruptă, care probabil fusese cândva o bucată de perdea.

— Uite, a zis Anton. Ludwig.

Anton și-a pus stetoscopul la urechi și s-a aplecat spre Ludwig, ca să-i asculte murmurul plămânilor.

— Ah, a zis după o vreme, îmi pare rău să te anunț, Ludwig, că nu e nici o îmbunătățire. Doctore Perle, ne-a mai rămas vreun pic din medicamentul special pentru Ludwig?

— Nu, a zis doctorul Perle. Deloc. Pot să mai comand de la Geneva, dar mă tem că va ajunge prea târziu.

— Ai auzit, Ludwig? a întrebat doctorul Zwiebel. Îți sugerăm să te pregătești de moarte.

În clipa aceea, soarele a pătruns în încăpere. Cârpa care îl acoperea pe Ludwig a devenit o umbră întunecată, aparent fără formă.

Gustav s-a înfiorat.

— Dacă o să-l omorâm pe Ludwig, a zis, cred că Hans trebuie salvat.

În ultima lor zi, au aprins focul în cuptor. Au încercat să o bage pe Frau Bünden în cuptor, întinsă moartă în scaunul ei de bambus, dar scaunul nu încăpea pe ușa cuptorului, așa că au scos-o, au înfășurat-o în covor și au aruncat-o înăuntru. Covorul de lână părea însetat de flăcări, a șuierat și-a trosnit ca artificiile.

Apoi Anton a luat un topor pe care-l găsiseră lângă grămada de lemne și a început să distrugă scaunul.

— De ce faci asta? a întrebat Gustav.

— O să vezi. E o chestie deșteaptă. Tulpinile de bambus o să arate ca oasele de om, și în felul ăsta o să avem chiar trupuri adevărate de ars.

Era treabă grea. Au făcut cu rândul la dat cu toporul. Apoi au aranjat bucățile de bambus, încă prinse ici și colo de țesătura de răchită, de parcă ar fi fost părți de schelet. Arătau bizar de reale, cu bietele tendoane de răchită atârnând de pe ele, reprezentând tot ce mai rămăsese din carnea vlăguită.

— Sunt bine, a zis Gustav. Foarte bine, Anton. Doar că n-au cap.

În clipa aceea au auzit, încă la o oarecare depărtare, sirena unei mașini de pompieri.

— *Scheisse!* a zis Anton. O să ne găsească și-o să ne bage la pușcărie. Lasă capetele. Hai să zicem că ăsta-i Ludwig, să-l băgăm și să fugim.

Au apucat scheletul de bambus și l-au vârât în cuptor, bucată cu bucată.

— Mori, Ludwig! a țipat Anton.

— Mori, Ludwig! a țipat Gustav.

Acum sirena se auzea foarte aproape. Anton și Gustav au ieșit în fugă din Sanatoriul Sankt Alban, au luat-o pe poteca din pădure, apoi s-au catapultat în tufele de la marginea pădurii și s-au ascuns acolo, așteptând să treacă mașina de pompieri. Se țineau strâns unul de altul, temându-se, dar și plini de încântare. Își puteau auzi inimile unul celuilalt, bătând cu putere.

Abia după o vreme Gustav și-a amintit de Hans, încă întins pe verandă.

— Dar Hans? a șoptit.

— Nu ne mai putem întoarce, a zis Anton. Va trebui să ne închipuim că Hans a plecat de acolo.

— Cu tamburină cu tot?

— Da.

Gustav a tăcut o clipă, apoi a spus:

— Nu ne-am luat la revedere de la el, Anton. Și sunt sigur c-o să mă gândesc la tamburină. Tu nu? O să-mi imaginez c-o să rămână acolo pentru totdeauna.

PARTEA A DOUA

Schwingfest

Matzlingen, 1937

Europa se îndreaptă, lent, aproape orbește, ca un somnambul, spre catastrofă. Însă în satele din Mittelland programul zilelor de petreceri și festivaluri se derulează de-a lungul verii frumoase, netulburate. Văile din care răsună cânturile rudimentare ale tălăngilor picotesc toropite în soare. Râurile, hrănite de zăpada topită și ploile de primăvară, gâlgâie curgând inocente, în conversațiile lor veșnice, bârfitoare.

Emilie Albrecht, în vârstă de douăzeci de ani – nu încă Emilie Perle –, se duce cu prietena ei Sofie Moritz la un Schwingfest care se ține de Ziua Națională lângă Matzlingen. O mulțime mare s-a adunat aici. Sunt întinse mese cu căni de bere, cârnații se rumenesc deasupra focurilor de lemne. Cântă o formație, muzicienii transpiră deja în uniformele lor elegante. O parte dintre cei aflați în mulțime, purtându-și costumul popular cu mândrie, dansează în mici cercuri prestabilite, în aplauze slabe. Dar principala atracție, eroii zilei, sunt Schwingerii, bărbații puternici și îndârjiți care luptă într-o arenă improvizată înconjurată de povârnișuri blânde, înverzite.

Emilie și Sofie poartă fuste lungi, cu șorțuri brodate și bluze fine. Pielea lor netedă este bronzată și pistruiată de soarele de august. Ochii albaștri le scânteiază de râs când privesc Schwingerii târându-se prin rumeguș, umăr în umăr, cu coapsele presate unele într-altele, cu fețele și brațele brăzdate de nisip și sudoare. Țipă de încântare când unul din Schwingeri tabără asupra adversarului, îl ridică apucându-l de pantalonii de in și-l leagănă în aer, parcă înzestrat cu forța unei creaturi preistorice, și-l lasă să cadă într-o parte, țintuindu-l la pământ cu greutatea sa colosală.

Răsună urale. Emilie și Sofie aplaudă și râd. Ce prostuți adorabili, și totuși ce puternici, ce hotărâți, ce *masculini* sunt Schwingerii! Și ce minunat trebuie să fie să te lași cuprinsă în brațele lor, să le inspiri sudoarea, să le descoperi poftele animalice de pe chip. Tinerele femei se privesc și încuviințează clătinând din cap, da, o să ne placă asta într-o bună zi, să fim răpite din viețile noastre de virgine, să fim purtate așa cum poartă un uriaș o prințesă în vechile basme și-apoi să aflăm în sfârșit acel lucru de nerostit.

Începe altă rundă. Scorul e arătat de arbitri. Cei doi luptători se zvârcolesc și se reped în țărână, fiecare încurajat de mulțimea sa de suporteri. Soarele de august e atât de sus pe cer, încât aproape că nu există umbre; întreaga priveliște e culoare pură, mișcare și bucurie umană necuantificabilă.

În Elveția e un lucru bine știut că Schwingfestul ți se duce drept la inimă, îi înnebunește pe toți un pic, preț de o scurtă după-amiază. Cine-a inventat sportul ăsta? Nu contează. E mai străvechi decât timpul, iar timpul îl aduce la pachet cu semnificația patriotică și încărcătura erotică. Entuziasmul luptei e ca o molimă care se extinde de-a lungul zilei și explodează la asfințit, odată cu artificiile. Numai puțini vor rezista.

Acum, Emilie și Sofie își țin răsuflarea, așteptând următoarea ridicare, următoarea legănare, următoarea cădere ce anihilează adversarul. Ar vrea să nu se termine niciodată. Și-au cumpărat bere și cârnați înveliți în hârtie cu pătrățele albe și roșii. S-au îmbătat cu bere, cu lumina soarelui de august, cu încântarea Zilei Naționale a Elveției, cu faptul că știu că sunt tinere și drăguțe. Acum nu le pasă dacă buzele le sunt unsuroase de la grăsimea din cârnați. Nu le pasă nici dacă lenjeria, în locul acela dintre picioare – un loc despre care li s-a spus să nu vorbească niciodată –, e umedă. Se apleacă una către cealaltă și șușotesc. Vorbesc, în mod șocant, despre acel loc interzis, iar asta le excită și mai tare. Trebuie să-și mascheze necuviința cu râsete.

Așadar e pregătită. E pregătită atunci când, în vreme ce soarele coboară, Erich Perle, încoronat campion al Schwingerilor din acea după-amiază, vine spre ea cu o cană de bere. E un bărbat bine făcut și arătos, cu păr șaten des și ochi buni. Ea e pregătită, exact unde șade acum, pe un mal înierbat, un pic somnoroasă, dar încă visând din plin. E pregătită pentru tot ce are să se întâmple.

Îi spune că o cheamă Emilie Albrecht, iar el îi spune că pe el îl cheamă Erich Perle și că este polițist-șef adjunct în Matzlingen. Din cine știe ce motiv – iar asta o mișcă pe ea mai mult decât ar putea exprima – el îi spune și vârsta: treizeci și patru de ani.

Erich Perle.

Ea înalță privirea spre el. Vrea să fie soția lui. Vrea să fie Frau Perle. Vrea să stea întinsă pe un pat alb împreună cu el. Vrea să-i facă copii. Știe toate acestea aproape dinainte ca el să se așeze lângă ea și să le toarne bere ei și lui Sofie.

Însă apoi se pare că – iar asta sigur e greșit, nu trebuia să se întâmple, nu? – el se tot uită la Sofie. Sofie și Emilie lucrează amândouă la Gasthaus Helvetia din Matzlingen, iar Erich îi spune lui Sofie:

— O, ce coincidență! Noi ținem petrecerea anuală a postului de poliție la Gasthaus Helvetia. Cred că v-am văzut pe acolo.

— Nu cred, răspunde Sofie zâmbind. Emilie și cu mine suntem doar fete-n cameră.

— Ah, fete... zice el cu un licăr în ochi. Și sunteți chiar fete?

— Nu știu cum îndrăzniți să ne întrebați așa ceva! spune Sofie. Sunteți foarte impertinent, știți.

— Sigur că da. Dar – n-ați aflat – campionul Schwingerilor are dreptul să facă orice poftește în această zi, până la apus.

— Să facă orice poftește? N-am știut asta, nu, Emilie?

— Nu. Asta înseamnă că ați putea și să omorâți pe cineva, dacă ați dori?

— Bănuiesc că aş putea. Dar atunci ar trebui să mă arestez singur, eu pe mine.

Râd cu toții. Sofie se holbează la gura lui, care râde. Îi cere să le spună cum este să te lupți în rumeguș, să ridici alt om în aer și să-l arunci la pământ.

— O, spune el, e fascinant. Nouăzeci la sută din munca de polițist e foarte plictisitoare. Tânjim cu toții să ridicăm alt om în aer și să-l trântim la pământ!

— Așadar nu vă place să fiți polițist? întreabă Sofie.

El soarbe din bere. O linie slabă de spumă albă îi rămâne pe buze. Emilie se întinde pe spate în iarbă și închide ochii. Și-l imaginează pe Erich Perle aplecându-se deasupra ei, ca s-o sărute, mirosul lui devine tot mai puternic, până când în sfârșit gura lui este lipită de-a ei.

Dar el nu se apleacă. Începe să vorbească cu Sofie despre munca lui. Spune:

— Munca unui polițist în Elveția nu e foarte oneroasă.

— Ce înseamnă „oneroasă"? îl întreabă Sofie.

— Împovărătoare sau dificilă. Motivul pentru care munca de polițist nu e foarte oneroasă e faptul că elvețienilor *le place* să se supună legii. În general, exceptând acele legi care par nedrepte, ei preferă să se supună. Când am intrat în poliție, mi s-a spus la unul dintre cursuri că Elveția este o țară unde oamenii *au autostăpânire*. În multe alte țări, nu se ajunge la această stăpânire de sine.

Emilie deschide ochii. Mijindu-i, ca să se ferească de soarele puternic, poate vedea profilul lui Erich și pe Sofie dincolo de acesta. Îi vine să zâmbească dacă se gândește că ea nu are deloc *autostăpânire* când vine vorba de acest bărbat. Virgină cum este, s-ar duce cu el în pădure acum, în clipa asta, și l-ar lăsa să îi facă până la capăt lucrul acela, lucrul acela despre care a fost avertizată să nu-l facă niciodată, niciodată înainte de-a fi măritată. Știe că ar durea-o, dar durerea aceea, cu el, ar fi un soi bun de durere.

Dar apoi vede ceva supărător: Erich Perle a înconjurat-o cu un braț pe Sofie. Emilie știe că Sofie e mai drăguță ca ea. Și are o voce un pic spartă, care bărbaților li se pare irezistibilă. Directorul de la Gasthaus Helvetia e înnebunit după ea și se pare că și Erich Perle s-ar putea să se îndrăgostească de ea.

Stăpânire, își zice Emilie. Ăsta a fost cuvântul folosit de el. Trebuie să stăpânesc situația. Trebuie să o salvez. De următoarele câteva minute depinde restul vieții mele.

Cu ochii încă închiși, ea spune:

— Herr Perle, ați spus că dumneavoastră, în calitate de campion al Schwingerilor, puteți face orice doriți în după-amiaza asta, nu-i așa?

— Da. Așa am zis.

— Oare să mă sărutați pe mine ar putea fi inclus în acel *orice*?

O aude pe Sofie trăgând aer în piept, șocată. Tăcere dinspre Erich Perle. Emilie deschide ochii. Erich s-a răsucit dinspre Sofie și se uită în jos, la ea.

Încurcat, se gândește Emilie apoi. Așa arăta el după ce ea a rostit acele cuvinte neobrăzate.

Ea așteaptă.

— Ar putea fi inclus, răspunde el cu voce slabă.

— Sau, spune Emilie, poate că nu vă doriți?

— Dimpotrivă...

— Emilie, spune Sofie, ai băut destul de multă bere...

— Știu, zice Emilie. Am băut. Altfel probabil n-aș fi avut curajul să spun ce simt, dar simt că mi-ar plăcea ca Herr Perle să mă sărute. Bărbații pot spune ce simt; femeile de ce n-ar putea?

Știe că sărutul va fi unul pasager, doar o atingere amabilă a buzelor lui Erich de-ale sale. Dar ceea ce face ea când îl simte apropiindu-se este să se întindă și să-l tragă spre ea, iar când gura lui ajunge la a ei, ea o deschide. Și atunci îl simte răspunzându-i, excitat probabil de comportamentul ei șocant, deloc fecioelnic. Sărutul devine lung, profund, apăsat. Ea îl ține strâns și nu vrea să-i mai dea drumul niciodată.

Seara, mai târziu, sunt artificii. Un pic beți, obosiți de-acum de toate emoțiile zilei, unii mergând clătinându-se pe picioare, alții strânși în îmbrățișări lăcrimoase, oamenii din mulțime își înalță fețele și oftează a mirare în aer. Copiii care au adormit sunt treziți ca să vadă spectacolul. În Matzlingen rareori se ține vreun Schwingfest când nu e Ziua Națională a Elveției. O să mai treacă un an înainte să se bucure iarăși cu toții așa. Copiilor li se spune să țină minte.

Artificiile sunt impresionante. S-au strâns bani buni pentru asta. Acesta e un oraș mic, care le etalează oamenilor resursele sale financiare și mândria sa civică. Ce mult și-ar dori Emilie să îl aibă pe Erich Perle, polițist-șef adjunct, alături de ea atunci când explodează pe cerul decolorat stelele violete și galbene. Dar Erich a trebuit să plece. O fi Ziua Națională a Elveției, i-a spus el, dar programul prin rotație de la poliție trebuie respectat, iar în seara asta el e de serviciu.

Când pleacă, luându-i mâna și sărutându-i-o foarte protocolar, el îi spune lui Emilie:

— Probabil vă voi revedea, Fräulein?

Ei nu îi place cuvântul „probabil". Și ar fi vrut să-i spună pe nume, nu să-i zică „Fräulein", așa cum fac oaspeții nepăsători și condescendenți în ale căror camere face curat la Gasthaus Helvetia. Emilie se întoarce spre Sofie și o strânge de braț când Erich se îndepărtează de ea, la amurg.

— Știu c-o să sune ca o nebunie, zice ea, dar simt că o să mor dacă n-o să am parte de Erich Perle.

— Să ai parte cum?

— Ca soț.

Sofie se întoarce cu fața la prietena ei.

— Nu fi caraghioasă, Emilie. Are treizeci și patru de ani. Nu crezi că are deja o prietenă? Poate că-i și căsătorit.

— Nu, a spus Emilie. Dacă era, n-ar fi spus c-o să ne revedem.

— A spus că *poate* o să vă revedeți.

— Și am simțit în felul în care m-a sărutat. Pasiunea.

— Era încins pentru că a câștigat concursul de Schwingeri, atâta tot. Oamenii adoră să câștige chestii. Și, pe de altă parte, n-a prea avut de ales, la cum ai tras de el. Mie mi s-a părut de-a dreptul șocant, dacă vrei să știi părerea mea.

— Nu vreau să știu părerea ta. Tot ce vreau e un viitor cu Erich Perle.

Emilie cunoaște sediul poliției din Matzlingen, o clădire veche cu stucaturi, din centrul orașului, cu niște ferestre care au nevoie să fie vopsite, cu ușa de la intrare întărită masiv cu o lucrare ornamentală de fier forjat și cu un steag imens al Elveției deasupra intrării principale. Și ia hotărârea acum ca, dacă Erich nu vine săptămâna viitoare la Gasthaus Helvetia, să se ducă ea la sediul poliției și să-l caute.

Să-l caute? Să intre cu nerușinare acolo și să îl cheme la ea pe acest bărbat, pe acest *necunoscut*? Și-apoi? Să îl aducă la ea, în cămăruța ei de fecioară din podul Gasthaus Helvetia? Să își ofere trupul pentru tot ce-și dorește el să facă?

Emilie se gândește că toate aceste planuri nu par să îi aparțină celei care este ea, o fată inocentă de douăzeci de ani – supusă, virginală, cu păr blond mătăsos și sâni mititei –, o fecioară. Știe că s-a schimbat.

Dar este vizibilă această schimbare? Emilie își dă hainele jos și se privește în oglinda îngustă în fața căreia se îmbracă în fiecare dimineață cu uniforma de cameristă. Își atinge pubisul și este pe loc întărâtată de imaginea mâinii sale acolo. Dacă se poate întărâta singură cu atâta ușurință, se gândește ea, atunci precis poate deveni un obiect al dorinței, nu-i așa?

Fribourgstrasse

Matzlingen, 1937–1938

Se pare că Erich Perle chiar *are* o prietenă. Prietena este o bibliotecară. A aflat Sofie.

Și-atunci lui Emilie îi e greu să se concentreze la munca ei de cameristă. Își conștientizează condiția umilă, lipsa de educație și cunoștințe despre lume. Îi piere pofta de mâncare, apar insomniile. E de parcă ar fi în doliu.

Apoi, într-o seară de septembrie, se aude o bătaie la ușa camerei sale. Emilie stă în pat, poartă o cămașă albă de noapte și citește din revistele ei. Când deschide ușa și îl vede pe Erich Perle stând pe coridorul îngust, izbucnește în lacrimi.

El intră în cameră și o ia în brațe. Îi șterge lacrimile cu palma lui lată, mirosind a tutun. O așază cu blândețe pe pat și începe să o sărute. Ea nu vrea ca el să vorbească.

Când se căsătoresc, în decembrie 1937, Emilie e însărcinată deja. Dar încă nu spun nimănui. Plănuiesc să-i pună copilului numele Gustav, după tatăl lui Erich, care și-a tăiat mâna când lucra la un joagăr și a murit înainte să ajungă la spital, în 1931. Când vorbesc noaptea în șoaptă, „bebelușul Gustav“ e legănat cu blândețe în gândurile lor; bebelușul Gustav o să vină pe lume adus de valul pasiunii lor, bebelușul Gustav o să fie o întrupare vie a iubirii lor omenești.

Acum căsătorit, Erich Perle are dreptul la un apartament mai mare, conform regulamentului poliției. Așa că se mută pe Fribourgstrasse, la numărul 61, un apartament aerisit aflat la etajul întâi, cu balcoane de fier forjat, ferestre largi și o bucătărie suficient de spațioasă încât să încapă o masă. Există și un al doilea dormitor, care o să fie camera bebelușului Gustav, iar Emilie cumpără pentru el un pătuț, un cal de lemn pe care-l găsește la târgul duminical din Matzlingen și o familie de pinguini de jucărie. Ea și Erich stau în ușa camerei și suspină mândri. Abia așteaptă trecerea lunilor și sosirea lui iunie, când o să se nască bebelușul Gustav. Erich mângâie sânii lui Emilie, care acum sunt dolofani și sacri pentru el, și ca obiect al dorinței sale nesfârșite, și ca sursă de lapte dătător de viață, care îi va hrăni fiul.

Viața lui Emilie Perle a devenit atât de dulce acum, încât ea nu vrea să se gândească la lucrurile care se întâmplă în afara Elveției. Știe că uneori, când apare o mare furtună la orizont, aceasta nu se dezlănțuie, ci se deplasează treptat până este dată uitării. Speră că toate zvonurile pe care le răspândește lumea despre agresiunea Germaniei vor înceta – ca furtuna care nu se mai dezlănțuie –, și totul și toți vor fi lăsați în pace. Își petrece ziua împletind hăinuțe de bebeluș, plantând flori în jardinierele din balcoane, învățând rețete de feluri de mâncare care-l vor încânta pe Erich.

Când Erich vine acasă, într-o zi din martie 1938, și îi spune că Germania a anexat Austria și a trimis trupele Wehrmachtului pentru a impune această *Anschluss*[1], ea pare derutată și întreabă:

— Și asta o să ne afecteze?

Erich e obosit, adesea iritabil. I-a tot spus că „tensiunile politice“ afectează munca polițiștilor. Orele pe care le petrece la sediul poliției sunt tot mai lungi. Poate că ea n-a acordat suficientă atenție acestui lucru, fiindcă acum, spre groaza ei, el se ia de ea. O întreabă de ce-i așa ignorantă, de ce nu privește niciodată dincolo de propriile ei nevoi și satisfacții, de ce doar ea, din toată Elveția, pare să fie inconștientă de faptul că s-ar putea să vină războiul. El stă în picioare lângă șemineu și țipă

1. Anexare (în germană în original).

la ea. El – care a fost mereu atât de blând cu ea și și-a demonstrat forța masculină doar în pat, când fac dragoste, și asta la cererea ei – o atacă acum cu niște cuvinte pe care n-a crezut să le audă vreodată.

Ea stă, tremurând, la fereastră.

— Ignorantă? întreabă. Așa sunt?

— Știi că ești! zice el. Măcar n-ai încercat s-o ascunzi niciodată. Dar acum trebuie să te trezești. Europa se face fărâme. Trebuie să deschizi ochii! Refuz să fiu căsătorit cu o oarbă!

O oarbă.

Ce înseamnă asta?

— Ba ești. Spui că ești prea tânără ca să vezi lumea limpede, așa o fi, dar nu vreau să accept scuza asta.

— N-am spus că...

— Munca pe care o fac eu e foarte importantă, Emilie. Afectează multe, multe vieți, și tocmai e pe cale să devină mult mai dificilă. Dar tu n-ai încercat niciodată s-o înțelegi, nu m-ai întrebat niciodată despre ea. Dacă te-ar pune cineva să descrii ce fac eu la serviciu, probabil că ai zice: „Ah, păi nu prea știu... Bănuiesc că stă într-o intersecție și dirijează mașinile".

— Nu, n-aș...

— Sau altă prostie de genul acesta. Unii dintre colegii mei... soțiile lor pricep prea bine ce presupune munca lor și își oferă sprijinul așa cum se cuvine, dar tu – tu nici măcar nu încerci să pricepi. Nu te uiți niciodată pe un ziar; citești doar revistele alea stupide ale tale. Te lași orbită de propria ta ignoranță!

Ea fuge spre el, cu plânsul urcându-i din piept.

— Erich! strigă. Erich! Nu spune lucrurile astea!

Se aruncă în brațele lui, însă el nu o prinde și nu o îmbrățișează, ci o respinge. El, care uneori, în zori, o dorește atât de tare încât se împinge în ea de la spate, înainte ca ea să se trezească de-a binelea, acum o azvârle deoparte așa de violent, încât ea se clatină pe picioare și cade pe spate, lovindu-se de o măsuță, și apoi se prăbușește pe jos, țipând de durere.

La spital, încep durerile facerii.

Dar e abia martie. Bebelușul Gustav nu-i pregătit să fie adus pe lume de acest val pătimaș. E un lucrușor abia pe jumătate format. Capul lui mic, cu artere și vene viu colorate, nu este mai mare decât o portocală. Capetele degetelor lui mititele sunt încă lipite.

Ei iau fătul și-l duc – să fie ars în crematoriul spitalului. Emilie este sedată și revine în salon cu un zâmbet prostesc pe chip și ochii umflați de plâns.

Erich șade pe un scaun lângă pat, cu palmele împreunate și degetele întrețesute, ca un om care se căiește. Emilie nu se uită la el, ci în tavan, de parcă acolo, în lumina fluorescentă, s-ar ascunde ceva. O asistentă îi dă lui Erich un bilețel împăturit. Pe hârtie sunt scrise două cuvinte: *Era băiat.*

Erich știe că un moment în care și-a pierdut controlul, un teribil moment în care și-a pierdut *stăpânirea de sine*, i-a adus tragedia în casă și că viața lui nu va mai fi niciodată la fel.

A îngenuncheat în fața lui Emilie, implorând iertarea. Dar ea nu-l iartă. Îl întreabă:

— Cum se poate ierta un asemenea lucru?

El îi cumpără daruri: un șal moale, un neglijeu de mătase, o bluză ca aceea pe care o purta ea demult, la Schwingfest. Ea îi mulțumește politicos și le pune deoparte, într-un sertar. Apoi ea îi cere să ia călușul de lemn și pinguinii de jucărie și să-i vândă la talcioc.

El se supune și face toate acestea. O invită pe Emilie în oraș, la o expoziție de pictură sau la o ceainărie, dar ea nu vrea să meargă. Ea știe că undeva înăuntrul ei mai există o rămășiță (acesta e cuvântul pe care îl găsește – *o rămășiță*) de iubire pentru el. Dar e de parcă oamenii care erau ei doi nu mai demult decât săptămâna trecută – oamenii care se țineau îmbrățișați în pragul camerei bebelușului lor – ar fi dintr-o altă viață și nu mai pot fi readuși aici.

În pat, stau separat. Lui Erich îi vine să plângă când se gândește la pasiunea care îi unea cu atât de puțin timp în urmă.

Uneori, el se scoală în toiul nopții, se îmbracă în uniforma de polițist, apoi bea ceai și iese afară, în întuneric, și se duce la sediul poliției, unde luminile sunt încă aprinse.

Șeful poliției, Roger Erdman, e și el uneori acolo la ora aceasta, cufundat în teancuri de documente. Matzlingen e departe de granița cu Austria, însă de la *Anschluss* încoace sosesc tot mai mulți refugiați evrei, care fug înspre vest, fug de persecuția despre care bănuiesc că i-ar putea urmări și departe, în Elveția. Organizația Israeliană pentru Ajutorarea Refugiaților (Israelitische Flüchtlingshilfe sau „IF") încearcă să colaboreze cu secțiile de poliție din întreaga Elveție, ca să se asigure că oamenii aceștia, care adesea au trecut granița dintre Austria și Elveția cu mai nimic la ei, sunt sprijiniți.

Dar cum vor fi ei sprijiniți? IF (înființată la rândul său de evrei înstăriți care locuiesc în Elveția) vor plăti pentru traiul lor de zi cu zi, iar poliția va încerca să găsească familii care să-i găzduiască. Fără vize, nu li se permite să muncească, deși uneori li se găsește de muncă. Bărbații care poate că în Austria au fost ingineri sau doctori se pomenesc că aici sapă șanțuri pe lângă drum; femei care cândva au avut în casele lor confortabile cameriste sau bucătărese cărora le dădeau ordine sunt acum puse să spele toalete publice sau să vândă chibrituri la colț de stradă.

Șeful poliției, Roger Erdman, și adjunctul său, Erich Perle, trudesc până la ivirea zorilor la treburile administrative, fumând, bătând la pas încăperea cu linoleum pe jos, încercând să țină oboseala la distanță. Li se aduce cafea. Când ușile birourilor lor se deschid, pentru ca secretara să intre cu cafeaua adusă pe tavă, ei pot vedea dincolo de ușă holul ponosit, unde, pe băncile tari, stau și așteaptă evreii. Nu sunt îmbrăcați în zdrențe. Majoritatea poartă haine care cândva au fost elegante și de bună calitate, iar femeile s-au străduit cât au putut să-și pieptene și să-și prindă părul, dar în privirile lor sunt atâta spaimă și epuizare, încât Erich îi spune într-o dimineață lui Roger Erdman:

— Îmi vine greu să-i privesc.

— Așa este, spune Roger. Pentru că am putea fi noi pe băncile alea tari. Și de-asta ne temem cel mai tare – să ne uităm acolo și să ne vedem pe noi înșine.

Pe Fribourgstrasse, Emilie se trezește și găsește patul gol. Nu-i pasă. Speră că Erich a ieșit ca s-o lase pe ea singură. E mai fericită când este singură – dacă se poate vorbi de „fericire" în situația ei. Și nu se poate; e doar mai puțin epuizant când e singură.

Stă întinsă în cada cu apă fierbinte, privindu-și burta, cândva mărită de bebelușul Gustav, acum micșorată și plată, și sânii, din care cândva picura lapte și o dureau. Se gândește ce ar putea face în ziua aceasta: să citească revistele, să asculte muzică de dans la radio, să mănânce o prăjitură sățioasă, să se culce la loc.

Uneori, se întreabă dacă să nu părăsească apartamentul de pe Fribourgstrasse, să nu-l părăsească pe Erich, să nu părăsească Matzlingen și să nu se ducă să stea cu mama ei, în cabana veche și izolată dintr-o vale de lângă Basel. Dar ține minte cum era viața acolo – fără apă la robinet, doar cu o pompă de mână în curte – și cât de mult își dorise să scape. Își mai dorise să scape și de înverșunata dedicare a mamei pentru Biserică – de hainele ei negre de văduvă, de crucile ei de argint, de *Isus în mormânt*[1] al lui Holbein, o copie tipărită deasupra șemineului, de posturile și tristețile ei, de proasta ei dispoziție, de criticile ei. Să se ducă acolo ar însemna o întoarcere în viața ei, ar însemna chiar să devină iarăși copil, în vreme ce ceea ce e ea acum – soția unui polițist-șef adjunct – încă o face să se minuneze. Și totuși acest prezent are ceva care nu mai pare adevărat. Prezentul e dus. Ea este iarăși un nimeni. O fată ignorantă. Ar putea prea bine să facă patul și să spele chiuvete la Gasthaus Helvetia.

Chiar și acum, rareori se gândește la război. Erich – în ziua aceea oribilă când l-a pierdut pe bebelușul Gustav – a țipat la ea să „se trezească", dar ea nu vrea să se trezească. De ce-ar vrea

---

1. *Trupul lui Isus mort în mormânt*, tablou al pictorului german Hans Holbein cel Tânăr.

să se confrunte cu și mai multă tristețe decât are deja de îndurat, ceas după ceas, zi după zi? Oare n-a pierdut deja tot ce-i era drag? Când încep știrile la radio, ea îl stinge mereu.

Se gândește la iertare.

Undeva, adânc îngropată în ea, trebuie să se afle puterea de a ceda, o dorință de a-l primi înapoi în inima ei pe bărbatul pe care credea că-l iubește așa de mult. Dar nu o poate găsi. Nici măcar nu știe cum sau de unde să înceapă să caute.

Pe comodă este o fotografie a lui Erich în uniforma lui de polițist, făcută chiar înainte să-l întâlnească. Lângă aceasta e o poză de la nunta lor. În ambele fotografii, Erich Perle încă o frapează: e un bărbat chipeș. Ea îi urmărește trăsăturile cu mâna ei suplă. Fiul lor, micul Gustav, ar fi moștenit chipul acesta cu trăsături fine și nobile, dar Gustav a murit. Trupul lui moale, pe jumătate format, a fost ars în crematoriul spitalului. Cum se poate ierta una ca asta?

Ceai dansant

Matzlingen și Davos, 1938

În capătul Fribourgstrasse e pe cale să se deschidă un local nou. Se numește Café Emilie.

Emilie îl observă când se duce la chioșcul cu reviste și se oprește o clipă, ca să se uite. În fața localului e parcat un camion. Niște bărbați duc înăuntru scaune din lemn curbat. Le spune că pe ea o cheamă Emilie.

— Frumos, Fräulein, zic ei. Înseamnă că aveți un locșor al dumneavoastră!

Ea se uită atent înăuntru. Poate vedea plăcuțele pe care scrie: *Patiserie franțuzească și elvețiană. Käseschnitte. Fondue de brânză. Înghețată. Cea mai bună cafea și ciocolată caldă. Ceai dansant în fiecare sâmbătă, între orele 15–18.*

— Noi credeam că Matzlingenul e o văgăună, zice unul dintre bărbați, oprindu-se pentru o clipă de la căratul scaunelor. Așa ni se spusese la Berna – un oraș unde nu se întâmplă niciodată nimic. Dar ia te uită: ceai dansant! Foarte *à la mode*, cum se zice la Geneva.

— Da? face Emilie.

— Așa am auzit. Probabil c-o să veniți și dumneavoastră, nu-i așa? Cre' că se bea ceai cu o mână și cu cealaltă se ține perechea, nu?

— Cred că da.

— Poate că-i fain, nu? O grămadă de ceai vărsat! Într-un restaurant mic și cochet ca ăsta, poți să-ți găsești un soț ca lumea.

Emilie e cât pe ce să spună că ea are un soț, că l-a sedus cu un sărut la Schwingfest și că s-au căsătorit șase luni mai târziu, dar nu vrea să se gândească la Erich. Încuviințează dând din cap și pleacă mai departe.

A văzut și Erich această Café Emilie. Se întreabă dacă n-ar putea găsi salvarea aici.

Într-o sâmbătă după-amiază, vine la Emilie și îi spune:

— Pune-ți bluza aceea nouă de la mine. Ieșim în oraș. Mergem să dansăm la cafeneaua nouă.

Emilie spune că nu vrea să meargă să danseze.

— Da, spune Erich, știu că așa ai impresia, că nu vrei. Îți promit că, dacă peste jumătate de oră nu te simți bine și vrei să vii acasă, atunci venim acasă.

Emilie probează bluza nouă. Dar îi este prea strâmtă. S-a îndopat cu prăjituri. Sânii îi sunt mai mari decât atunci când era însărcinată cu bebelușul Gustav. E nespălată pe păr. La douăzeci și unu de ani, i se pare că seamănă cu mama ei de cincizeci. Își scoate bluza și-o aruncă pe jos. Încuie ușa dormitorului, se pune în pat și închide ochii. Când o cheamă Erich, ea îi strigă să plece și s-o lase în pace.

Erich îl întreabă pe Roger Erdman, care este de asemenea căsătorit cu o femeie mult mai tânără decât el, Lottie, ce se poate face pentru a vindeca inima frântă a lui Emilie.

Sunt în biroul lui Roger, la a douăzecea sau a douăzeci și una țigară a dimineții. Afară așteaptă alți evrei austrieci ca să fie „procesați", iar Roger Erdman ar vrea să spună că, zău, n-au timp acum să discute despre Emilie. Într-o oră e programată o întâlnire cu un reprezentant al IF. A venit vorbă de la șeful pe afaceri externe de la Ministerul de Justiție că fluxul de refugiați evrei trebuie „stăvilit prin orice mijloace", sau Elveția va fi invadată. În țară crește îngrijorarea față de ceea ce numește *Überjudung* (o concentrare prea mare de evrei, de care societatea elvețiană nu are nevoie).

— Dar ce putem face noi, în Matzlingen? întrebase Roger Erdman. Suntem la capătul unui lung șir. Ține de poliția de frontieră să împiedice refugiații să vină aici. Dar oamenii uită că polițiștii au și ei sentimente umane și cunosc mila. Nu suntem mașini de numărat.

Iar acum mila lui Roger Erdman este atinsă de cât de istovit și trist pare colegul lui. Știe cum a căzut Emilie și cum au pierdut copilul. Lasă jos tocul și se uită la Erich. Împinge un calendar înspre el și dă paginile până la luna iunie. Spune încet:

— Erich, cred c-o să te las să-ți iei niște concediu luna viitoare. Ce trebuie să faci e să o duci pe Emilie la munte. Dacă e să o ajute ceva să se refacă, atunci asta e.

Erich se gândește o clipă. Apoi spune:

— Dar cum pot să-mi iau liber acum, Roger, când avem toate aceste responsabilități noi? Nu pot să te las baltă.

— Păi, spune Roger, te-ai uitat la dumneata în ultima vreme? Dacă nu îți iei liber, o să te îmbolnăvești – și abia atunci o să mă lași cu adevărat baltă.

Cândva, când era o fetiță de cinci ani, Emilie a mers la munte cu mama ei, Irma. Emilie nu-și poate aminti unde anume au fost sau cum au ajuns acolo. Era iarnă. Locul unde stăteau era al vreunei rude. Își amintește hainele și pălăria unui bărbat agățate în niște cârlige mari, de fier.

În fiecare zi, înainte de micul dejun, ea și Irma trebuiau să alimenteze o sobă imensă. Focul se repezea la lemne ca un animal hămesit asupra unui os. Când deschideai ușița, răgea la tine ca un tigru.

În diminețile albastre ca gheața, Emilie și Irma se suiau într-o sanie pe care-o găsiseră în magazia de lemne și coborau vijelios pe o pantă abruptă, până jos, într-un crâng tăcut, unde singurul sunet era picuratul blând al zăpezii ce se topea de pe crengile pinilor. Emilie își amintește un mic animal curios – o căprioară sau o capră neagră? – venind în crâng și privind-o lung, în vreme ce și ea îl privea. Apoi, trăgeau sania în susul dealului iarăși, pregătindu-se de încă o coborâre vijelioasă.

Și ce mai făceau? Emilie nu mai ține minte. Așa că, atunci când Erich vine și o întreabă dacă ar vrea să meargă la munte, ea atât își mai amintește – soba flămândă, hainele și pălăria bărbatului, sania, animalul tăcut, cu picioarele sale delicate.

— Nu știu, răspunde ea.

El scoate o poză cu un hotel mare, Hotel Alpenrose. Îi spune că se află în Davos, iar ei vor sta acolo cinci zile.

Ea se uită lung la hotelul dincolo de care se văd munții. Ar vrea să spună că pare prea luxos pentru ei, dar Erich i-a anticipat protestele și i-o ia înainte:

— Roger Erdman a fost la Davos, îi zice el, și-a stat chiar în hotelul ăsta. Mi-a zis că, dacă vrem să încercăm să mai fim fericiți, ăsta e un loc potrivit de unde-am putea să începem.

Lui Emilie i se pare că e o lume complet diferită – una căreia îi aparțin doar bogații.

În camera lor de hotel, perdelele de tul se leagănă grațios la ferestre. Pe măsuța de toaletă se află o cană cu bujori. Cuvertura de pe pat este din damasc. Emilie își pune pe umerașe cele câteva rochii de vară, într-un șifonier imens, care miroase a camfor.

Ies pe un balcon de fier forjat, decorat cu ghivece de mușcate roșii, și privesc sus, la munți, respiră aerul înmiresmat, însorit. Văd o pasăre enormă, care ar putea fi un vultur, rotindu-se pe cerul senin. Erich a adus cu el un aparat de fotografiat împrumutat de la Roger Erdman și face o poză cu peisajul. Îl mișcă încolo și-ncoace, dar nu reușește să prindă și pasărea.

E după-amiaza târziu în ziua sosirii lor și sunt amândoi flămânzi. Se plimbă pe o străduță liniștită și aud sunetele unei mici orchestre. Vine dintr-o cafenea unde, în spațiul mic de dincolo de mese, dansează perechi mai în vârstă. Intră și ei. Emilie se uită lung la dansatori și e mișcată de grația lor. Toți au șaptezeci sau optzeci de ani, și totuși țin ritmul muzicii perfect. Își țin coatele sus și spinările drepte.

Erich și Emilie se așază la o masă și comandă limonadă și *Apfelstrüdel*[1]. Nu își vorbesc, dar mănâncă, beau și privesc dan-

1. Ștrudel cu mere (în germană în original).

satorii. Muzica îi prinde în mrejele ei, ca o vrajă fragilă. Iar Emilie se pomenește gândindu-se: nu vreau să îmbătrânesc – să ajung așa de bătrână ca oamenii ăștia – fără să fi trăit o viață așa cum se cuvine. Își înalță capul și își privește bărbatul. E aproape surprinsă să-l găsească tot acolo. S-a obișnuit așa de tare să-și dorească să fie singură, de parcă în fiecare zi se așteptase să ridice privirea și să vadă că el a plecat. Dar el n-a plecat. Stă liniștit lângă ea, terminându-și limonada și aprinzându-și o țigară. Razele soarelui ce trec prin fereastra cafenelei îi mângâie obrazul și dau o strălucire castanie părului lui șaten.

După o vreme, ea spune:

— Putem să dansăm acum?

Erich nu spune nimic. Își stinge țigara. Apoi se ridică în picioare și face o plecăciune protocolară, îi întinde mâna, iar ea o apucă și pornesc spre ringul de dans. Ceilalți dansatori îi salută din cap, le spun „*Grüezi*“, iar ei le răspund „*Grüezi, grüezi* tuturor“, iar orchestra își domolește cântecul, trece la o melodie mai lentă și dulce, pentru tinerii străini care s-au alăturat mulțimii.

Se țin la fel de drepți, într-o poziție la fel de corectă ca și ceilalți. Erich o conduce pe Emilie cu o mână sigură în jurul taliei. Iar Emilie se gândește: dacă am putea continua doar așa, în acest dans lent și formal, tot așa înainte, fără să fie nevoie să vorbim, fără să fie nevoie să ne oprim, atunci în cele din urmă – dacă trebuie să existe un sfârșit – atunci totul ar putea fi bine.

Își lasă capul în față, tot mai aproape de-al lui Erich, până când obrazul i se atinge de-al lui.

Davos.

Emilie știe că în locul ăsta oamenii încă vin să se vindece de o boală care-i omoară. Mai știe și că mulți dintre ei mor. Mai jos în vale este un cimitir, pe care ar vrea să îl viziteze.

Stă trează în patul mare, în timp ce Erich doarme. Se uită la fața lui, pe care o vede pe jumătate în camera întunecoasă, și înțelege, într-un fel în care n-a făcut-o înainte, cât este de obosit, cât de întristat, cât de distrus de ceea ce li s-a întâmplat, dar și de munca pe care încearcă s-o facă, să ajute oamenii care au fost alungați din țara lor și de lângă aproape tot ce le era drag.

Își șoptește: „Este un om bun". Ar vrea să se ducă și să le spună refugiaților evrei care se înghesuie la sediul poliției: „Acest om o să vă ajute. Sunteți norocoși că l-ați găsit. O să vă ajute, în vreme ce alți sute de oameni v-ar alunga".

Apoi îl trezește. Știe că nu-i frumos din partea ei; el are nevoie să doarmă bine. Dar trebuie să îi spună, atunci și acolo, că ea *chiar* înțelege ce se întâmplă în lume, nu e tocmai o ignorantă, știe despre suferință – suferința altor oameni, cu mult mai grea ca a ei. Vrea să îi spună că-i pare rău.

Erich o îmbrățișează, o ține strâns lângă el. Îi mângâie părul. Începe să plângă, și plânge mult timp.

Liebermann

Matzlingen, 1938

Pe 18 august, sosește o directivă de la Ministerul Justiției din Berna, prin care se prevede ca toți evreii din Germania, Austria și Franța care încearcă să mai pătrundă pe teritoriul sigur al Elveției după această dată să fie trimiși înapoi.

Roger Erdman îi spune lui Erich:

— Probabil că asta înseamnă sfârșitul tuturor acestor sosiri în Matzlingen. Oamenii o să fie ridicați și întorși din drum înainte să ajungă atât de departe.

Erich spune:

— Nu cred că înseamnă neapărat sfârșitul. Filiala IF de aici e foarte activă și bine sprijinită și s-o fi dus vorba despre asta și dincolo de granițe. Unii s-ar putea să mai treacă, Roger. Și ce-o să facă apoi?

Roger Erdman ia un creion și îl ține între palme, de parcă ar măsura ceva într-un colț opus al încăperii.

— Ca polițist, zice, va trebui să urmez directiva Ministerului de Justiție. Ca om, n-o pot urma. Rezolvă dumneata dilema mea, dacă poți.

Sosirea refugiaților evrei (a celor care au trecut granița Elveției înainte de 18 august) continuă o vreme, apoi ritmul scade, iar apoi se oprește. Roger și Erich se uită în fiecare zi pe holul unde în ultima vreme așteptau bărbați și femei și văd doar băncile goale. Își imaginează un convoi de oameni epuizați, cărând genți mai mult goale și boccele, legănându-și copiii, fiind escortați înapoi peste granița cu Austria, iar de acolo fiind trimiși în lagăre sau – cum zic zvonurile – duși pentru a fi uciși. Într-o dimineață, Roger spune:

— Slavă Domnului că nu suntem în St. Gallen sau în Basel, măcar. Fiindcă atunci noi am fi cei care-am întoarce din drum oamenii ăștia. Am fi responsabili pentru moartea lor.

Dar Roger Erdman este bolnav. E dus la spital pentru analize la ficat. Testele sunt „neconcludente“, și Roger îi spune lui Lottie că suferă doar de stres și epuizare. Se duce acasă, dar varsă tot ce mănâncă și i se ordonă să se țină departe de muncă. Îi spune lui Erich că-i pare rău că „se eschivează de la datorie“, dar adaugă:

— Măcar problema ajutării evreilor pare să se fi terminat deocamdată.

Dar nu s-a terminat.

Într-o dimineață, când Erich ajunge la stația de poliție, vede un om care așteaptă pe bancă. Când Erich parcurge holul în drum spre biroul său, bărbatul se ridică în picioare și spune:

— Herr polițist-șef, putem discuta ceva urgent? Vin din partea IF. Trebuie să vă spun povestea mea, vă rog.

Erich îl cheamă pe om în biroul său. Cere să i se aducă un pahar de apă. Observă ghetele distruse ale omului și epuizarea de pe chip. Îi spune cu blândețe că el nu este șeful poliției, ci doar adjunctul acestuia.

— Dar aveți competența? întreabă omul. Nu pot să-mi spun povestea mai mult de o singură dată, domnule. Sunt prea obosit.

— Am competența, spune Erich. Herr Erdman, șeful poliției, este bolnav în această perioadă, așa că i-am preluat atribuțiile.

Omul bea apa cu înghițituri mari. Spune, cu ezitări, că IF nu l-a tratat foarte bine, nu i-a oferit nimic. I se spusese că oamenii de la IF vor fi salvatorii lui, că va fi în siguranță odată ce ajunge la ei, însă nu fusese așa.

— Nu mi-au oferit nimic, spune, fiindcă se tem.

— De ce anume se tem?

— De directiva de la Berna, cu datele. Mă numesc Liebermann. Jakob Liebermann. Dar vă implor, Herr polițist-șef adjunct, nu mă trimiteți înapoi. Soția și fiul meu se află deja aici, în Elveția. Fiul meu n-are decât patru ani. Au nevoie de mine. I-am trimis înaintea mea. Am crezut că voi avea timp să mai fac rost de niște bani și să vin și eu după ei. Iar apoi a picat din senin *diktat*-ul cu 18 august. Sunt aici ca să vă implor să nu mă trimiteți înapoi.

Erich cercetează pașaportul lui Liebermann. Observă că are treizeci și șase de ani, e de-o seamă cu el. În dreptul profesiei scrie „Doctor". Ridică privirea și îl întreabă:

— Herr Liebermann, îmi spuneți, vă rog, data în care ați intrat în Elveția?

Liebermann se ridică în picioare și se apleacă spre Erich, peste biroul plin de documente.

— Aș putea să vă spun orice, *orice*, zice, și nu v-ați da seama! Dar greșeala pe care am făcut-o a fost să le spun celor de la IF că am intrat pe 26 august. Am trecut granița pe la Diepoldsau – zona aceea mlăștinoasă. Nu am viză. Am crezut că IF va închide ochii. Pentru ce există ei, dacă nu ca să ne ajute? Dar m-au escortat până aici. Mi-au spus că intrarea trebuie înregistrată la poliție, altfel nu pot să am nici un viitor, nu pot munci în Elveția, nimic, nu pot primi nici măcar de pomană de la IF, așa au zis. Cică sunt „problema poliției".

Erich simte cum îi bate inima foarte tare. Ar vrea să se poată ridica de pe scaun, să intre în biroul lui Roger Erdman și să îi paseze lui „problema poliției". Dar Roger Erdman nu e aici.

Îl spune lui Jakob Liebermann să se așeze. Când vorbește, își aude un tremur în voce. Bagă mâna în sertarul biroului și scoate un formular, pe care trebuie să-l completeze. Îl așază în fața lui, lângă pașaportul lui Liebermann, dar nu apucă și tocul. Zice:

— Spuneți-mi ce fel de doctor sunteți.

— Oh, zice Liebermann, făceam medicină generală. În Bludenz. Speram să devin chirurg. Mi-ar plăcea să salvez vieți.

— Poate că încă o veți face – să deveniți chirurg, adică.

— Domnule, n-o să devin *nimic* dacă mă trimit înapoi! O să fiu mort. Fiul meu n-o să aibă tată! Uitați-vă la mine! Sunt om cinstit, un om care vrea să facă bine în lume. N-am comis nici o crimă: singura „crimă" e că sunt evreu. Pe fiul meu îl cheamă Daniel. Dacă mă trimiteți înapoi, ne aruncați la lei pe mine și pe fiul meu.

Erich își împreunează mâinile. Își amintește că și el ar fi putut fi tată acum, tatăl micuțului Gustav, care ar fi avut patru luni. Dacă ar fi murit el, Erich, și nu Gustav? Dacă Emilie ar fi rămas absolut singură cu copilul ei, departe de casă, departe de țara ei...

Ridică tocul. Spune încet:

— O să notez că data sosirii dumneavoastră în Elveția este 16 august. Spuneți-le celor de la IF că ați încurcat datele – 16 cu 26. Și poate că au existat ceva confuzii și din cauza limbii, pentru că dumneavoastră vorbiți germana literară, din Austria, iar cei de la IF v-or fi vorbit în germana elvețiană. Nu-i așa?

— Așa este, domnule.

— Ei, iată. Uneori mai pot să apară confuzii. Dar mergeți înapoi la ei și explicați-le că le-am rezolvat în acest birou. Bine?

Pentru o clipă, Jakob Liebermann pare stupefiat. Apoi își deschide larg brațele.

— Dumnezeu să vă binecuvânteze, Herr polițist-șef adjunct! zice. Să vă dea Dumnezeu viață lungă și fericită!

Se apleacă peste birou și îl trage pe Erich înspre el, într-o îmbrățișare ciudată, iar Erich îi simte în nări sudoarea călătoriei, iar pe ureche, asprimea obrazului neras.

Erich nu povestește nimănui ce a făcut. Și în nici un caz lui Emilie, care, după Davos, a reînceput să-l lase pe Erich să facă dragoste cu ea, șoptindu-i că ar vrea să încerce din nou să aibă un copil, iar Erich nu vrea să riște s-o supere. Dacă, uneori, se teme că ar putea fi pedepsit fiindcă n-a respectat o directivă națională, se străduiește să dea grija asta deoparte. Își spune că nu a respectat-o *într-un singur caz*.

Îl vizitează pe Roger Erdman, care e iarăși internat. Roger pare foarte slab. Are pielea palidă, ca de ceară. Îi spune lui Erich că o să fie operat la colon și că doctorii îi spun c-o să fie bine apoi. După aceea îl întreabă:

— Ce mai e pe la sediu?

— Toate bune, zice Erich.

— Și cum merge cu... hm... dilema de august?

— Așa cum ai prevăzut, Roger, evreii nu mai ajung până la Matzlingen. Cei din St. Gallen trebuie să decidă ce fac.

— Și ce decid? Ce-ai aflat?

— Am aflat că directiva a fost respectată.

Roger închide ochii.

— Eu tot nu știu sigur, zice el, ce-am fi făcut. Dar slavă Domnului că a dispărut problema asta.

Dar sigur că problema n-a dispărut.

Prin Jakob Liebermann s-a dus vorba și au aflat și alți evrei care au pătruns în Elveția după 18 august: „Încearcă să ajungi la Matzlingen. Acolo e un polițist-șef adjunct care o să-ți falsifice formularul de intrare. O face fără să-l mituiești – fiindcă e un om bun. Du-te la el mai întâi, nu la IF. Îl cheamă Erich Perle".

Formularele de intrare pe care Erich le falsifică se adună în teancuri. Data intrării: 14 august. Data intrării: 12 august. Data intrării: 9 august. Dar, când august se face septembrie și se stabilește data întoarcerii lui Roger Erdman la muncă, Erich trebuie să le șoptească evreilor care vin la el:

— O fac pentru dumneavoastră. Doar de data asta. Dar spuneți-le celorlalți că pe 30 septembrie, când revine șeful poliției la muncă, se termină. El nu va fi de acord.

Roger a slăbit atât de mult, încât uniforma de polițist nu-i mai vine. Îi spune lui Erich:

— Arăt caraghios. Arăt ca un tâmpit în haine extravagante.

Erich îi spune că trebuie să înceapă să mănânce iarăși bine și îl invită să vină împreună cu Lottie la cină. Emilie spune că va găti friptură de porc și *knödel* cu varză roșie, iar apoi *Nusstorte*, desertul care e specialitatea ei. O să servească un vin roșu tare, franțuzesc, pe care Erich poate să-l cumpere la preț bun și-n cantități mari de la un fost coleg de la Academia de Poliție, care e de părere că „vinul miroase a pământ, iar munca de polițist miroase a canal".

Masa din sufrageria apartamentului de pe Fribourgstrasse nr. 61 e pregătită, cu o față de masă de dantelă pe ea. Este o seară caldă de toamnă – prea caldă ca să faci focul în șemineu –, iar ferestrele sunt larg deschise.

În ultimele zile, inima lui Erich Perle a început să bată mai iute. Și se pare că nu și-o poate stăpâni. E conștient de asta tot timpul – bubuitul sângelui în urechi, un ticăit nervos în încheieturile mâinilor – și știe că-i din cauză că se teme. Se pomenește căutând ceea ce este familiar și banal, ca să-și liniștească inima asta nebună. Sunetul blând al mașinilor care circulă pe Fribourgstrasse este liniștitor, și își spune că nu s-a schimbat nimic în Matzlingen dacă mașinile și scuterele continuă să treacă în ritmul lor obișnuit, docil. Schimbările sunt numai în el. El nu mai este omul care credea că este, genul de om care venerează legile țării – ale iubitei sale Elveții, al cărei cod moral este ireproșabil – și care nu le-ar încălca niciodată. Acum este un infractor.

Își tot spune că toate s-au întâmplat din cauza lui Liebermann, din cauză că i s-a făcut milă de-un om care nu voia decât să se reunească cu mica lui familie și care – dacă ar fi fost trimis înapoi în Austria – s-ar fi confruntat cu moartea. Oare alți oameni – chiar și alți polițiști – n-ar fi fost tentați să falsifice acte, să încalce legea, ca să salveze un om care nu făcuse nimic rău? Oare nu cumva infracțiunea comisă de Erich e anulată de faptul că a salvat niște suflete? Nu?

Dar se gândește încontinuu la ce a făcut. Se întreabă dacă n-ar fi trebuit să-l salveze doar pe Liebermann, iar pe toți ceilalți să-i trimită înapoi la graniță, fără să se mai gândească la soarta lor probabilă. Particularitățile cazului lui Liebermann au fost cele care i-au influențat decizia. Fusese mișcat. Fusese ușor de convins datorită milei pentru un bărbat de vârsta lui, cu un copil mic pe nume Daniel. Și poate că o singură dată falsificată n-ar fi fost descoperită. Dar stiva de acte cu data falsificată avea să iasă într-un fel sau altul la lumină. Erich pricepe acum că și-a pus cariera – și chiar și viața – în pericol.

Înainte ca Roger și Lottie să ajungă la cină, Erich deschide una dintre sticlele de vin roșu. Emilie unge friptura de porc, în bucătărie. Erich stă la ferestrele mari, bând și fumând o țigară de foi. Simte cum vinul începe să-i liniștească ritmul inimii și își mai toarnă un pahar. Până la sosirea lui Roger și Lottie, a băut deja foarte repede patru pahare și a început să fie nesigur pe picioare, de parcă salonul apartamentului a devenit un iaht care părăsește brusc portul.

Dar senzația nu-i neplăcută. I se pare că acest Erich modificat, această persoană nesigură pe picioare dintr-o barcă ce plutește, a fost eliberat de obligația normală de a se purta cuviincios. Apoi se gândește la cuvântul „cuviincios" și i se pare ridicol.

Spune cu voce tare că răspunderea tuturor de a se purta cum se cuvine a fost anulată.

— *Anulat!* Alt cuvânt aiurea! Dar se înțelege.

Vede cum Lottie se uită agitată la Roger. Mai observă, de parcă ar vedea-o pentru prima oară, și cât de frumoasă e Lottie Erdman și îi spune lui Roger:

— Sper că te-ai refăcut bine, Roger, și nu o neglijezi pe Lottie.

— Ce vrei să spui? întreabă Roger.

— Lottie e o nestemată. E o *Rhinemaiden*[1]! Sper că ai grijă de ea.

---

1. Fiică a Rinului (în germană în original). Fiicele Rinului sunt cele trei nimfe ale apei din *Inelul Nibelungilor* de Richard Wagner: Woglinde, Wellgunde și Flosshilde.

— Bineînțeles că am.

— În toate felurile. Adică și-n pat.

Lottie roșește, își atinge sânii cu un gest, buimăcită, îi zâmbește sfioasă lui Erich. Roger scutură din cap, exasperat.

— O să te iert că ai spus asta, Erich, căci cred c-ai băut deja cam mult vin, dar ce facem Lottie și cu mine în pat n-ar trebui să fie preocuparea ta.

Erich se chinuie să-și reaprindă țigara, care s-a stins.

— *Preocuparea!* zice, înecându-se cu primul fum. Foarte departe de-a fi un cuvânt aiurea! Dimpotrivă, un cuvânt cugetat. Dar unde începe și unde se termină „preocuparea“? Iată, prieteni, *aceasta* e marea întrebare a vremurilor noastre: cât de departe ar trebui să mergem când arătăm preocupare față de celelalte ființe umane? Ne străduim să simțim indiferență. Ca membri ai poliției, suntem *învățați* să o simțim. Dar oare indiferența nu este o crimă morală?

În clipa asta, înainte ca Roger sau Lottie să apuce să răspundă ceva, apare Emilie și spune că e gata cina. Mirosul de friptură de porc parfumează aerul. Erich adoră carnea de porc. I se pare că trosnetul unei bucăți crocante de friptură care îți pocnește în gură eliberând sucurile grase din ea are ceva aproape înrudit cu plăcerea sexuală. Însă în seara asta simte o spaimă subită la gândul că ei patru vor sta în jurul mesei confortabile, înghițind friptură de porc și *knödel.* Se gândește la Liebermann și la mica lui familie (care n-au mâncat carne de porc în viața lor) și se întreabă unde or fi și dacă i-o fi ajutat IF sau dacă nu flămânzesc pe undeva prin munți.

Supus, își urmează oaspeții la masă. Emilie e foarte roșie în obraji de la căldura din bucătărie, și el se gândește cum nu o prinde să fie așa rumenă și cum, în seara asta, i-ar plăcea să facă dragoste cu adorabila Lottie Erdman. Se trezește cu o erecție numai gândindu-se la asta și se așază brusc, acoperindu-se cu un șervet de in. Îi toarnă vin lui Lottie, holbându-se în acest timp la sânii ei mari, și, neatent, varsă vin pe fața de masă de dantelă.

— Ai grijă, Erich! zice Emilie.

El nu-și cere scuze. Se gândește, istovit, de câte ori a trebuit să se scuze în ultima vreme și ce obosit e să fie el mereu cel care-a greșit. Când își primește farfuria cu mâncare, înainte să se atingă de vreo îmbucătură, izbucnește:

— Ar trebui să știți cu toții că sunt întru totul și pe deplin sătul să mă consider un infractor!

Ei îl privesc lung. Lottie se uită neliniștită la Roger. Emilie își tamponează fața aprinsă cu șervetul.

— Te rog, ia și mănâncă, zice ea.

— Sau nu, zice Erich. Să nu mănânc. Să nu ne permitem să ne bucurăm de trosnetul crocant. Să ne gândim la el ca la sunetul oaselor care se rup. Oase de om…

Roger lasă jos cuțitul și furculița. Spune calm:

— Ce s-a întâmplat, Erich?

— Ți-am zis, spune Erich. M-am săturat ca acțiunile mele să fie condamnate. Am făcut ce-ar fi făcut orice om – orice om care are un dram de milă în suflet. Roger, dacă ai fi fost acolo ai fi făcut și dumneata la fel. Dar dumneata nu l-ai văzut pe Liebermann. Nu i-ai văzut tristețea. De ce să fie el nevoit să-și abandoneze familia?

— Cine e Liebermann?

— Un doctor. Un evreu. Cu nevasta și copilul deja în Elveția. A ratat termenul-limită de intrare cu opt zile. Opt zile! Iar IF s-a gândit c-o să-l trimit eu înapoi în Austria – să-l trimit înapoi ca să moară. Bănuiesc că ei îi puteau auzi deja oasele trosnind! Dar și-au făcut socotelile fără Erich Perle, infractorul!

În cameră s-a lăsat tăcerea. Din farfuriile cu mâncare sățioasă încă se înalță aburul.

Iar atunci Erich își dă seama brusc că o să i se facă rău. Se ridică și iese din cameră clătinându-se, dar nu ajunge până la baie și vomită pe hol.

Lottie pălește foarte tare. Emilie se ridică și se duce să-l ajute pe Erich. Când ajunge la ușă, Roger îi spune încet:

— Înțeleg ce-a făcut. Înțeleg.

Furtișag

Matzlingen, 1939

Vreme de câteva luni pare să nu i se întâmple nimic, dar apoi, în mai 1939, la sediul poliției din Matzlingen vin doi ofițeri de securitate de la Ministerul Justiției din Berna.

De ce doi? Erich vrea să întrebe. Oare a transmis cineva la Berna că acest om, acest loial polițist-șef adjunct, ar putea fi violent, ar putea fi nevoie de forță la reținerea lui?

Este dus în camera de interogare, trec chiar pe lângă băncile unde au stat evreii, așteptând să-și afle soarta. În încăpere e foarte cald, sufocant. Erich își șterge transpirația de pe frunte și cere să se deschidă o fereastră, dar unul dintre oamenii de la Ministerul de Justiție spune:

— Nu-i nevoie. N-o să dureze mult.

Căldura pare să exacerbeze bătăile mult prea iuți ale inimii lui Erich, cu aritmiile lor. Uneori ceva însoțește bubuitul sângelui, și anume o aureolă de durere care i se răspândește în piept și urcă în gât, amenințând să-l sufoce. Acum ar vrea să-și lărgească nodul de la cravată, dar știe că trebuie să rămână „corect" în fața acestor oficiali.

Așteaptă. Și apoi vede cum apare în fața lui, pe masa de lemn zgâriată, un teanc de formulare de intrare a refugiaților, purtând datele de august falsificate și, dedesubt, semnătura lui.

— Iată, spune cel mai în vârstă dintre ofițeri. Puteți confirma, vă rugăm, că pe aceste formulare e semnătura dumneavoastră?

Erich se holbează la formulare. Își amintește cum de fiecare dată când le semna îi tremura mâna. Imagini ale oamenilor care îl implorau să-i ajute îi trec prin minte: femei cu ochi imenși, înspăimântați, fete în pragul frumuseții, bunici legănând copii mici la piept, bărbați lăcrimând de bucurie și pentru că nu le venea să creadă când erau trecute datele false...

Erich își drege glasul. Sudoarea îi curge pe spinare.

— Da, spune. Asta e semnătura mea.

— Bun, zice bărbatul mai tânăr. V-am zis noi că nu va dura mult. Ne aflăm aici pentru a vă informa că, din acest moment, sunteți suspendat din cadrul poliției. Sunteți acuzat de falsificarea datelor de intrare a refugiaților evrei în Elveția, dovadă fiind aceste formulare. Vă puteți strânge bunurile personale de pe birou, dar nu luați nimic din ce e proprietatea poliției, desigur. Mai putem adăuga doar că veți fi la un moment dat urmărit în justiție pentru încălcarea unei directive a Ministerului de Justiție. Această urmărire în justiție este deocamdată analizată. Între timp, salariul și pensia dumneavoastră de la poliție sunt suspendate, însuși ministrul a dorit să vă aducem la cunoștință acest inconvenient major.

Erich se gândește la Jakob Liebermann, cum își deschide larg brațele și zice: „Dumnezeu să vă binecuvânteze, Herr polițist-șef adjunct! zice. Să vă dea Dumnezeu viață lungă și fericită!" și cum el, Erich, știa, chiar în clipa când semna formularul lui Liebermann, că semnând exact la asta renunța – binecuvântarea Domnului, viața lungă și lipsită de griji...

— Vă rog, pot să vă întreb ceva? zice Erich încet.

— Sigur. Poftiți.

— De unde știți că datele acestea sunt false? Cine v-a spus că le-am falsificat?

Ofițerii de securitate schimbă priviri între ei.

— Informația e clasificată, spune cel mai în vârstă. Nu trebuie decât să înțelegeți că v-ați pus țara în pericol sfidându-i deliberat legile.

— Nu am intenționat să îmi pun țara în pericol. Pe mine m-a preocupat să salvez vieți omenești.

— Admirabil, în cele mai multe situații. Avem cu toții un suflet bun, nu-i așa? Dar Germania nu va mai tolera politica deschisă a Elveției față de refugiații evrei. Riscăm să fim pedepsiți pentru asta cu invadarea de către nemți. Ar fi sfârșitul țării noastre unice și frumoase. Iar oamenii ca dumneavoastră vor fi cei responsabili. Ah, și apropo, la sfârșitul lunii va trebui, împreună cu soția dumneavoastră, să eliberați apartamentul de pe Fribourgstrasse.

— Și unde să ne ducem?

— Habar n-am. Dumneavoastră decideți. Vi se vor plăti două săptămâni. Asta ca urmare a rugăminților șefului dumneavoastră, Herr polițist-șef Erdman, la care noi n-am obiectat. Oameni suntem. Vă sugerăm să folosiți banii cu mare chibzuință. Dar toate astea nu mai sunt responsabilitatea noastră.

Erich este escortat înapoi la biroul său. I se scoate imediat insigna și el simte imediat că îi lipsește greutatea acesteia, ca și cum bucata aceea de metal îi proteja într-un fel inima bolnavă. Privește spre biroul lui Roger Erdman, nutrind prostește speranța că Roger va interveni ca să-l salveze, dar Roger nu se află acolo.

Dincolo de pereții biroului său, în Camera Comunicațiilor, poate auzi sunetul mașinilor de scris și conversația dusă în tonuri joase: munca de poliție continuă în ritmul obișnuit, de parcă nimeni n-a observat ce i se întâmplă polițistului șef adjunct Erich Perle – nimeni n-a priceput că viața lui se termină.

Încă nu e ora 10 dimineața când Erich Perle părăsește sediul poliției. În capătul scărilor se oprește și privește înapoi la ușa masivă, cu grilajul decorativ din fier forjat, și la suportul steagului de deasupra sa, de unde steagul Elveției atârnă moale în soarele de mai. Și se gândește ce mult a iubit el ceea ce simbolizau aceste lucruri. Acesta e cuvântul potrivit: *iubire*. Să intre pe ușa aceea bogat decorată în absolut fiecare dimineață, mândru, de parcă ușa *îi aparținea lui*. Și atât de bine se simțea în profesia lui, încât uneori se pomenea lăudându-se cu ea, așa cum se lăudase în fața lui Emilie, în ziua când o cunoscuse, la Schwingfest.

Își duce puținele lucruri într-o pungă de hârtie: o fotografie a lui Emilie în Davos, o cutie de țigări de foi plină pe jumătate, un calendar de birou, un suport pentru călimară și toc, pătat. Începe să se îndepărteze de clădire. Încă poartă uniforma de polițist. Zâmbește amar când se gândește că nici măcar oamenii de la Ministerul de Justiție n-au putut să-l trimită pe străzi îmbrăcat doar în lenjerie. Și se simte recunoscător că i-a fost lăsată această unică relicvă a tuturor anilor petrecuți în poliție și se gândește cât de tare a meritat asta. Și totuși știe că lumea în care oamenii merită sau nu merită niște lucruri e pe cale de-a se sfârși. Europa e în război. Acum corectitudinea devine un cuvânt fără sens.

Nu-și poate imagina cuvintele pe care le va folosi ca să-i spună lui Emilie ce s-a întâmplat. Se gândește că probabil nu există cuvintele potrivite. Se întreabă cât timp îi va lua lui Emilie până își va da seama că au ajuns săraci într-o singură zi.

Ea stă în picioare lângă focul neaprins, iar soarele dimineții de mai scaldă camera în pătrate de lumină.

Ar vrea să îi spună lui Erich: „Bărbatul cu care m-am măritat era polițistul-șef adjunct Perle. Mi-a spus de la prima noastră întâlnire vârsta și gradul. Cum m-aș putea împăca cu orice alt bărbat?“

El i se pare jalnic, cum stă acolo cu punga de hârtie în mână – mare și prost. Știe că ceea ce se așteaptă de la ea – ceea ce până și ea așteaptă de la ea însăși – e compasiune și alinare, și totuși nu se poate mișca de unde stă, cu fața spre el, cu pumnii încleștați.

— Păi, spune ea, sper că evreii sunt mulțumiți. Din cauza lor a murit Gustav și acum din cauza lor ai sacrificat ce-a mai rămas din viețile noastre.

Îl vede pe Erich cum deschide gura ca s-o contrazică și apoi se răzgândește, și-și zice: bun, e bine că nu încearcă să nege, fiindcă ăsta-i purul adevăr, a pus viețile evreilor înainte de-a mea. I-a păsat mai mult să ajute niște străini decât îi pasă de mine.

Ea ar vrea să iasă din apartament, să pătrundă într-o altă viață și să nu se mai întoarcă niciodată. Și totuși se gândește: de ce-aș fi eu cea alungată? Erich ar trebui să fie cel care pleacă. Eu o să rămân aici, să am grijă de mușcatele mele stacojii, să-mi citesc revistele și să cumpăr produse franțuzești de patiserie de la Café Emilie. O să-mi continui viața ca și cum nu s-a întâmplat nimic...

Însă, atunci când Erich îi spune că vor pierde apartamentul, Emilie lasă toată furia acumulată să se reverse din ea. Își smulge părul. Cade în genunchi și bate cu pumnii în covorașul din fața șemineului. Apucă o pernă și o sfâșie din cusături, se umple de pene. Începe să se zgârie pe față.

Emilie pleacă la Basel, la casa mamei ei, casa cu pompa de apă în curte, unde iarba crește prea lungă vara și unde uneori se aud lupii urlând în pădurile din preajmă.

Nu se discută nimic legat de când se va întoarce.

Își lasă câteva haine în dulap și o perie veche de argint pe măsuța de toaletă. Când vine taxiul care să o ducă la gară, Erich nu e acolo, ca să-și ia la revedere.

Erich găsește un mic apartament pe Unter der Egg. Un chioșc cu flori care tocmai se deschide pe strada asta îi mai ridică moralul. Chiria e mică, dar i se cere o garanție mare, o sumă care înseamnă cam tot ce mai are Erich.

Deși nu se simte bine făcând asta, simte că n-are de ales și trebuie să împrumute bani. Crede că Roger Erdman îi va împrumuta suma necesară. Căci Roger se simte vinovat pentru cele întâmplate. A recunoscut asta. I-a spus lui Erich că, dacă el n-ar fi fost internat în spital, ci ar fi fost la birou, așezat în fața lui Liebermann, și el ar fi făcut exact la fel.

— Nu putem ști sigur cum am proceda într-o anumită situație, îi spusese lui Erich, decât când sosește momentul respectiv.

Într-o duminică după-amiază, Erich merge pe jos până la apartamentul lui Roger din Grünewaldstrasse. Îi deschide Lottie, care pare ciufulită și e îmbrăcată într-un neglijeu de mătase.

— Îmi cer scuze, spune Erich. Vă deranjez.

— O, nu! spune Lottie, căscând. Trăgeam un pui de somn, după ce-am mâncat prea multă ciocolată. Roger e la Zürich. Incredibil ce decadentă devin când e el plecat!

— Vă las în pace – cu decadența dumneavoastră! Am venit doar ca să-i cer un favor lui Roger.

— Nu. Intră, Erich. Mă bucur că ești aici. Voiam să-ți spun ce supărată sunt pentru ce ți s-a întâmplat. Intră, o să fac o cafea.

Ea nu se îmbracă, doar își piaptănă părul. Se așază pe o canapea micuță lângă Erich când toarnă cafea, iar el îi simte transpirația de pe trup și ciocolata din răsuflare.

— Trebuie să ne spui ce putem face pentru tine, Erich, zice Lottie. Zău, am face orice.

Un ceas cu clopot de argint bate ora patru. În liniștea care se lasă după ce încetează bătăile, Erich își amintește de noaptea „confesiunii" lui și de cum simțise dorință pentru Lottie Erdman. Și acum se surprinde din nou tulburat de ea – de părul ei des și blond, de pieptul ei foarte mare, de sănătatea pe care o emană, de încântarea cu care pare să-și expună trupul.

Bea din cafea, dar e prea fierbinte. Știe că trebuie să se grăbească și să plece înainte să facă sau să spună ceva ce-o să regrete. Lottie cască din nou. Neglijeul de mătase îi alunecă într-o parte și-i dezvelește o coapsă. Ea nu face nici o încercare să și-l tragă la loc, iar Erich, incapabil să-și rețină privirea care-i alunecă în jos, își dă seama că nu poartă chiloți.

— Am auzit, spune Lottie, că Emilie a plecat să locuiască la mama ei.

— Da, răspunde Erich.

— Ăsta nu-i niciodată semn bun – plecatul la mama, zice Lottie. Asta înseamnă că s-a terminat căsnicia dumitale?

— Nu știu, spune Erich.

Lottie se răsucește și se uită la el. Neglijeul de mătase îi alunecă și mai mult din poală.

— Păi, zice ea, dat fiind că sunt într-o dispoziție atât de decadentă și dat fiind că și Roger și Emilie sunt atât de departe, ar fi oare îngrozitor de rău dacă ne-am distra un pic? Nimic serios, știi. Doar așa, să mai uităm de lume și de tonele ei de tristețe. Ești un bărbat foarte chipeș, Erich. Așa mi s-a părut mereu. Te-am visat uneori, vise deocheate, dar sigur că nu i-am zis lui Roger nimic. Aștept până pleacă el la serviciu și apoi mă bag iar în pat și mă masturbez. Nu-i așa că e o mărturisire îngrozitoare și caraghioasă?

Erich nu poate vorbi. Își dă seama că ar trebui să se ridice, să-i spună la revedere lui Lottie și să plece din apartament. Să o fută pe nevasta lui Roger Erdman ar fi o treabă dezonorantă pentru el. Dar se pare că Lottie – în *déshabillé*, cu răsuflarea ei mirosind a ciocolată, cu fața lucioasă de la somn, cu vorbele ei provocatoare despre masturbare – e absolut relaxată, de parcă a face dragoste cu Erich acum ar fi cel mai înțelept, mai firesc și mai nevinovat lucru din lume.

Lottie apucă cu blândețe mâna lui Erich, o pune între picioarele ei și o strânge acolo, închizând ochii la această primă atingere. În clipa asta, toată rezistența lui cedează. Erich e aproape imediat în genunchi, iar gura îi este acolo unde-i era mâna, iar mirosul și gustul lui Lottie Erdman în această după-amiază caniculară de duminică i se par mai copleșitoare decât mirosul și gustul tuturor femeilor pe care le-a cunoscut vreodată.

Rămâne aici până la asfințit. Mireasma lui Lottie îi acoperă trupul, dar nu vrea să și-o spele. La plecare, el îi spune:

— Acum o să mă gândesc la tine mereu.

Perlă

Basel, 1939–1940

Vine iarna peste casa cu pompă de apă în curte. Purtând papuci albaștri pufoși și halat de lână, Emilie trage de mânerul pompei, în sus și în jos, în sus și în jos, până când vasul de tablă de dedesubt se umple cu apă. În tot acest timp, blestemă. În casă, mama ei, Irma Albrecht, așteaptă să fie adusă și încălzită apa, ca să se poată spăla.

Duc o viață amărâtă. Basel e un oraș prosper, însă aici, la câțiva kilometri depărtare, e sărăcie. Cel mai apropiat vecin este un fermier care crește porci și care-și hrănește animalele aproape numai cu resturi de mâncare aruncate de oameni la gunoi. Destul de des, porcii mor otrăviți sau înecați cu vreo bucată de carton sau cu cheița de la o cutie de sardine.

Mama lui Emilie îl face cu ou și cu oțet pe omul ăsta delăsător, dar lui Emilie îi e la fel de milă de ea însăși ca și de porci. Irma o folosește ca pe-o servitoare, așa cum a folosit-o mereu înainte să fugă la Matzlingen. Ea trebuie să facă curat în casa părăginită, să spele rufele, să le netezească trecându-le printr-un măngălău vechi și să le atârne în curte. Trebuie să facă paturile și să frece cada de tablă. Mâncarea e insuficientă.

Când vine iarna, Irma stă tot mai mult în pat. Îi cere lui Emilie să-i maseze spinarea cu un ulei de lavandă special, ca să alunge durerile musculare și bolile de plămâni. Pe Emilie o dor mâinile când îi frământă pielea albă, împestrițată de alunițe. Sarcina asta e un fel de tortură, fiindcă îi e silă să vadă trupul Irmei, aflat chiar la granița bătrâneții. Îi e groază că va deveni ca ea. Dar Irma o face să continue, mai mult, și mai mult.

— Nu te preface că nu știi cum să faci bine treaba asta! spune. Freacă mai tare. Ce, vrei să moară maică-ta de bolile iernii?

Da. Vrea. Emilie ar vrea ca Irma să moară. Apoi, casa veche și neglijată ar putea fi vândută, iar ea ar avea banii ei, care poate că i-ar ajunge ca să-și deschidă o mică afacere în Basel: o florărie sau o cafenea micuță, având deasupra camere în care să locuiască ea. Și-ar cumpăra haine elegante, ar întâlni alți bărbați, ar divorța de soțul căzut în dizgrație și s-ar recăsători. Ar concepe alt copil. *Ar avea un viitor.*

Însă acum totul nu-i decât o succesiune de zile lipsite de orice plăcere, lipsite de orice bucurie. Irma se duce și se întoarce de la biserică. Emilie își citește revistele. Adoră să afle despre viețile vedetelor de cinema. Are fantezii – cum devine iubita lui Charlie Chaplin, e mângâiată de mustața lui, sedusă de ochii lui frumoși. Se plimbă prin pădure, ascultând sunetele scoase de lupi. Sapă morcovi și napi din grădina Irmei ca să supraviețuiască amândouă. Face pâine.

Uneori, în nopțile geroase, visează la apartamentul din Fribourgstrasse: căldura de acolo, razele soarelui pătrunzând pe ferestrele largi, mușcatele. Erich nu apare în vise, dar când și când o umbră albă trece între fereastră și ușă, ca născută din lumina soarelui, și dispare iute, iar ea știe ce este: e fiul ei pierdut, Gustav cel pierdut.

Din când în când, Irma și Emilie iau autobuzul și se duc la Basel. Irma își pune paltonul cel bun, vișiniu, și o pălărie. Se plimbă pe Freie Strasse, trec de fațadele decolorate ale Rathaus[1] și intră într-o ceainărie de lângă Marktplatz, unde Irma comandă prăjitură cu ciocolată și ceai. Nu și le plătește niciodată. Când vine nota, ea o semnează și o dă înapoi. Emilie habar nu are ce e cu acest aranjament și cum se va încheia. Proprietarii localului, Herr și Frau Mollis, par extraordinar de politicoși și resemnați cu semnăturile mâzgălite ale Irmei.

1. Primărie (în germană în original).

În ceainărie, Emilie se uită după evrei. I s-a spus că acum mulți evrei francezi locuiesc în zona Basel, dar în ceainărie nimeni nu vorbește în franceză. Când ies iarăși în orașul aglomerat, speră să vadă niște evrei zăcând în stradă, beți sau prăpădiți, poate prea slăbiți ca să cerșească.

La colțul Martinsgasse este un magazin cu bijuterii, iar într-o zi, când se uită înăuntru, ea vede ceea ce crede că este figura recognoscibilă a unui evreu care se uită și el la ea, un om de cincizeci și ceva de ani care pare prosper și care se trage de manșetele cămășii, prinse cu butoni grei de aur, iar ea ar vrea să intre în magazin și să-i spună: Am pierdut totul din cauza dumitale. Vreau să știi asta. Vreau să știți cu toții asta. Aveam o viață frumoasă și acum duc o viață de sărăcie și nefericire – din cauza voastră.

Dar Irma o trage mai departe de bijuterie.

— E vremea să mergem acasă, îi zice. Am nevoie de clismă.

Ritualul clismei vine întotdeauna după ce mănâncă prăjitură. Trupul Irmei e atât de obișnuit cu un regim sărac, alcătuit din pâine și legume, încât – deși hăpăie prăjitura ca un copilaș lacom – consideră că e nevoie de „aranjamente speciale“ la întâlnirile cu mâncăruri sățioase sau grase.

— Asta, zice ea, e pedeapsa lui Dumnezeu.

Așa că atunci trebuie să dispară în cabina de toaletă din curte, cu tubul ei de cauciuc și cu pompa de clismă, și să aștepte acolo, în gerul aspru, până când intestinele i se golesc de tot ce conțin acum, în așa fel încât să fie pregătite să „proceseze“ prăjitura. După aceea e atât de slăbită, încât trebuie să se întindă în pat. Îi poruncește lui Emilie să-i aducă supă. Lui Emilie îi e groază că următorul lucru care i se va cere va fi să-i administreze chiar ea clisma. Iar să o refuze pe Irma acum e la fel de imposibil ca atunci când era mică. Solicitările ei sunt presărate cu venin. Dacă refuzi, ești mușcat de un șarpe. Ai putea suferi o moarte cumplită.

Ninge la începutul anului nou 1940, iar Elveția e din ce în ce mai tăcută, de parcă ar asculta, îngrozită, sunetul armatelor care înaintează. Pompa din curte trebuie să fie învelită cu pânză de sac, ca să nu înghețe. În jurul pânzei de sac, Irma leagă o blană veche de vulpe, zdrențuită, jerpelită. Acum, când Emilie se uită spre pompă, își închipuie că în curte e un animal sălbatic, ridicat pe picioarele din spate, îngrozit să se pomenească acolo.

Emilie visează tot mai mult la Charlie Chaplin și la bulevardele mărginite de palmieri de la Hollywood, de departe, unde războiul nu poate ajunge niciodată, chiar niciodată. Dansează cu Charlie lângă o piscină luminată de proiectoare. El îi spune: „Ah, Emilie, ești exact de înălțimea potrivită pentru mine. Hai să zburăm împreună peste curcubeu".

Dar cât mai poate fi îndurată viața asta cu Irma? Emilie încearcă să nu se gândească la asta. Căci ce rost are să te gândești la sfârșitul necazurilor tale din prezent, când ești prizonier al unor întâmplări, prizonier al timpului?

Uneori, departe în vale, Emilie aude voci de copii care fac oameni de zăpadă, se joacă cu săniile, și se gândește ce sunet plin de bucurie e acesta și cum acum, în 1940, micul ei Gustav ar fi vorbit și-ar fi râs și cum ea ar fi comandat o sanie de lemn pentru el și poate ar fi împrumutat un ponei blând, care să tragă la sanie.

Emilie și Irma pleacă din nou la oraș. Irma poartă paltonul ei vișiniu și pălărie. Emilie îi propune să meargă într-un local diferit – doar ca să vadă dacă Irma își poate plăti ceaiul, dar Irma i-o taie supărată:

— Bineînțeles că nu. Aia e singura prăjitură pe care-mi dă voie Domnul s-o mănânc.

Așa că se așază la masa lor obișnuită, de la fereastră. Irma și Emilie mănâncă prăjitura de ciocolată și beau ceai cu lapte. Irma își taie bucata de prăjitură în felii mai mari ca de obicei și și le îndeasă în gură. Obrajii subțiri i se umflă. Iar Emilie pricepe, într-un fel trist, că mama ei *trăiește* pentru asta, pentru aceste cinci sau zece minute în care se îndoapă cu ciocolată. O clipă de compasiune pentru Irma i se strecoară în suflet. Ar vrea să îi atingă umărul sau să o mângâie pe mână, dar se abține de la aceste gesturi.

După ce își termină prăjitura și Irma cere nota, ceea ce sosește e un teanc de note, poate treizeci, poate mai multe, semnate de Irma, însă neachitate. Sunt aduse la masă de proprietara localului, Frau Mollis, care își trage un scaun și se așază.

— Îmi cer scuze, Frau Albrecht, spune Frau Mollis, dar consider că am avut multă răbdare cu aceste note. Însă vedeți și dumneavoastră ce multe s-au adunat. O să vă cer să le rezolvăm astăzi. În felul acesta, veți putea să vă bucurați de ceai și prăjitură cu ciocolată și pe viitor. O să accept și un cec, dacă nu aveți banii necesari.

— O, spune Irma, păi sigur că nu am banii necesari. Cât vă datorez?

— Nouăzeci și doi de franci și zece centime.

— Deci sunteți chițibușari, țineți socoteala la centime?

— Eu vă spun doar cât datorați.

— Mi se pare mult prea mult. Pentru o prăjitură! E ridicol.

— Puteți să vă uitați pe note dacă doriți. Soțul meu și cu mine am adunat cu mare atenție. Acesta e totalul datorat.

Irma se holbează la Frau Mollis. Scutură din cap, de parcă tocmai a fost insultată de moarte. Apoi se întinde, scoate acul lung de la pălărie și i-l întinde lui Frau Mollis. La capătul acului de pălărie e o perlă mare.

— Atunci, poftim! zice Irma. Dacă insistați, vă dau asta ca plată. A fost a bunicii mele. A fost cumpărată pentru ea de la Paris, la trecerea dintre secole. Face mult mai mult de nouăzeci și doi de franci și zece centime.

Frau Mollis ia acul. Pare derutată. Nu îl examinează atentă, doar îl ține în mână.

— Nu-l pot accepta, spune. Cum v-am zis, primesc și un cec...

— Ei, zice Irma. Pot să vă dau cec, dar n-am nici un ban în cont. Ce-ați prefera – un cec fără valoare, sau o perlă valoroasă?

Frau Mollis se ridică și pleacă, lăsând teancul de note pe masă. Dispare în bucătăria din spatele localului.

Irma pufnește și scutură iarăși din cap.

— Ce proastă! zice. Ce oameni proști sunt ăștia.

Emilie tace. Își amintește acul cu perlă. Când era adolescentă, îl găsise într-o zi într-un sertar din camera mamei și – între atâtea mizerii din piepteni vechi, pudră de față vărsată, scrum de țigară, pensete, pile de unghii, pastile și ghemotoace de vată – i se păruse un obiect miraculos. Perla era așa de mare. Cu siguranță o scoică n-avea cum să producă așa ceva! Și cum fusese prinsă de ac?

Emilie, fetița de treisprezece ani de atunci, luase una dintre pilele de unghii metalice și începuse să zgârie perla cu vârful ascuțit, foarte atentă. La bază, unde intra acul, se desprinsese un ciob infim de material perlat. Sub acesta, perla era gri. Iar Emilie se gândise că perlele veritabile erau *doar ele însele* până în miez, iar acest material gri era altceva, deci ceva fals.

Voise să-i spună mamei că perla nu era veritabilă, pentru că poate nu știa, dar asta ar fi însemnat să se dea de gol că-și băgase nasul prin lucrurile ei, că îi văzuse toată acea dezordine secretă, pudra, firele de păr cărunt încâlcit din piepteni. Și totuși, de atunci, ori de câte ori Irma poartă acul cu perlă la pălăria ei vișinie, Emilie își amintește de ciobul mic de înveliș perlat care s-a desprins și care probabil că încă se află în sertarul Irmei, invizibil pe sub scrumul de țigară.

Frau Mollis se întoarce la masă, împreună cu soțul ei. Acum el ține în mână acul de pălărie. Își drege glasul și spune:

— Frau Albrecht, îmi pare rău, dar nu putem accepta acest ac. Data viitoare când veniți – și știți că sunteți mereu binevenită în ceainăria noastră – vă rog să aduceți suma de bani necesară, ca să vă rezolvăm notele de plată.

Alți oameni din local s-au întors și se holbează. Irma ezită o clipă, gata să se certe cu Herr Mollis, dar apoi se răzgândește, înhață acul din mâna lui și și-l înfige furioasă înapoi în pălărie.

Emilie știe că nu se vor întoarce niciodată la ceainărie, și, într-adevăr, nu se mai întorc.

Stă întinsă în patul ei îngust. Se gândește cum, de-a lungul vieții sale, Irma – cu toată pioșenia ei – s-a purtat scandalos. Și se întreabă cum a început asta, acest fel de a-i trata pe ceilalți cu atâta nepăsare.

În alt sertar, unde se aflau fulare și mănuși cârpite, Emilie găsise cândva o fotografie – decolorată și îndoită – a unui bărbat despre care Irma zicea că era „responsabil" de nașterea lui Emilie. Nu îi zicea „tatăl tău", ci doar „bărbatul responsabil". Îl chema Pierre. Venise la Basel din Geneva, unde lucrase într-un hotel. Voia să se „aranjeze mai bine", zicea Irma, dar în Basel nu reușise să-și găsească de lucru decât într-o cafenea, iar când a aflat că Irma era însărcinată cu copilul lui, dispăruse peste noapte. Probabil plecase la Paris, unde visase să deschidă un club de noapte?

Emilie se uitase de câteva ori la poza lui Pierre – un bărbat care la exterior părea elegant și frumos, dar era un laș și-un trădător prin felul în care trata femeile, căci o lăsase pe Irma Albrecht cu o furie ce nu i se domolise toată viața.

În întunericul nopții de iarnă, Emilie se pomenește comparându-și soțul cu tatăl ei cel absent. Începe să vadă ceva important, ceva la care nu se mai gândise niciodată înainte: Pierre era ca perla falsă de pe acul de pălărie, cu un trup de-o strălucire frumoasă, dar cu un suflet de zgură. Erich, pe de altă parte, este el însuși *până în miez.* A făcut ceea ce i-a spus sufletul să facă și a fost gata să suporte consecințele. Este un bărbat care nu se poate minți, care nu poate urma o cale despre care știe că este greșită. Iar ea zărește acum un drum îngust care o poartă, șerpuit, înapoi la el – la iertarea și la dragostea lui.

Nebunie

Matzlingen, 1941

Erich aspiră să devină profesor. Consideră că toată munca lui disciplinată și atentă din poliție îl face potrivit pentru această nouă meserie. I-ar plăcea să predea istorie – să ajungă la adevărul lucrurilor. Începe să împrumute cărți de istorie de la bibliotecă. Cum sunt înconjurați din toate părțile de război, își dă seama că Elveția trebuie să se țină strâns de neutralitatea sa și să îi facă pe copiii săi să înțeleagă *de ce* este țara lor așa cum este.

Caută post la patru școli din Matzlingen, dar nimeni nu vrea să riște angajând un polițist „căzut în dizgrație“ și care urmează să fie judecat. A încălcat legea cu bună știință. I se spune verde-n față că „infractorilor și copiilor nu trebuie să li se permită niciodată să se amestece“. Vrea să protesteze, dar știe că nu poate schimba hotărârile luate în mintea unor oameni. Teama de o invazie a Germaniei este coșmarul zilnic al țării, despre care se vorbește rareori, dar care este simțit încontinuu. Nimeni n-o să stea să-l asculte.

Se angajează la depoul de tramvaie. Lucrează în schimbul de noapte împreună cu un bărbat mult mai tânăr, pe nume Erlen. Treaba lor este să supravegheze curățenia și întreținerea tramvaielor între orele unu noaptea și șase dimineața, precum și prima plecare spre oraș. Lui Erich i se plătește un salariu foarte mic pentru aceste ore de noapte lungi, dar trebuie să trăiască și el cumva. Trebuie să mănânce. Trebuie să plătească chiria pentru apartamentul de pe Unter der Egg. Iar lucratul în tura de noapte vine cu un bonus: e liber ziua și poate primi vizitele lui Lottie Erdman.

Lottie Erdman îl bântuie noapte și zi. E de parcă ar fi căutat-o pe Lottie toată viața și acum ar fi găsit-o: iubita perfectă. Imaginea, mirosul, atingerea și gustul lui Lottie sunt ca un drog pentru el. Vrea mereu tot mai mult. După ce pleacă de la el, iar el se plimbă prin apartament clătinându-se pe picioarele slăbite de strădaniile sexuale și de lipsa somnului, Erich numără orele sau zilele până când o va revedea. Noaptea întreagă, în depoul rece, suspină din cauză că ea nu e nevasta lui – și nu va putea fi niciodată. E nevasta unui prieten. Iar când se gândește la Roger făcând dragoste cu ea, simte o durere atât de ascuțită în inimă și-n vintre, încât uneori se întreabă dacă nu se află în pragul unei prăbușiri catastrofale.

Lottie înțelege ce obsedat e Erich de ea. Uneori, îl poate trata ca vreo îndărătnică Cleopatră, făcându-l să aștepte, făcându-l să cerșească. Și, cu cât face ea asta mai mult, cu atât mai tare o dorește el. Și, o dorește în fel și chip, fără să-l intereseze dacă o rănește, fascinat, de fapt, de gândul c-o poate răni chiar în toiul plăcerii. Își dă seama că aproape și-a pierdut mințile cu obsesia asta a lui, renunțând la orice restricții. E genul de nebunie care poate ucide un bărbat.

La Emilie abia dacă se mai gândește. Și-o închipuie uneori în casa mamei ei, mergând anevoios între coasta de deal stearpă și ușa stricată. Se minunează că s-a îndrăgostit de-o asemenea persoană. Cum de s-a putut ajunge la asta? Doar din cauza unei zile frumoase de vară la Schwingfest. Din cauza unui sărut. Din cauză că ea era virgină. Din cauză că se îndrăgostise ea de el. Dar, când se gândește la ea acum, abia dacă își poate aminti vreo zi sau noapte când să fi fost fericit lângă ea.

După o după-amiază cu Lottie, o după-amiază atât de potentă încât știe că n-o va uita niciodată, se așază și-i scrie o scrisoare lui Emilie. Îi spune că „în lumina tuturor celor întâmplate“ ar trebui să solicite divorțul. Iar după ce scrie asta se simte consolat, de parcă divorțul de Emilie i-ar permite să se însoare cu Lottie, să aibă copii cu Lottie, să stea cu ea până la capătul vieții sale.

Însă, înainte ca Erich să pună la poștă scrisoarea, Emilie se întoarce.

Se întoarce într-o după-amiază. Erich doarme. Lottie a fost cu el de la ora nouă, dar a plecat la prânz. Patul încă e înmiresmat de parfumul ei, așternuturile sunt încă umede și mototolite de la dragostea lor.

Erich aude ciocănitul în ușa apartamentului, dar se întoarce pe partea cealaltă și încearcă să adoarmă la loc. Aude pașii îndepărtându-se. Apoi aude ușa deschizându-se și vocea lui Ludwig Krams, fiul adolescent al administratorei, care îi strigă:

— Herr Perle, v-am văzut intrând. Trebuie să fiți acasă. E o doamnă aici care zice că-i nevasta dumneavoastră.

Erich se ridică în capul oaselor. E dezbrăcat, în pat. Își trage pe el o pereche de pantaloni și o vestă și se duce în sufrageria mică, unde o vede pe Emilie stând lângă ușă. Ludwig Krams zâmbește cum face el, ca un idiot.

— Nevasta dumneavoastră, spune, punându-și palma la gură ca să-și reprime râsul. Nu i-ați zis mamei că aveți o nevastă, Herr Perle.

— Te rog să pleci, Ludwig, spune Erich.

Ludwig zice:

— M-a bușit râsul. Știu că-i nepoliticos. Acum plec.

Se întoarce și iese din apartament. Emilie nu s-a mișcat. Stă cu pumnii strânși, holbându-se la Erich. El arată dezamăgitor. Are părul netuns și ciufulit, obrazul neras, buzele crăpate, gâtul plin de niște zgârieturi roșii – genul de zgârieturi pe care oamenii care se pricep la amor le numesc într-un fel, dar Emilie nu-și amintește cuvântul. Ea s-a întors ca să îi spună că-i pare rău, că s-a împăcat cu pierderea fostei lor vieți, că vrea să fie iertată pentru felul în care l-a abandonat, atât de pripită. Vrea să îi spună că în ultima vreme s-a gândit foarte intens la bărbatul care știe ea că este Erich, cinstit cu sine, onest, plin de compasiune și bun. Însă având-l în față așa cum este acum, duhnind ca un sconcs, ea nu poate spune nimic din toate acestea. Nu poate decât să bâiguie:

— Bănuiesc că-i o femeie cu tine. Așa este?

— Nu, spune Erich. Nu-i nimeni aici. Hai în bucătărie. O să fac ceai. Și putem sta de vorbă.

Ea lasă jos valiza și îl urmează pe Erich în bucătărie. Remarcă vasele murdare stivuite în chiuvetă, mizeria de pe plită. Observă că nu există masă în bucătărie, ci doar un raft prins în balamale, pe care sunt rămășițele micului dejun, pus pentru două persoane, și jumătate de sticlă de șnaps. Iar când vede toate astea se gândește: Am ajuns prea târziu. Am fost plecată prea mult. M-a înlocuit.

Stă în liniște în picioare lângă raft, cât timp Erich strânge resturile de la micul dejun. Obosită după călătorie, șocată să se afle în acest apartament necunoscut, locuit de două persoane, începe să plângă.

Erich ignoră asta, în timp ce pune un ceainic la fiert, pe plită. Apoi scoate dopul sticlei de șnaps și i-o întinde.

— Ia o gură, îi spune. O să te întremeze.

Ea bea din șnapsul care o arde, își caută o batistă și bâiguie:

— Ți-ai făcut altă viață, nu-i așa?

— Nu, spune Erich, apucând două cești de ceai.

— Nu trebuie să te condamn. Probabil ai crezut că nu mă mai întorc... N-aveai nici un motiv să crezi...

— Ascultă-mă, spune Erich. O să-ți spun adevărul, ca să putem trece mai departe. Plătesc o curvă din când în când. Lucrez noaptea la depoul de tramvaie, așa că ea vine dimineața devreme, dacă vine, și-apoi luăm micul dejun – fiindcă o tratez civilizat. Apoi pleacă. Bine? Plătesc o curvă. Probabil cam o dată pe săptămână. E doar un aranjament. Ne futem, mâncăm micul dejun și pleacă. Dar dacă te-ai întors...

— Mă vrei înapoi, Erich? spune Emilie printre suspine. Știu că am greșit în toate și nu te-aș condamna... Dar încă te iubesc. A trebuit măcar să vin să îți spun asta. Te iubesc foarte mult.

Cuvântul „iubire“ îl înțeapă pe Erich în inimă. E cuvântul pe care îl folosește atât de des cu Lottie, știind tot timpul că nu îi va fi niciodată permis să-și exprime acea iubire așa cum ar vrea să și-o exprime, ca soț al ei, ca unic bărbat din lumea ei. Când îl aude venind dinspre Emilie, se simte de parcă ea i l-ar fi *furat* cumva, iar asta îl umple de-o tristețe care-l sufocă.

Erich pune cu lingurița frunzele de ceai într-un ceainic galben, ciobit, mușcându-și buzele. Abia de s-a uitat până acum la Emilie, dar acum se holbează la ea. Asta e nevasta lui. Lottie Erdman, îngerul lui voluptuos, femeia cu care face dragoste de trei sau patru ori pe săptămână, nu e nevasta lui. Nevasta lui este Emilie, care stă, bea șnaps, plânge și vorbește despre iubire. Iat-o, ea, femeia care stă în fața lui într-o rochie prea largă, cu un trup atât de slab, atât de tristă și înfometată, încât abia mai pare în viață.

Lui Erich îi vine să strige. Își apasă pumnul pe gură.

Să mă salveze cineva din treaba asta!

Să mă salveze cineva!

Cât timp își termină ea ceaiul, el pune așternuturi noi pe pat. Ea nu-l vede când își lipește fața de cearșaful pătat de spermă, care poartă mirosul trupului lui Lottie, și-i vine să urle ca un lup.

El o aude cum spală vasele în bucătărie. Își amintește ce curat ținea ea apartamentul de pe Fribourgstrasse nr. 61, cum îl înmiresma cu flori. Apoi și-o amintește sfâșiind o pernă și acoperindu-se cu fulgi și trăgându-se de fața ei urâtă...

Se duce în bucătărie și-i spune:

— Chiar nu știu cum o să trăim împreună, Emilie. Mi-am închipuit că n-o să mai încercăm să fim vreodată împreună.

— Știu, spune ea. După ce am plecat, și eu am crezut că n-o să mai pot trăi cu tine. Dar vreau să încerc, Erich. Îți datorez asta. Știu că s-a terminat cu viața noastră frumoasă dinainte, dar putem încerca să facem ceva împreună, nu? Nu putem?

— Nu știu, spune el.

— Am fost așa de nefericită în casa mamei mele. Și-am început să mă gândesc la tine mereu. M-am gândit cum a fost în Davos. Mai știi? Ceaiul dansant. Cum se vedeau munții. Nu-ți mai amintești?

Acum razele soarelui de după-amiază pătrund prin fereastra bucătăriei și cad pe părul lui Emilie, făcându-l să pară lucios și auriu, rar cum este. Lui Erich i se pare că ea seamănă cu un rozător – un șobolan sau o veveriță –, care, atunci când bate lumina într-un anumit fel, îți poate stârni subit mila.

— Îmi amintesc, spune el.

Faptul că el lucrează noaptea înseamnă că nu trebuie să doarmă niciodată împreună. Emilie se trezește la șase și jumătate, când se întoarce el de la depou. Beau ceai împreună, iar apoi el se culcă și adoarme. Ea se fâțâie prin apartament, face ordine și curățenie. De la florăreasa de pe Unter der Egg cumpără narcise galbene și buchețele de violete de primăvară.

Se plimbă prin oraș, interesându-se de locuri de muncă. Erich i-a spus că are datorii. Ea i-a promis că-și va găsi de lucru cât de repede posibil și speră că va fi angajată la cooperativa de brânză recent deschisă, unde se face Emmental.

— De-acum înainte, i-a zis soțului, ne vom spune unul altuia tot ce ne apasă.

Dar există o anumită povară pe care el n-o să i-o împărtășească niciodată.

În noaptea de după întoarcerea lui Emilie, în lumina rece din depoul tramvaielor, Erich Perle compune unica scrisoare erotică pe care a scris-o vreodată.

O bagă într-un plic și îl pune pe Erlen să scrie adresa cu scrisul lui grosolan, pentru ca Roger să nu recunoască scrisul lui Erich. Lui Erich îi este acum rușine de plic, dar nu e stânjenit de scrisoare, care începe cu: *Lottie, draga mea, cea mai scumpă ființă din lume*, și este semnată cu *al tău Werther îndurerat, al tău Dante statornic, al tău Abélard persecutat.* Știe că sună școlărește, dar nu-i pasă.

Îi spune lui Lottie că, în ciuda întoarcerii lui Emilie, ei doi vor găsi o cale să-și continue povestea de dragoste „chiar și cu riscul ca toată lumea să afle“, fiindcă fără ea se simte de parcă ar muri lent. Îi propune să vină el pe Grünewaldstrasse dimineața devreme, după ce pleacă Roger la poliție. Îi cere să-i trimită vorbă în ce zi să vină. Și-o imaginează punându-și neglijeul de mătase pe care l-a purtat în după-amiaza în care s-au iubit prima dată.

Emilie se duce în dormitorul liber din apartament. Aici nu există pat. E plin până-n tavan de cutii nedesfăcute, în care se află cărți și fleacuri de pe Fribourgstrasse. Are o fereastră pătrată, care dă jos în curte, iar în curte e un cireș înflorit, ceva atât de frumos, încât o face pe Emilie să ofteze. Vede un locatar mai în vârstă, pe Herr Nieder, care iese din clădire, merge sprijinindu-se în baston și se oprește lângă copac. Întinde o mână nesigură și atinge florile albe.

Emilie se întoarce iarăși spre cameră. În mintea ei, scoate toate cutiile și mătură pardoseala. Cumpără un covor. Pune perdele la fereastră. Apoi, cu nespusă blândețe, așază un pătuț de copil în cameră, cu o jucărie moale – un iepure sau un urs – într-un colț, ca să stea de pază.

Știe că aceste închipuiri sunt zadarnice. Erich nu se mai atinge de ea. Nu pare să mai vrea deloc s-o atingă. Însă ea își amintește ce bărbat senzual este el, ce nevoi are. La Schwingfestul de demult, l-a sedus cu un singur sărut. Își spune că e doar o chestiune de timp înainte să-l atragă din nou în patul ei.

Și asta e ceea ce-și dorește acum. Toată furia față de Erich i s-a risipit. Acum tânjește după o viață obișnuită, plăcută, alături de bărbatul cu care s-a măritat. Și, mai devreme sau mai târziu, un copil – un băiat, desigur, care să-l înlocuiască pe Gustav cel pierdut. Își imaginează cum ridică în brațe acest bebeluș, îl duce la fereastră și-i arată acolo, jos, cireșul alb din curte.

Dar atunci în minte începe să-i răsune vocea Irmei: „E o nebunie să te întorci la iubitorul ăla de evrei! O fi el frumos, dar nu poți să mai ai încredere în el. O să te înșele, exact așa cum m-a înșelat Pierre pe mine, și-o să rămâi singură, ca mine, cu un copil pe care nu ți l-ai dorit niciodată!"

Două duminici

Matzlingen, 1941

Emilie primește slujba de la cooperativa care produce brânză. Deși directorul, Herr Studer, se uită cu ochi critici la trupul ei slab, îndoindu-se că ar fi suficient de puternică pentru tot ridicatul și amestecatul, ea îl asigură din nou că-i mai puternică decât pare. Îi spune cum a cărat vase mari cu apă de la o pompă la o cadă de tablă, într-o casă de lângă Basel. Asta îl face să zâmbească pe sub mustață pe directorul cu o față ca de pasăre. Îi place să vadă femeile chinuindu-se cu muncă grea; asta-i stârnește și dorința, și mila. Îi dă postul lui Emilie.

E plătită cu mai mulți bani pe săptămână decât câștigă Erich la depoul de tramvaie. Și, în mintea ei, asta îi dă o oarecare putere asupra lui. Ea este cea care cumpără mâncarea pe care-o mănâncă amândoi, uneori suplimentată cu mici daruri constând în ciocolată sau țigări pentru Erich. Își privește atentă soțul când le primește. Îi mulțumește politicos, însă darurile par să îl întristeze cumva.

În anumite dimineți, cam o dată la două săptămâni, el nu vine acasă la șase și jumătate, și Emilie bănuiește că se duce la acea „curvă“ cu care luase cândva micul dejun și băuse șnaps.

Emilie se gândește la asta când își începe munca la cooperativă, într-o magazie unde trage curentul. Și-i imaginează pe Erich și pe femeie la căldurică, simțindu-se bine împreună în vreo încăpere înmiresmată, și și-ar dori să nu fie așa. Dar așteaptă răbdătoare ocazia potrivită. A scos toate cutiile din dormitorul mic și a despachetat lucrurile, a aranjat cărțile și toate nimicurile prin apartament. Erich nu comentează aproape nimic legat de asta. Stă și se uită la lucrurile astea de parcă nu le-ar mai fi văzut înainte.

Erich își analizează viața și știe că este mai nefericit ca oricând. Singurul loc unde poate face dragoste cu Lottie este în apartamentul familiei Erdman de pe Grünewaldstrasse, dar ea nu-l lasă să o viziteze prea des, îngrozită că vor fi prinși. Odată, înnebunit de dorință – și atât de rar satisfăcut acum –, el îi propune să fugă în lume împreună.

— Unde să fugim? întreabă Lottie. E război peste tot, numai aici nu.

— În America de Sud, răspunde el.

Răsună râsul vesel al lui Lottie, râsul pe care el îl iubește atât de mult. Dar acum sună de parcă-și bate joc de el. Și i-a imaginat deja – Erich și Lottie, Herr și Frau Perle pentru toată lumea, în vreun luminiș însorit, cu vântul de pe câmpiile înalte vâjâind dulce în jurul lor, cu păsări pe care nu le cunoaște în copacii înalți. Dar Lottie râde de visul lui. Ea e soția polițistului-șef Roger Erdman. Îi reamintește răbdătoare că nu-l va părăsi niciodată pe Roger.

El se întoarce îndurerat pe Unter der Egg, bucuros că Emilie e la muncă și că măcar poate fi singur. Stă în cada fierbinte, cu ciorapii lui Emilie atârnându-i deasupra capului, și-și spală mirosul lui Lottie de pe corp. Își odihnește capul pe marginea căzii și închide ochii. Se întreabă dacă mai poate continua viața asta. Deși i s-a luat pistolul de polițist, are o armă în dulap – pușca pe care orice familie elvețiană e obligată să o dețină, în caz de război –, iar Erich se întreabă dacă ar avea vreodată curaj să se împuște. Își dă seama că sigur e dificil să te sinucizi cu o pușcă, și totuși gândul că *ar putea* să o facă îl liniștește.

Erich se târăște în pat și adoarme. Ca întotdeauna, Lottie e acolo, la marginea viselor sale.

Duminicile, el bea.

Emilie pregătește celebra ei friptură de porc cu *knödel*, stau unul lângă altul la raftul din bucătărie, mâncând împreună și bând vin roșu.

E duminică acum, iar Erich, după ce a mâncat bine, își soarbe vinul lacom și-și simte trupul și mintea eliberate de durere. Știe că această eliberare de durere nu va dura, dar e recunoscător pentru cât ține.

— Vinul, îi spune lui Emilie, e consolarea naturii: singura.

— Mai existau și altele între noi, spune ea.

El o ignoră, dar, când ea se ridică în picioare ca să golească farfuriile, o privește și observă că poartă o rochie de vară curată și că și-a aranjat părul în niște bucle lejere.

Se ridică și el. Singura cale prin care se poate face asta, se gândește el, e s-o facă acum – chiar acum, cu ajutorul vinului – și cu speranța că-i va veni în ajutor amintirea a cum a fost cândva. O apucă pe Emilie de mână și o conduce spre dormitor, o împinge în pat. Știe că nu va protesta. Și-a dat seama de ceva vreme că asta își dorește.

Ea nu poartă nimic pe sub rochie și asta îl excită suficient încât să-i permită s-o penetreze. Ea încearcă să-l sărute pe gură, dar el își întoarce fața într-o parte. Răsuflă greu. Camera se învârte. Își amintește ce ușor se petreceau toate astea între ei, dar acum deja simte dorința pălind. Și totuși își spune că are datoria ca aici, în această unică după-amiază, să ducă treaba la capăt și că, dacă reușește să se forțeze să facă asta, atunci viața lui cu Emilie – viața lui atât de flămândă după dragostea lui Lottie – va deveni mai suportabilă. Se gândește cum, pe viitor, ar putea s-o tachineze pe Lottie cu: „Fac din nou dragoste cu Emilie. A început să mă excite, ca pe vremuri..."

Se uită spre ușa dormitorului. O invocă pe Lottie. E singura cale prin care poate obține iarăși erecția. Lottie stă în prag și se uită cum el face dragoste cu soția. E excitată văzându-l. Pe Lottie Erdman o excită tot ceea ce este ciudat și împotriva firii. Așa că a venit aici, să participe. Șoptește numele lui Erich, își ridică fusta și începe să se pipăie. Pe Erich mereu l-a excitat s-o vadă făcând asta mai mult decât a recunoscut vreodată. Închide ochii. Lottie îi șoptește că e ceva atât de frumos – să-l vadă mișcându-se înăuntrul unei alte femei –, încât o să-i vină în câteva clipe. Așa că atunci, pentru Erich, nu mai e nici o

Emilie sub el. Nu mai e nici o cameră, nici o lumină a zilei, nici un sunet. E doar gustul vinului din gât și sunt bătăile inimii și e iubita sa Lottie, cu delirul ei nerușinat. De aici, e o călătorie ușoară, frumoasă. Când termină, strigă și-și lasă trupul să cadă în beznă.

Sarcina lui Emilie se confirmă în toamnă. Când află, plânge de bucurie. Doctorul îi spune că bebelușul se va naște în iunie anul viitor.

Ea îl întreabă pe Erich dacă e fericit că o să devină în sfârșit tată. El se uită la ea de parcă tocmai ar fi rostit un cuvânt străin, pe care nu-l înțelege.

— Fericit? Nu tocmai, răspunde. Am uitat ce înseamnă să fii fericit de când mi-am pierdut slujba.

— Păi, spune ea, ar fi trebuit să te gândești la asta înainte să le iei partea evreilor.

— Te rog să nu vorbești așa, spune el. E odios.

— Cred că am dreptul, zice ea, ținând cont de toate cele întâmplate.

— Nu ai dreptul. Ține de trecut.

— Nu ține de trecut. Amenințarea urmăririi în justiție e încă prezentă. În orice clipă poate sosi citația.

— Poate, dar încă n-a sosit. Și, oricum, nu se poate face nimic în privința asta.

— Greșit, spune ea. Putem vorbi cu oamenii de la Israelitische Flüchtlingshilfe. Trebuie să vorbească în apărarea ta. Cine știe, dacă ei te-au trădat?

— N-au fost ei.

— Cum poți să știi?

— Nu se poate. De ce-ar fi făcut asta? Cei pe care-i salvam de la moarte erau oameni de-ai lor.

— Și atunci cine? Roger Erdman? Cineva te-a trădat.

— Nu Roger.

— După părerea mea, foarte probabil a fost IF. Ca să-și salveze ei pielea. Așa că dacă vine citația – sau *când vine* – ei ar trebui să se poarte rezonabil și să trimită pe cineva la Ministerul de Justiție din Berna, ca să pledeze pentru tine.

El îi spune că a fost deja la cei de la IF și că ei nu pot face nimic, dar ea nu-l crede.

A doua zi, după muncă, ea se duce la birourile lor aglomerate. Știe că miroase a brânză, dar nu-i pasă. Urcă pe niște trepte înguste, ținându-și burta de gravidă, de parcă ar considera că bebelușul are nevoie de alinare într-un asemenea loc. Intră într-o încăpere mare, prăpădită, plină din podea până-n tavan cu bibliorafturi și teancuri de hârtii legate cu sfoară. Un evreu în vârstă stă la un birou, cu capul plecat, de parcă ar fi obișnuit să se ascundă de lume.

Când Emilie începe să-i spună povestea lui Erich, bărbatul pare derutat.

— Nu știu despre ce vorbiți, spune el.

— V-am zis: soțul meu. Herr Erich Perle. A fost polițist-șef adjunct aici, în Matzlingen, în august 1938. Fiindcă el a fost de acord să falsifice datele de intrare pe formulare, sute de evrei au putut rămâne în Elveția.

— N-am auzit de așa ceva. Eu nu lucram aici pe-atunci.

— Da, dar sunteți acum aici, domnule. Printre toate dosarele din camera asta, trebuie să fie și unul despre asta.

— Și vă așteptați să caut prin mii de dosare?

— Mă aștept să mă ajutați. Sunt însărcinată. Dacă soțul meu va fi trimis la pușcărie, voi rămâne fără nici un mijloc de supraviețuire.

— Pușcărie? Să fie trimis la pușcărie?

— A fost concediat din poliție și i s-au suspendat și pensia, și tot. I s-a spus că e posibil să fie judecat și închis. Așa că mă aflu aici ca să vă spun că ne așteptăm ca IF să-i ia apărarea, să se ducă cineva la Berna dacă e nevoie, dacă vine citația.

Omul se freacă la ochi. Apoi își pune o pereche de ochelari și se holbează la Emilie. Se înfruntă din priviri, față în față. Undeva, în capătul îndepărtat al încăperii, Emilie aude țăcănitul mașinilor de scris și sunetele scoase de o persoană care tușește până se îneacă. Bărbatul așteaptă până tusea se domolește, apoi spune:

— Bănuiesc că ați auzit ce li se întâmplă evreilor în Germania și Austria.

— Da. Am auzit. Sau, cel puțin, am auzit zvonuri. De-asta trebuie să îl ajutați pe soțul meu. A salvat oameni de-ai voștri de la o soartă cumplită, dar cu prețul propriei lui vieți.

— Cum adică „cu prețul propriei lui vieți"?

— Nu și-a mai revenit niciodată după ce și-a pierdut poziția. Acum lucrează la depoul de tramvaie, în tura de noapte. Altceva n-a găsit. Voia să se facă profesor, dar nu-l angajează nimeni. Am pierdut apartamentul – tot. Merge prin viață ca un mort.

Bătrânul scutură din cap, ca pentru a respinge lucrurile spuse de Emilie, care i se par lipsite de importanță. Obosit, apucă un toc, își împinge ochelarii pe nas și întreabă:

— Mai ziceți-mi o dată, cum îl cheamă pe soțul dumneavoastră?

Emilie face economii ca să cumpere pătuțul și covorul. Cumpără un trenuleț de tinichea.

Se uită la camera copilului. Știe că e încă prea goală, nu-i suficient de primitoare pentru noul ei Gustav cel mititel. Face liste cu obiectele pe care i-ar plăcea să le mai cumpere. În martie, trece pe la Lottie Erdman ca s-o roage să meargă cu ea la talcioc într-o duminică dimineață, ca să caute aceste lucruri.

Când deschide ușa apartamentului său și o vede pe Emilie, acum splendidă, gravidă în luna a șasea, Lottie pălește și trebuie să se așeze pe cel mai apropiat scaun.

— Te simți bine, Lottie? întreabă Emilie.

— Da, zice Lottie. Scuze. Uneori mă ia cu amețeală. Nu știu de ce.

Bătaia inimii

Matzlingen, 1942

Lottie trimite un bilet la depoul tramvaielor. Îi cere lui Erich să se întâlnească într-o cafenea mai ferită, unde n-o să-i recunoască nimeni. Pe jos e zăpadă.

În cafenea, Erich e încă înfrigurat după noaptea petrecută la depou și-și comandă ciocolată caldă.

Lottie spune:

— Eu n-o să comand nimic liniștitor. Azi o să fie greu, dar trebuie să îndurăm.

E îmbrăcată într-un palton negru cu guler de blană. Părul blond îi este ascuns în parte de o căciulă neagră de blană. El se gândește: așa trebuie să fi arătat Anna Karenina în ochii lui Vronski – înainte ca el să se sature de ea, înainte ca vraja să se spulbere. Ar vrea să se întindă pe sub masă și să-i pună mâna pe pizdă.

Ea începe să vorbească, dar el n-o ascultă cu adevărat: Lottie e pur și simplu perfectă în lumina zorilor, cu pielea atât de fină și moale, cu ochii albaștri scânteindu-i bizar, plini de lacrimi. Ar putea s-o posede aici, pe banca asta tare, nu i-ar păsa de nimic în lume, doar să fie înăuntrul ei și s-o audă strigându-i numele.

Însă acum ea îi spune că *trebuie* s-o asculte. Îi spune că aventura lor s-a terminat. S-a decis. Acum, că Emilie e gravidă, s-a hotărât că vrea să aibă și ea un copil – copilul lui Roger. Vrea să i se dedice lui Roger și familiei.

— Restul, zice ea, e o nebunie. Am știut-o și noi mereu. Și trebuie să se termine.

Erich se holbează la ea. Frumusețea ei e ca o greutate care-l apasă, îl sufocă, îl țintuiește de pământ.

— Și de ce te-ai rujat? o întreabă.

— Cum?

— De ce te-ai machiat, ca să-mi spui că nu mă mai iubești?

Lottie își dă jos căciula de blană și-și scutură cosițele aurii, eliberate.

— Nu te-am iubit niciodată, spune. N-am zis-o niciodată. Mie doar îmi plăcea ce făceam.

— Îți *plăcea*? Ăsta e cuvântul potrivit? Îți *plăcea*, și atât?

— Da. A fost doar amor animalic, Erich. Animalele nici măcar n-au cuvinte ca să spună dacă „le place" sau nu: ele o fac, și-atât. Se întâlnesc, vine clipa și trebuie să o facă. Iar noi am fost ca ele. Nu ne-am gândit la nimic, doar ne-am satisfăcut. Iar și iar. Ca porcii. Suntem porci.

Lui Erich îi tremură mâna când își aprinde o țigară. Ospătarul aduce ciocolata caldă și un pahar de apă pentru Lottie. Acum mirosul de ciocolată îl îngrețoșează. Nici n-o mai poate privi pe Lottie, e prea dureros. Se uită în jos, la pardoseala de lemn, unde încă zac mucurile de țigară de la chefliii de-aseară, și se gândește ce jegoasă e lumea, și ce obosită, și bătrână, și plină de gunoaie lepădate.

— Ascultă, zice Lottie cu blândețe. Nu vreau să spun că o să uit vreodată ce-a fost între noi, Erich. Lucrurile pe care le-am făcut! Probabil că atunci când o să fiu bătrână o să-mi amintesc și-o să mă întreb dacă chiar a fost adevărat. Cu Roger nu e așa. E mult mai banal și în liniște. Dar chestia e că îl iubesc pe Roger. L-am iubit mereu. Și tu ai știut. Nu te-am mințit niciodată în privința asta. Iar când am văzut-o pe Emilie gravidă mi-am dat seama că asta voiam, să am copii cu Roger, mulți copii. Nu vreau ca sânii mei să mai fie buni doar pentru amor; vreau să-mi hrănească bebelușii.

Sânii ei. De ce-a trebuit să îi menționeze? Stătea întins pe ea și sugea ca un copil, adorând felul în care i se întăreau sfârcurile când se excita, și chiar își imagina că o substanță frumoasă, ca roua, îi ieșea prin aceste sfârcuri nostime, ca să-l hrănească și să-l lege de ea – să-l lege pentru totdeauna de ea, fiindcă știa că va avea nevoie întotdeauna de ea. Lottie Erdman. Singura lui iubire.

Se ridică și-și stinge țigara. Aruncă o privire la ea în lumina aspră a dimineții din biata cafenea, ca să și-o graveze în minte: obrajii netezi, buzele stacojii, mâna palidă strângând blana din gulerul paltonului. Apoi se răsucește și iese în stradă, unde ninge ușor.

În a șaptea lună de sarcină, Emilie renunță la slujba de la cooperativa de brânză. Directorul, Herr Studer, e amabil și-i spune că o va primi înapoi oricând se simte pregătită să muncească din nou. I se dă o felie mare de Emmental în ceea ce Herr Studer numește o „cutie de prezentare“. La plecare, el o sărută pe obraz.

Emilie începe să numere zilele pe care le mai are până la naștere: șaizeci de zile, patruzeci de zile, treizeci de zile...

Merge la doctor cât de des poate, și doctorul o lasă să-și pună stetoscopul la urechi și să asculte bătăile inimii copilului. Iar asta o face pe Emilie să spună:

— Știu că e băiat. O să-i zicem Gustav. Ca și celui pe care l-am pierdut.

— Ah, ați pierdut unul?

— Da. La cinci luni și jumătate, dar acesta e puternic, nu-i așa? O să fie bine?

— Da, din câte se vede.

— Mi se pare că bătăile inimii sunt puternice. N-o să fie mic și slab ca mine, ci înalt și bine făcut, ca soțul meu. Știu că așa o să fie. Sau poate doar așa îmi doresc. Ce credeți, dacă îți dorești ceva, dorința face ca lucrurile să se și întâmple?

Doctorul pune stetoscopul deoparte.

— Dacă chiar aș crede asta, zice, nu m-aș mai deranja să fiu doctor.

Însă râde, iar Emilie se gândește: acum, că o să fiu mamă și o să-mi țin băiatul în brațe, o să pot îndura orice.

Ea a crezut că pe Erich o să-l înveselească gândul c-o să li se nască un fiu. Dar, când discută despre nașterea ce va urma, el abia de zâmbește. Repetă numele, iar și iar:

— Gustav... Gustav...

A fost numele tatălui lui.

E ceva în neregulă cu Erich. În unele seri nici nu se poate da jos din pat ca să se ducă la depou. Nu au telefon în apartament, așa că Emilie trebuie să meargă acolo, pe străzile întunecate, ca să-i spună lui Erlen că soțul ei e bolnav. Și-i pare rău pentru Erlen, singur în magazia mare, cu toate mopurile și gălețile de apă rece ca gheața. Uneori, îi duce o felie de *Nusstorte*. El îi spune:

— Spuneți-i lui Herr Perle c-o să-l dea afară dacă mai lipsește. Șefii ăia nu glumesc.

Când îi transmite asta lui Erich, el nu face decât să închidă ochii. Emilie îi reamintește că vor rămâne fără nici un mijloc de existență în lipsa slujbei de la cooperativa de brânză și a celei de la depoul de tramvaie, dar el nu pare să fie interesat. Nu vrea decât să doarmă tot timpul.

Ea încearcă să-i fie alături cât de bine poate, apelând la rezervele de milă pentru a-și alunga furia. Erich plânge în somn, cu lacrimi adevărate. Când ea îl întreabă ce-l chinuie, el spune că-i pare rău pentru situația în care se află lumea. Spune că i se pare că invadarea Elveției e „doar o chestiune de timp. Iar atunci tot ceea ce cunoaștem noi va fi distrus".

Emilie nu-și poate permite să se gândească la asta. Îl îndeamnă pe Erich să se ducă la muncă. Îi spune – pentru a treia sau a patra oară – că sosirea micului Gustav o să-l ajute să-și recapete pacea interioară. Dar când îi spune asta vede în ochii lui o fulgerare a furiei lui de demult.

— Habar n-ai de nimic, Emilie! spune el. Habar n-ai de nimic!

Durerile se pornesc pe 2 iunie. Mai întâi, apar într-un vis: un spiriduș cu chip întunecat îi strânge pântecul lui Emilie cu labele solzoase. Dar apoi ea se trezește și durerea apare din nou, așa că-și dă seama că este reală de astă dată: Gustav trage de ea, cerând să se nască.

E patru dimineața, iar în noaptea asta Erich *s-a dus* la muncă. O să mai dureze două ore și jumătate până ajunge acasă. Emilie respiră adânc, încearcă să-și păstreze calmul. Își pregătește un bagaj mic, într-o valijoară, și se îmbracă cu o rochie largă și cu o haină. Se spală pe față și pe dinți. „Fă totul cum trebuie", își dă ordine, „totul în ordinea corectă".

Apoi coboară și bate la ușa apartamentului lui Frau Krams, și, după o lungă așteptare, Frau Krams apare la ușă cu un târșâit. Are părul pus pe moațe de hârtie și n-are nimic în picioarele bătătorite. Emilie își cere scuze că a trezit-o și o roagă să cheme salvarea.

Frau Krams își trage pe ea un halat și-și aprinde o țigară. O așază pe Emilie în salon și se duce la telefonul din hol. După o clipă, apare în salon Ludwig Krams, cu o pătură după el. Se așază în fața lui Emilie și chicotește.

— Credeam c-o să fie ailaltă, zice.

— Poftim? întreabă Emilie.

— Credeam că pe ailaltă doamnă o s-o lase. Mereu o făceau dimineața. Mă duceam și stăteam pe scări, ca să-i ascult.

Emilie se uită calmă la Ludwig. Îi pare rău pentru Frau Krams că are un fiu imbecil. Spune:

— *Ailaltă doamnă*, cum îi zici tu, era o curvă – o prostituată. Dar, chiar și așa, nu cred că trebuia să faci asta, Ludwig, zice Emilie și se întoarce dinspre el.

— Mereu o făceau, zice el iarăși, dar vocea i se stinge când Frau Krams revine în cameră.

Pune ceainicul la fiert. Ia un pled și îi înfășoară umerii înguști lui Emilie. Îi zice lui Ludwig să plece.

— Ce tot zicea? o întreabă.

— Nimic, spune Emilie. Nimic nou.

Așteaptă. Durerea revine și pleacă. Emilie încearcă să nu țipe și să respire regulat în continuare. Are fruntea acoperită de broboane de sudoare. Unghiile îi pătrund în palme. Frau Krams spune:

— Sper, pentru binele dumneavoastră, Frau Perle, că-i fată. Băieții sunt o mare dezamăgire.

— Păi, spune Emilie, dacă-i fată nici n-avem un nume pregătit. Cum vă cheamă, Frau Krams? Am putea folosi numele.

— Helga, spune Frau Krams.

— Helga? zice Emilie. Ei, e un pic cam banal, dar merge. Doar n-o să-mi botez copilul după maică-mea.

Abia de apucă să soarbă o ceașcă de ceai fierbinte, apoi Emilie e luată cu salvarea. Și-ar dori să fie și Erich cu ea. Îi întreabă pe oamenii de pe ambulanță dacă pot transmite un mesaj la depoul de tramvaie, și ei spun că vor încerca. Îi dau să respire oxigen, iar senzația oxigenului pur care îi pătrunde în plămâni e la fel de frumoasă ca atunci când respira aerul din Davos.

Și se simte bine și în siguranță în ambulanță, cu oxigenul dulce și doi medici care să aibă grijă de ea. Și-ar dori ca ambulanța să se poată opri într-un loc liniștit și Gustav să se poată naște aici, iar acești oameni cărora deja le-a încredințat viața ei să i-l pună cu blândețe în brațe.

Dar ajung – prea repede – la spital. Își ia la revedere de la bărbații de pe salvare. E transportată pe targă într-un lift, apoi e scoasă și dusă într-o încăpere scăldată în lumină albă, puternică. O moașă o scrutează cu privirea pe deasupra unei măști. Picioarele lui Emilie sunt ridicate, pulpele i se proptesc în suporturi. Acum este brusc neliniștită, se teme de durere, se teme că trupul ei e prea îngust ca să poată împinge bebelușul afară. Îi dau lacrimile. Îl strigă pe Erich.

Se uită prin camera mică, luminată cu reflectoare. La capătul patului ei este un grup de oameni. Emilie nu i-a remarcat când a intrat în încăpere, dar iată-i. Își dau instrucțiuni unul altuia, cu voce joasă. I se spune să împingă și iar să împingă. Durerea e atât de mare, încât se gândește c-o să leșine și se întreabă:

oare copiii înțeleg vreodată prin ce trecem noi ca să-i aducem pe lume?

Poate că și leșină. Nu-i sigură. Timpul pare să se oprească și apoi să pornească din nou. Iar când pornește iarăși, bebelușul ei, băiatul ei, Gustav, care e viu și țipă, îi stă la piept, înfășurat într-o pătură verde.

Început și sfârșit

Matzlingen, 1942

Bebelușul e foarte mic. Are brațele și picioarele subțiri. Pare să plângă tot timpul de foame. Plânge chiar și la pieptul ei.

Erich stă pe pat, privind-o pe Emilie cum încearcă să îl hrănească pe fiul lui. Chiar și în situația ei, de lăuză, sânii, care i-au crescut în timpul primei sarcini, sunt prea mici. Lui Erich îi e clar că Gustav moare lent din lipsă de hrană. Îl smulge de la pieptul lui Emilie și-l duce la farmacie, unde îl pune pe tejghea și-l desfașă.

— Uitați! zice Erich. Uitați-vă ce slab și firav este! Îi trebuie lapte.

Tânăra farmacistă îl examinează pe Gustav, în timp ce ceilalți clienți, care au venit la farmacie după pastile pentru durere de cap sau deranjamente la stomac, așteaptă năuciți sau ușor iritați.

— Soția mea, spune Erich, încearcă să-l alăpteze, dar nu cred că are nimic *în sânii ăia ai ei*!

Fără să comenteze, farmacista îl ia pe bebelușul Gustav și îl pune pe un cântar. Mută niște greutăți, apoi îl ridică iarăși și-l înfașă la loc. I-l dă înapoi lui Erich.

— Aveți dreptate, spune. Are greutatea mai mică decât ar trebui.

Îi dă lui Erich o cutie mare de lapte praf și un biberon de sticlă cu tetină de cauciuc.

— Lapte elvețian minunat, spune ea. Dați-i două treimi de biberon o dată la patru ore. Și mai veniți cu el peste o săptămână sau duceți-l la doctorul dumneavoastră.

În timp ce iese din farmacie, o femeie care așteaptă la coadă după vreun medicament simplu îi spune:

— Dar să știți că trebuie să primească și piept. Altfel soția dumneavoastră o să fie deprimată.

Ea e deprimată.

Când Erich îi dă biberonul lui Gustav, ea vede pe chipul bebelușului o expresie fericită, în timp ce la sân e neliniștit și agitat. Și își dă seama că e stângace cu el. Nu reușește să-l facă să se simtă bine în brațele ei. Dă din picioare și țipă. Dar, când îl ia Erich în brațe, se liniștește.

Nopțile sunt un iad. Erich e la depou, și ea e singură cu copilul, care o trezește din oră în oră cu țipetele. Uneori, îl lasă să țipe. E așa de obosită, încât poate picoti pe zgomotul îngrozitor. Își spune că nu i se întâmplă nimic rău copilului; îi e doar puțin foame, sau poate c-a făcut pipi, sau poate e doar prost dispus. Iar ea are nevoie să doarmă. Cum o să reziste toată ziua, să-l hrănească mereu și să-i schimbe scutecele, dacă nu reușește să se odihnească?

Se aștepta să simtă bucurie. Își amintește cât și-a dorit copilul ăsta. Și-a închipuit că, devenind mamă, își va vindeca tristețile trecutului și va fi mulțumită și mândră. Dar nu-i așa. Nutrește gândul teribil că acest Gustav e un Gustav *greșit*; bebelușul pierdut era fiul potrivit, cel cu care ar fi avut o legătură încântătoare.

Într-o zi, când se întâlnește întâmplător cu Lottie Erdman pe stradă, îi spune:

— Să ai copii nu-i așa cum ne imaginăm noi că este, Lottie. E mai mult iad decât rai.

Lottie o privește cu tristețe.

— Chiar și așa, te invidiez, spune. Roger și cu mine încercăm să facem un copil, dar se pare că nu se întâmplă.

Emilie se uită la Lottie, a cărei frumusețe a admirat-o și invidiat-o mereu. Și observă că părul ei și-a pierdut strălucirea, iar fața pare trasă.

— Am crezut c-o să fie altfel, zice Emilie. Ție pot să-ți spun, Lottie, fiindcă în tine pot să am încredere. Am crezut că o să simt o iubire copleșitoare pentru copil, dar nu simt.

Lottie ezită o clipă înainte să întrebe:

— Dar Erich simte iubire pentru el?

— Da, spune Emilie. Pare foarte atașat de el. Când vine acasă, la șase și jumătate, îi dă un biberon și-i schimbă scutecele, apoi îl ia în pat cu el. Eu intru în cameră, stau acolo și mă uit la ei cum dorm, un somn perfect – și asta nu mă face decât să mă simt inutilă și tristă.

Lottie încuviințează. Apoi se întinde spre cărucior și atinge fața lui Gustav.

— Seamănă mai mult cu tine decât cu Erich, spune.

Noaptea, la depou, Erich își face griji pentru fiul său. Vede cum între mamă și bebeluș e o înstrăinare ciudată. Rareori o vede pe Emilie pupându-l sau strângându-l la piept pe Gustav. Când îi schimbă scutecele, e dură cu el, trage de trupul lui mic într-o parte și-n alta, uneori înjurând când îl curăță.

Își spune că nașterea e un calvar pe care el e departe de-a putea să-l priceapă, așa că femeile au nevoie de timp ca să-și revină și, în această perioadă de recuperare lentă, comportamentul lor poate fi bizar, ciudat. N-are decât să se roage ca Emilie să devină tot mai apropiată de Gustav pe măsură ce se scurg săptămânile și lunile. Însă senzația că bebelușul e *în pericol* când rămâne singur cu Emilie nu prea vrea să-i dea pace. E de parcă într-o dimineață, când se termină tura de lucru la depou, o să se întoarcă iute acasă pe Unter der Egg și o să-l găsească pe Gustav mort.

În toiul acestor frământări, primește exact ceea ce nu aștepta: o solicitare de la Lottie. Stă așezat pe o bancă din depou și o citește la lumina rece a becurilor, însă în timp ce citește e de parcă o lumină de aur îi învăluie brusc întreaga ființă. Inima începe să-i bată atât de nebunește, încât simte că i-ar putea plesni în piept și-ar putea muri de uimire.

Erich,

Adesea – atât de adesea în visele mele – noi doi suntem în cafeneaua aceea și îți spun că nu te-am iubit niciodată. Dar ce ți-am spus nu este adevărat. Am spus treaba aceea cu „porcii" doar ca să fac despărțirea noastră mai suportabilă – să te ajut să pleci de lângă mine.

Erich, de fapt te iubesc – foarte mult. Nu pot îndura gândul că n-o să mai facem dragoste niciodată. Tot sper că mă voi vindeca de dorința pentru tine, însă ea e tot mai puternică zi de zi.

Știu că n-am dreptul să-ți cer asta, mai ales acum, că ai un fiu și trebuie să fii alături de Emilie, dar vreau să vii la mine. Roger e la Geneva. Vrei să fii din nou iubitul meu? Și vrei să... Doamne, abia îndrăznesc să îți cer asta... ce nerușinată sunt... dar vrei să îmi faci un copil? Am treizeci și doi de ani. Se pare că Roger și cu mine nu putem face copii. E prea lipsită de vlagă dragostea pe care o facem noi. Dar știu că tu și cu mine, în delirul acela al nostru – dacă de data asta nu ne mai luăm nici o precauție –, putem face unul extrem de ușor. Nu ți-aș cere nimic după aceea – nu voi face nici o aluzie la responsabilități paterne, îți jur. Va fi „copilul lui Roger". Și numai noi doi, din lumea întreagă, vom ști că e îngerul dorinței noastre...

Este noaptea târziu la depou, adierile aduc o mireasmă de toamnă. Erich citește iar și iar scrisoarea lui Lottie, până când o învață pe de rost. Înțelege că ea îi cere ceva îndrăzneț, genul de înșelăciune uriașă pe care doar o femeie atât de imorală ca Lottie Erdman ar putea s-o pună la cale, și cu toate astea își dă seama că e dispus pe loc să o execute și că s-ar duce la ea chiar în clipa asta, dacă ar putea. Odată chemat, nu se poate abține. Nevoia de-a se întoarce la ea e atât de cumplită, încât simte că moare dacă nu și-o satisface imediat.

De îndată ce se ivește prima geană de lumină, la ora șase, Erich se duce și o sună pe Frau Krams dintr-o cabină telefonică, rugând-o să îi transmită lui Emilie un mesaj, să-i spună că a fost convocat la o ședință cu șefii de la firma de transport la ora opt și nu va ajunge acasă decât mai târziu în dimineața asta.

— Reamintiți-i, adaugă el, să îi dea laptele lui Gustav.

Când se deschid magazinele în Matzlingen, Erich intră la o croitorie ieftină și își cumpără pantaloni noi, cămașă, pantofi și haină. Apoi se duce la baia publică, se spală și stă la saună, lepădându-și de pe trup duhoarea depoului. După aceea își pune hainele noi și se duce la frizerie, unde cere să fie ras și tuns. Când se zărește în oglinda frizerului, vede că zâmbește.

Este nouă și jumătate acum și Erich merge pe Grünewaldstrasse – vechiul și îndrăgitul său drum spre ușa lui Lottie. Își dă seama abia acum că nu mai are la el scrisoarea lui Lottie; pesemne că a lăsat-o la baie, în cabina telefonică sau în cabina de probă de la croitorie, dar nu se mai poate întoarce s-o caute, este prea presantă dorința de-a ajunge la Lottie. Se roagă ca ea să-l aștepte, speră că el se va purta ca înainte și o va poseda imediat, chiar și așa, cu răsuflarea tăiată de la graba cu care-a gonit către ea. Încearcă să-și imagineze cu ce rochie va fi îmbrăcată.

Obosită la capătul unei nopți grele, după ce-a fost trezită de cinci ori de Gustav și apoi de Frau Krams cu mesajul, Emilie șade lângă șemineu, încă îmbrăcată în cămașa de noapte, bea cafea și fumează. Gustav a adormit în sfârșit în pătuț, iar Emilie se gândește că ar putea să se mai bage un pic în pat. E nevoie de curățenie în apartament, dar o să facă mai târziu. După somn tânjește acum.

Se bagă în pat și alunecă, aproape pe loc, într-un vis ciudat, în care apar Irma și acul de pălărie cu perlă. Irma dansează prin salonul ei mic din casa de lângă Basel, cu acul în mână, împungând aerul și strigând că o să se „răzbune pe viață“. Emilie stă ghemuită într-un colț, știind că e doar o chestiune de timp până când Irma o s-o înțepe cu acul. Ea a fost copilul nedorit. Asupra ei o să cadă „răzbunarea“ Irmei.

Se aude un ciocănit la ușă, puternic și insistent. La început, Emilie crede că zgomotul e din visul cu Irma, dar apoi se trezește și trage un halat pe ea.

Nu se aude nici un sunet din camera lui Gustav, iar cine e la ușă o strigă pe nume:

— Frau Perle! Deschideți ușa. Poliția!

Astfel că Emilie se gândește atunci că în sfârșit a sosit clipa citării lui Erich la mult amânatul proces. Simte cum îngheață. Întredeschide ușa și vede doi polițiști stând acolo. Pentru o clipă, ei nu spun nimic, apoi o întreabă politicos dacă pot să intre în casă.

— E vorba de proces, nu? întreabă ea. E procesul?

Ei nu spun nimic, dar scutură din cap că nu. Pătrund în salonul unde nu e curățenie, unde pute a scrum de țigară, și o roagă cu blândețe să se așeze.

— Să mă așez? zice ea. Sunt vești proaste, nu-i așa? E ceva legat de proces.

— Nu, spune cel mai în vârstă dintre bărbați. Nu-i nimic legat de vreun proces. Vă rog să vă așezați, Frau Perle, și vă vom spune.

Emilie se așază chiar pe marginea unui scaun maro cu tapițeria roasă. Se așază și polițiștii. Apoi îi spun că soțul ei, Herr Erich Perle, a fost găsit mort pe stradă la ora 9.35, în acea dimineață.

Emilie îi privește cu gura căscată pe polițiști.

Găsit mort pe stradă în acea dimineață?

Găsit mort?...

După o clipă, ea spune, absurd:

— Pe stradă? Erich n-avea cum să *moară* pe stradă...

Pe o stradă s-a întâmplat, o informează ei – Grünewaldstrasse.

— Se afla, îi spun ei, pe scările de la intrarea în clădirea cu apartamente unde locuiește polițistul-șef Erdman. E posibil să fie o coincidență sau poate intenționa să îi facă o vizită. Cauza morții pare să fie ceva de la inimă.

Emilie nu poate vorbi. Ar vrea să fie înapoi în vis. Pe mama ei o putea învinge, dar asta – această „moarte pe stradă" – e mai mult decât poate duce. Poate că nu este adevărat? Poate că polițiștii nu sunt într-adevăr aici?

Își întoarce capul într-o parte și într-alta, privind prin cameră ca să priceapă. Se întâmplă toate astea, sau nu se întâmplă? Camera nu îi oferă nici un indiciu. Așa că așteaptă un semn, să se întâmple ceva ce ține de prezent și de realitate. Și-n cele din urmă semnul sosește, sub forma unui sunet extrem de familiar: în pătuțul lui mic, Gustav plânge.

PARTEA A TREIA

Hotelul Perle

Matzlingen, 1992

Înainte să împlinească patruzeci de ani, Gustav a devenit proprietarul unui hotel în Matzlingen. Își dădea seama că meseria de hotelier se potrivea perfect firii lui de om foarte atent la detalii. Se mândrea cu curățenia locului și cu punerea la dispoziție a micilor lucruri necesare existenței care fac viața mai ușoară: încălzire centrală de calitate, paturi mari și moi, uscătoare de păr pentru doamne, scaune confortabile în sufragerii, un foc în șemineul din holul hotelului...

Singurul lui act de vanitate fusese să dea hotelului numele său – Hotelul Perle. Își dădea seama că acest nume făcea cumva hotelul să pară mai important decât era, când, în realitate, în *Ghidul Michelin* al Elveției nu-și câștigase decât reprezentarea printr-o căsuță mică, ce desemna un loc *assez comfortable*[1], dar nu deosebit de renumit. Și totuși Gustav era mândru de hotelul lui. Bucătarul său devotat, italianul Lunardi, născocea niște mâncăruri care reușeau să fie și interesante, și gustoase. Cei doi bărbați știau că, atunci când călătoresc, oamenii vor și să se simtă ca acasă, așa că asta încercau ei să le ofere oaspeților la Hotel Perle: o casă departe de casă.

Acum Gustav avea cincizeci de ani. Locuia singur într-un apartament de la ultimul etaj. De la ferestrele sale putea vedea râul Emme și un bloc urât, construit pe locul unde se aflase cândva cooperativa producătoare de brânză. Era bucuros că

1. Destul de confortabil (în franceză în original).

dispăruse cooperativa, ca să nu se mai gândească la mama lui, cum venea ea acasă mirosind a Emmental și folosindu-se de acest miros ca motiv să nu-și îmbrățișeze sau sărute fiul.

Și totuși se gândea foarte des la copilărie. Și întotdeauna îl copleșea o tristețe ce părea absolută, totală – de parcă nici o tristețe viitoare n-avea să-l mai atingă vreodată în acest fel. Tristețea se aduna ca o înserare cenușie în jurul gândului la propria invizibilitate: felul în care băiatul Gustav se tot străduise să iasă la lumină, pentru ca Mutti să îl vadă mai bine. Însă ea nu-l văzuse niciodată mai bine. Rămăsese pe jumătate oarbă în ceea ce îl privea.

El crezuse, atunci când cumpărase vechea pensiune Gasthaus Helvetia și o transformase în Hotelul Perle, că Emilie, care trăind mereu o viață lipsită de lux nu încetase niciodată să tânjească după acesta, va fi mândră de el. Dar nu părea să fie cazul. Ea admirase mobilierul Biedermeier pe care el îl alesese pentru holul hotelului și din când în când poate că se îmbujora și rămânea cu răsuflarea tăiată în fața vreunui desert făcut de Lunardi „special pentru mama ta, șefu'". Dar ea nu-l felicitase niciodată pe Gustav că lansase afacerea cu hotelul. Ba chiar îi spusese că nu-i plăcea să vină aici. Îi amintea de slujba ei modestă, când fusese cameristă la Gasthaus Helvetia. I-a spus:

— Tatăl tău m-a salvat de acolo și-mi pare rău, Gustav, dar chiar nu vreau să mă întorc la ce-a fost.

Gustav ar fi vrut să-i spună că era ridicol ca mama lui să facă legătura în mintea ei între hotelul cel nou și confortabil, cu care el își dăduse atâta infinită silință, și vechea pensiune. Nu exista nici o asemănare între cele două – doar faptul că încă mai existau acoperișul și pereții exteriori, dar până și acestea fuseseră reparate și curățate. Voia să-i reamintească mamei că în pensiune camerele avuseseră paturi înguste și linoleum pe jos și perdele subțiri, prin care intra lumina. Micul dejun, alcătuit din pâine veche, cafea slabă și Emmental cauciucat, fusese o rușine pentru bucătăria elvețiană. Băile fuseseră mizerabile, toaletele miroseau și erau murdare. În timp ce la Hotelul Perle, oriunde se duceau oaspeții dădeau peste lucruri care le făceau plăcere: aranjamente florale în hol, covoare moi sub paturi, băi care străluceau, înmiresmate... Dar n-avea sens să continue. Dacă se apuca să înșire aceste lucruri, Emilie se întorcea dinspre el, de parcă nu putea să audă nici un cuvânt din ce îi spunea. În aceste clipe, cu nasul ei ascuțit în aer, îi amintea de un animal îngrozit – un liliac care se agață de pereții peșterii sale –, tulburat de zgomotul lui uman.

Și totuși nu fusese capabil să se depărteze de ea. Știa că, în ciuda a toate, el încă o iubea. Într-un colț din el, crezuse mereu că mama lui nu putea muri înainte să învețe să-l iubească. Pe măsură ce înainta în vârstă, el se străduise s-o învețe să facă asta, înainte de-a fi prea târziu, însă nu reușise.

Când Emilie a devenit tot mai slăbită, el a întrebat-o dacă n-ar vrea să vină să locuiască la hotel, în așa fel încât el și angajații lui să poată avea grijă de ea. Dar întrebarea a părut s-o rănească.

— Bănuiesc, a zis ea, că ți-e rușine cu mine, fiindcă eu n-am avut nici măcar o masă în bucătărie. Așa-i?

Gustav a privit-o lung. Se temea că și mintea mamei devenea la fel de fragilă ca trupul.

— Nu pricep ce vrei să spui, Mutti, a zis.

— Vreau să spun că ai face orice.

— Tot nu pricep ce vrei să spui.

— Ai face orice ca să mă faci să-mi fie rușine. Cu hotelul tău cu stele Michelin! Ai fi preferat să fie Adriana Zwiebel mama ta, știu eu. Cu banii ei și cu genții le ei scumpe. Și, când colo, m-ai avut pe mine, și toată viața ți-a fost rușine cu mine.

Gustav a rămas împietrit. S-a trezit întrebându-se dacă era vreun strop de adevăr în ceea ce-i spunea mama.

— Nu negi. Vezi? a zis Emilie, iar mâinile ei slabe erau ridicate în față, ca ale unui boxer, gata să lovească.

— Ba neg, a spus Gustav. Iar hotelul n-are nici o stea Michelin.

— Are el un ceva Michelin. Și douăsprezece dormitoare! Iar eu n-am masă pe care să mănânc, și după tine ăsta-i motiv de rușine.

Gustav s-a dus la ea și a cuprins-o în brațe, prinzându-i mâinile ca de boxer. A sărutat-o în creștetul capului cărunt. Dar ea s-a tras imediat dinspre el, așa cum el știa că va face – așa cum făcea mereu.

Fusese apropiat de ea doar o dată. Atunci când au mers împreună la Basel. El avea șaisprezece ani.

Au călătorit acolo pentru înmormântarea Irmei Albrecht, mama lui Emilie, pe care Gustav n-o întâlnise niciodată. În trenul care ducea la Basel, Emilie i-a zis:

— N-ai întâlnit-o niciodată fiindcă era o femeie îngrozitoare.

După înmormântarea la care n-a venit nimeni în afară de ei, Emilie i-a spus lui Gustav că trebuiau să mai rămână acolo, ca să golească vechea casă a Irmei dintre dealuri și să vadă dacă o puteau vinde.

Când a văzut casa, toată distrusă, cu toaleta într-o hrubă înclinată din grădină, Gustav a zis că nu-și poate imagina că ar vrea cineva să o cumpere.

— Greșești, i-a zis Emilie. Un dezvoltator o s-o cumpere. Basel e un oraș în creștere. Oamenii sunt cu ochii pe terenul dimprejur.

În a doua zi a lor acolo, Emilie a făcut focul într-un vechi coș pentru cărbuni în care obișnuia Irma să ardă resturile din grădină. Gustav a ajutat-o să scoată toate hainele Irmei din dulapuri și să le arunce pe foc. Au fost arse până și pălăriile. Într-una dintre acestea, Gustav a găsit un ac cu perlă, dar, când a dat să-l scoată din pălărie, Emilie i-a smuls-o din mână și a aruncat-o în flăcări.

— Perla nu-i veritabilă, i-a zis. Perla e o minciună.

În timp ce hainele ardeau, Emilie s-a apucat de așternuturi și pleduri, de parcă ar fi crezut că tot ce folosise Irma vreodată era contaminat. Când Gustav o ajuta să scoată toate aceste lucruri afară, bătrânul crescător de porci, vecinul Irmei, a apărut legănând un purceluș în brațe.

— Am văzut focul, a spus.

— Da? a zis Emilie. Sunt doar lucruri fără valoare.

Fermierul a ridicat în sus purcelușul.

— Aș vrea o pătură, a zis. Le e frig la ăștia micii.

Gustav a văzut cum un zâmbet firav străbate fața lui Emilie. S-a gândit că probabil o încânta ideea că așternuturile mamei vor ajunge într-o cocină.

— Bineînțeles, i-a răspuns. Ia ce poftești.

Bătrânul i-a dat purcelușul lui Gustav, și el a remarcat că pielea acestuia părea fină, dar de fapt era aspră ca șmirghelul. Animalul i se zvârcolea și-i tremura în brațe, în timp ce fermierul tria păturile. Omul a clătinat din cap uluit.

— Astea nu-s fără valoare, *gnädige* Frau[1], i-a zis lui Emilie.

— Pentru mine, sunt, a răspuns ea.

— Pot să aduc o roabă? a întrebat el. Îmi fac patul confortabil cu astea. Vă dau purcelușul în schimb.

Gustav se aștepta ca mama lui să accepte târgul. Unul dintre puținele lucruri de care era mândră în viața ei plină de dezamăgiri era felul excelent în care știa să facă o friptură de porc. Dar acum pe fața ei slabă era o expresie nefamiliară, de milă.

— Nu ne trebuie purcelul, a zis. Adu roaba.

Porcarul a luat tot. Purcelușul zburda pe lângă el încolo și încoace, în timp ce omul a strâns două roabe de pleduri și pături. După ce au dispărut toate, Emilie a râs și a zis:

— Poate că omul doarme împreună cu porcii. Nu m-ar mai surprinde nimic pe lumea asta.

Focul din coș ardea acum mocnit. Pe grămada de cenușă se aflau niște trandafiri făcuți dintr-un metal subțire, din vreuna dintre pălăriile Irmei. Emilie i-a privit și a zis:

— Așa era ea. Încercai s-o strivești, dar unele părți din ea rămâneau întregi. Viața mea va fi mai bună acum, că ea a plecat pentru totdeauna – a plecat de-a binelea și de-adevăratelea. Poate c-o să fiu mai bună cu toată lumea, inclusiv cu tine, Gustav.

---

1. Stimată doamnă (în germană în original).

Când asfințea, s-au apucat de cămară. Emilie a zis:

— Putem să-i dăm toate borcanele astea cu varză murată porcarului, să le pună-n troaca cu lături.

Zeama de varză a Irmei era făcută din varza pe care fie o cultiva ea, fie o cumpăra ieftin, în cantitate mare, de la piața de legume locală. Emilie și Gustav au numărat treizeci și patru de borcane, etichetate și datate. Varza din cele mai vechi borcane, din anii 1930, devenise de-un maro închis, castaniu. Le-au golit pe toate într-un lighean de cositor, suficient de mare ca să scalzi un copilaș în el. Emilie a zis:

— Bănuiesc că-n așa ceva m-a scăldat. Spălată ca o varză.

Acum se întunecase în cămară, aproape se lăsase noaptea. Lui Gustav îi era greață de la mirosul de acru și tocmai voia să propună să se oprească, când a observat un ultim borcan, într-un colț de pe raft.

A apucat borcanul și a văzut că era plin de bancnote. S-a holbat la bani. Apoi l-a dus la fereastră, unde o lună în creștere dădea o așchie de lumină. A deșurubat capacul, iar el și Emilie și-au băgat mâinile, așa cum își vâră copiii mâinile într-o cutie cu tărâțe în care sunt ascunse mici daruri, și au scos suluri de bancnote de cincizeci de franci, prinse cu inele de elastic. Era greu de calculat câți bani erau, dar își dădeau seama că-s mulți.

Mai târziu, au numărat peste paisprezece mii de franci.

— Ei, a zis Emilie, cred c-aș putea cumpăra o ceainărie întreagă cu banii ăștia în Basel, dar n-o s-o fac! O să-i depun într-un cont de economii și jumătate pot fi pentru tine.

Gustav și-a folosit partea de bani ca să facă școala de catering în Burgdorf. Iar mai târziu s-a gândit adesea că fără bancnotele de cincizeci de franci strânse de bunica lui într-un borcan de varză murată și fără banii primiți din vânzarea căsuței ei prăpădite n-ar fi avut niciodată viața visată și nu ar fi putut înființa Hotelul Perle. A ajuns să-i pară rău că nu păstrase nici un suvenir de la Irma Albrecht, dar chiar nu păstrase nimic, nici măcar o floare metalică de pe o pălărie de duminică.

Anton
Matzlingen, 1992

Unele vise rezistă.

Anton Zwiebel spunea despre visul lui de a deveni pianist de concert că acest cuvânt, *rezistență*, i se potrivea într-un mod ironic, fiindcă implicase atât de multă suferință.

După primul concurs de pian de la Berna, unde ieșise ultimul din grupa lui de cinci finaliști, Anton se mai înscrisese la opt sau nouă concursuri, unde iarăși se descurcase suficient de bine în preselecții pentru a ajunge în finală, și din nou se împiedicase când trebuise să cânte pe o scenă mare. Nu ieșise niciodată câștigător, nici măcar pe locul al doilea.

Adriana l-a dus pe Anton la doctor, încercând să afle un leac pentru ceea ce ea spunea că sunt doar „emoții". I s-au prescris medicamente calmante, de diferite tipuri și de diferite tării, dar nimic nu l-a ajutat să își învingă groaza de scena de concerte. Încă mai cânta prost atunci când venea clipa în care trebuia să cânte bine.

Uneori se înfuria pentru că era „testat" în acest fel. Gustav era cel care trebuia să-i asculte răbufnirile de furie. Anton zicea:

— Trebuie să fii tu, Gustav. Nu pot să-i las pe părinții mei să mă vadă cum mă port ca un câine sălbatic. Deja i-am dezamăgit destul. Au dat o grămadă de bani pe lecțiile cu Herr Edelstein și pe deasupra și pe taxele de înscriere la concursuri și se așteaptă la rezultate. Pe când tu...

— Ai dreptate, a zis Gustav. Mie nu-mi pasă dacă câștigi sau nu. Nu mă deranjează decât că ești nefericit când nu câștigi.

Într-o zi, când Gustav și Anton aveau optsprezece ani și au mers la patinoar după ore, Anton a zis că el nu vrea să patineze, vrea să stea de vorbă. Așa că s-au dus în cafeneaua patinoarului și au băut bere, în timp ce patinatorii pluteau, se răsuceau, săreau și cădeau în spatele lor, iar Anton a zis:

— Nu mai pot continua cu visul ăsta al celebrității. Mă omoară.

Au discutat mult timp și s-au amețit cu bere. Anton a zis că nu va abandona muzica niciodată, era o parte mult prea importantă din viața lui, dar că trebuia să renunțe la concursuri.

— Eu vreau doar să cânt la pian, fiindcă e frumos să cânți la pian, a zis. Acum două seri, când părinții mei erau plecați la nu știu ce cină, am cântat la nesfârșit *Sonata lunii* a lui Beethoven. Și știu că e o lucrare siropoasă, dar de câte ori o cântam mă tulbura tot mai tare și o cântam tot mai bine, până când am ajuns să cânt și să plâng în același timp. Era udă claviatura, dar nu-mi păsa. Mă simțeam transfigurat, sau ceva de genul ăsta. Și atunci mi-am dat seama că *asta* îmi doresc – să fiu tulburat de mine atunci când cânt, și nu să trebuiască să fiu pe o scenă și să tulbur alți o mie de oameni. Sunt sigur că vei înțelege.

Gustav s-a uitat la fața lui Anton, puternic îmbujorată de la răceala gheții și de la emoțiile care se revărsau în el. S-a întins și l-a mângâiat cu palma pe obraz pe Anton.

— Sigur că înțeleg, i-a spus. Îmi pare bine că ai luat hotărârea asta. Începusem să mă tem pentru tine.

— Da? Dar mă mai preocupă ceva, Gustav. Cum să le spun asta părinților mei? Și mai ales mamei. Cum să-i spun că toate speranțele ei vor fi zădărnicite?

Gustav s-a răsucit, a privit spre patinatori și s-a gândit cum patinoarul fusese mereu un loc al râsului și bucuriei, iar râsul pe care și-l amintea cel mai bine era al Adrianei.

— Îi spun eu în locul tău, a zis. Dacă vrei, îi pot explica.

— N-ar însemna să-ți cer prea mult? a zis Anton.

— Nu.

— S-ar putea să primească vestea mai bine, dacă i-o dai tu. Știe că tu vezi mereu în profunzime lucrurile.

— Poate…

— Dar s-ar putea să se supere, Gustav. Dacă se supără, o iei pur și simplu în brațe.

Gustav s-a dus pe Fribourgstrasse într-o după-amiază de la începutul verii, când Armin era la birou. Camera era scăldată în lumina soarelui. Adriana își îngrijea mușcatele. El i-a cerut un pahar cu apă.

S-a așezat împreună cu Adriana pe una dintre sofalele tapițate cu creton, iar ea i-a cuprins palmele într-ale ei.

— Știi că sunt mereu încântată să te văd, Gustav, a zis ea, dar ceva îmi spune că îmi aduci vești proaste. Am dreptate?

— Da, a zis Gustav. Și urăsc să vă fac asta, dumneavoastră și lui Armin, dar Anton se bazează pe mine.

Adriana a dat drumul mâinilor lui Gustav.

— A lăsat vreo fată gravidă? a întrebat. Despre asta e vorba?

— Nu. Nu din câte știu eu.

— Ei, atunci ai face bine să-mi spui ce este.

Adriana l-a lăsat pe Gustav să vorbească și nu l-a întrerupt. El a încercat să îi explice ce simte Anton *de parcă el ar fi fost Anton*. Și a descoperit că nu era dificil, fiindcă îi erau atât de familiare acele sentimente. În timp ce vorbea, se îmbujora tot mai tare de emoție. Simțea că mai are un pic și îi vine să plângă.

Când el a terminat de vorbit, Adriana și-a aprins o țigară. Pentru o vreme, a fumat și n-a zis nimic. Apoi s-a lăsat în față, sprijinindu-se cu coatele pe genunchi. A spus:

— Eu am mai avut un copil, Gustav. O fetiță pe nume Romola, care a murit la vârsta de un an. Anton abia dacă și-o amintește. Dar Armin și cu mine… sigur că ea este cu noi în toate gândurile noastre, mereu. Și bănuiesc că toate speranțele pe care le-om fi nutrit pentru cei doi copii ai noștri ni le-am pus în unicul supraviețuitor, scumpul nostru Anton. Stă în firea noastră să ne străduim, să vrem să ne vedem copiii reușind în viață, și ce lucru mai frumos poate exista pe lume decât să devii un pianist celebru? Muzica e atât de importantă în viața omului. Își găsește un loc înăuntrul nostru, unde nimic altceva nu poate pătrunde.

Gustav nu era sigur ce ar fi trebuit să spună. A început să se gândească la Romola și la acea zi de la patinoar când el și Anton își făcuseră câte o tăietură la mână cu lamele patinelor, ca să-și amestece sângele și să jure pentru păstrarea secretului. Își amintea durerea tăieturii și senzația ciudată a sângelui lui Anton acumulându-se în crestătura din brațul său.

După ce a mai fumat în tăcere, Adriana a stins țigara și a zis:

— Mi-am imaginat de atâtea ori, Gustav, momentul în care Anton își va depăși teama și va începe să cânte pe o scenă mondială. Are talent. Știm cu toții că are. Dar tu îmi spui acum că acea zi nu va veni niciodată?

— Da. Vă spun. Acea zi nu va veni niciodată.

— Nu pot suporta una ca asta, Gustav!

— Știu că e greu. Dar poate că știați și dumneavoastră ce simte Anton de atâta timp și, de fapt, nu vă surprinde cu adevărat.

— *Nu* știam! Armin era oarecum neliniștit în privința asta. I-am zis că e pesimist: i-am zis că Anton își va învinge teama cu timpul. Dar am greșit. Și ar fi trebuit să-mi dau seama. Am plătit destul pentru medicamente. Sunt mama lui și am fost o încuiată. L-am presat prea tare și l-am făcut să sufere pe Anton. Iar acum toate visele noastre se prăbușesc...

Adriana a început să plângă. Gustav și-a amintit ce i-a spus Anton, să o ia pur și simplu în brațe, așa că s-a tras mai aproape de ea pe canapea și a luat-o în brațe, iar ea și-a lăsat capul pe pieptul lui și s-a lăsat să plângă în voie. Gustav a mângâiat-o pe păr și a zis:

— Să nu credeți că Anton vă condamnă în vreun fel. Pentru că nu o face. Mi-a spus: „Am fost cu toții în nebunia asta, împreună". Cuvântul ăsta l-a folosit – nebunia. Și m-a inclus și pe mine. Fiindcă el știe... hm... știe ce mult îl iubesc. Vă iubesc pe voi toți, Adriana. Aș fi vrut să am și eu o familie ca a voastră.

Când și-a dat seama ce a spus – treaba asta despre iubire –, nici Gustav nu și-a mai putut reține lacrimile. El și Adriana se țineau strâns unul de altul, se legănau și plângeau. Momentul era atât de intens, încât Gustav a fost cuprins de senzația unei dorințe sexuale copleșitoare. A înălțat fața Adrianei și a apropiat-o de a lui, iar ea i-a șoptit numele, Gustav... El a sărutat-o pe gură. Se aștepta să se tragă dinspre el, dar ea n-a făcut-o. I-a întors sărutul, și Gustav a simțit cum îl ia cu amețeală. A crezut că o să leșine. Își dădea seama că ceea ce făcea era un păcat – un păcat pur, desăvârșit.

S-a smuls cu forța din vraja clipei, revenind în camera luminată de soare, unde perdelele albe de dantelă se mișcau leneșe la fereastra deschisă. S-a tras dinspre Adriana și i-a lăsat capul ușor pe pernele canapelei.

— Îmi cer scuze, a șoptit el. Am greșit. Mă veți ierta? Vă rog să mă iertați și să nu mă urâți pentru asta, Adriana. Și vă rog să nu-i spuneți lui Anton.

Adriana l-a privit cu tandrețe. Și-a șters lacrimile. I-a mângâiat fața aprinsă. Și a spus:

— A fost un sărut frumos, Gustav. Și noi toți te iubim foarte mult. Sper că știi asta. Anton, Armin și cu mine te iubim foarte mult.

În toamna aceea, Gustav a petrecut departe de Matzlingen singura perioadă semnificativă din viața lui, pentru a merge la cursul de catering din Burgdorf.

Anton Zwiebel a devenit profesor de pian.

În prima vacanță, Gustav a participat la un concert al elevilor de la școala generală unde lucra Anton. A văzut nu numai ce mult își dădeau silința copiii mici în privința muzicii, dar și ce limpede era că-l iubeau și idolatrizau pe Anton. După ce cântau, micuții fugeau la Anton cu brațele deschise, ca să fie îmbrățișați de el. Lui Gustav i se părea că seamănă cu „flautistul din Hamelin“, cu toți acei copii adunați ciorchine în jurul său. Și se gândea: Sunt și eu unul dintre ei; și eu sunt fermecat. Îl voi urma pe Anton oriunde mă conduce el – chiar și într-o peșteră întunecată.

Acum, la cincizeci de ani, Anton devenise șeful Catedrei de muzică de la Academia Protestantă Sankt Johann, unde învățaseră cândva el și Gustav și care între timp se extinsese mult. Era un bărbat frumos, cu păr des și ondulat, cărunt pe la tâmple, cu un zâmbet criminal și un râs contagios, pe care Gustav nu se mai sătura să-l audă.

Gustav știa că femeile erau fermecate de Anton și că el se bucura, într-o oarecare măsură, de puterea pe care-o avea asupra lor. Însă Anton i-a spus lui Gustav că nu și-a permis niciodată să se îndrăgostească. Spunea că ideea de a trăi cu o femeie i se pare „potrivnică". Spunea că pentru el să cânte la pian o să fie mereu cel mai important lucru în viață, iar gândul că această „persoană numită nevastă, acest străin", ar trage cu urechea în timp ce exersează îl umplea de groază. Gustav i-a reamintit lui Anton că a cântat mereu pentru el și pentru părinții lui fără să fie deranjat dacă greșește în fața lor, dar el i-a răspuns simplu:

— Voi nu sunteți străini.

— Și soția ta ar fi?

— Da. Cred că, în anumite privințe, ar rămâne un străin.

Gustav urmărea cu atenție refuzurile repetate ale lui Anton de-a lăsa vreo femeie din viața sa să creadă că îi *aparține* lui. Poate că rămâneau o noapte sau două în apartamentul lui, care se afla aproape de-al Adrianei și-al lui Armin de pe Fribourgstrasse, dar rareori vorbea despre ele sau le lăsa să îi facă vizite la școală. Uneori nu-și putea aminti cum o chema pe femeia cu care dormea într-un anumit moment. I-a spus lui Gustav:

— Poate că va fi altfel într-o bună zi, dar deocamdată nu e – nu mai mult decât pentru tine, nu-i așa, Gustav?

— Nu, a zis Gustav. N-am timp de asta. Sufletul și mintea mea sunt complet acaparate de Hotelul Perle.

Distracție

Matzlingen, 1993

Hotelul Perle era un loc unde oaspeții stăteau de obicei foarte puțin – o noapte sau două –, în drum spre alt loc. Căci ce era de văzut în Matzlingen? Câteva magazine elegante. O fabrică de țiglă. Biserica Sankt Johann. Mai demult, turiștilor li se oferea și o vizită pe la cooperativa producătoare de brânză, spre furia lui Emilie Perle, căreia nu-i plăcea să se holbeze lumea la ea în timp ce-și făcea munca istovitoare. Dar acum cooperativa de brânză dispăruse. Matzlingen devenise doar un popas pe drumul spre Berna.

Și totuși, din când în când, mai apăreau și oaspeți care se cazau pentru o ședere mai lungă, atrași de plimbările tihnite prin văile din împrejurimi și chiar de lipsa de însemnătate a orașului, care face un asemenea loc să fie nesolicitant cu vizitatorul. Iar în primăvara rece a anului 1993 a sosit un asemenea client.

Era englez. Colonelul Ashley-Norton. Avea spre șaptezeci de ani și vorbea bine germana, pe care, din câte i-a spus lui Gustav, o învățase „la școală și apoi în război, când aveam nouăsprezece ani". Lui Gustav i se părea o caricatură a unui gentleman englez, rezervat, cu părul alb dat cu briantină, cu ten trandafiriu și-o mustăcioară caraghioasă, tăiată atât de scurt pe buza superioară, încât semăna cu o perie de unghii tocită.

Când a început să vorbească cu Ashley-Norton, Gustav a observat de îndată că această atitudine rezervată ascundea o personalitate emotivă. Bărbatul mai în vârstă i-a spus, cu glasul un pic sugrumat, că își dorise să vină în Matzlingen, „într-un loc de nicăieri, fără mare lucru de văzut, ca să pot să stau foarte liniștit și să găsesc răspunsul la enigma: ce să fac cu restul zilelor mele?“ A adăugat că tot ce voia de la acest „nicăieri“ era să fie curat și să aibă o vale înmiresmată în preajmă, pe unde să se poată plimba. A spus că știa că se putea baza pe asta în Elveția.

A reieșit că domnul colonel Ashley-Norton fusese căsătorit vreme de patruzeci de ani cu o femeie căreia îi spunea Bee, dar Bee îl lăsase baltă. Omul și-a dus palma la inimă când a spus:

— M-a lăsat baltă murind.

Colonelul Ashley-Norton a continuat:

— A murit în ziua de Crăciun. Între momentul când ne mâncam budinca de Crăciun și cel când ne duceam în salon să privim mesajul reginei. S-a așezat pur și simplu în fotoliul ei, a închis ochii și a murit. I s-a oprit inima. Iar acum sunt singur.

Gustav a fost tentat să îi spună că, după ce-a fost martorul morții lente a mamei sale, i se părea că-i mai bine să-ți închei viața așa – să închizi ochii și să nu te mai miști –, dar nu a făcut-o. Își dădea seama că Ashley-Norton era încă tulburat când vorbea despre Bee. Buza de sus a început să îi tremure. Și-a scos din buzunarul de la piept o batistă cu imprimeu *paisley* și s-a șters la ochi. I-a cerut lui Gustav o gură de whisky.

După ce a dat peste cap dușca de whisky, colonelul a zis:

— O să vi se pară o mare prostie, Herr Perle, dar treaba care mă supără cel mai tare, zi de zi, este că mi-am pierdut partenerul de gin rummy.

Gustav a întrebat:

— Ce înseamnă gin rummy, colonele?

— Ah, da! a zis colonelul. Uit mereu, ca un prost, că nu-i un joc universal – asta din cauză că mie mi s-a părut dintotdeauna absolut universal. E un joc de cărți. Destul de simplu, necesită ceva iscusință, însă nu solicită o vigilență continuă, ca la bridge. Bee și cu mine am jucat ani de-a rândul, de trei sau patru ori pe săptămână. E un joc liniștitor. Aș spune chiar că s-ar putea să ajute la reglarea vieții omului – face mai ușor de îndurat ceea ce e de neîndurat. Iar acum nu mai am cu cine juca.

— Noi în Elveția jucăm un joc de cărți necunoscut, numit Jass, a spus Gustav. Cărțile sunt bogat decorate și complexe. E dificil și punctajul. Poate că m-ați putea învăța gin rummy cât stați aici, colonele? După ce se termină servirea cinei, eu n-am mare lucru de făcut, doar dau ture hotelului înainte să mă duc la culcare. Aș fi încântat să învăț.

— Chiar ați vrea? a zis Ashley-Norton. Sunteți foarte cumsecade. Nici unul dintre prietenii mei din Anglia n-a vrut să se bage. Li se pare că gin rummy e o pierdere de timp îngrozitoare. Le-am zis: „Chiar asta-i chestia. Când pierzi timpul, se schimbă însăși natura timpului. Iar inima se liniștește". Dar nu m-au băgat în seamă nici de-ai naibii.

Au jucat după cină, într-un colț liniștit din holul hotelului. Uneori venea și Lunardi de la bucătărie, se holba la ei și scutura din cap, gândindu-se, fără îndoială, că jocul de cărți era „o pierdere de vreme îngrozitoare", însă recunoscând probabil că Gustav se simțea bine, căci se apuca să facă trufe de ciocolată, pe care cei doi bărbați să le deguste lângă cafea și coniac. Ashley-Norton a declarat că trufele lui Lunardi aveau o textură „mai mult ca perfectă".

Lui Gustav îi plăcea să stea în hol – un loc unde rareori petrecea mult timp. Se afla chiar în centrul hotelului și, din fotoliul său confortabil, el putea asculta în liniște cum viața acestui loc se derula cu blândețe, iar apoi se pregătea pentru noapte. Atenția pe care o acorda celor întâmplate în jur nu-l distrăgea decât foarte puțin de la învățarea jocului de cărți, iar Ashley-Norton era un profesor răbdător.

În prima seară, colonelul a câștigat absolut fiecare joc, însă i-a spus lui Gustav:

— Lucrurile se vor schimba. Odată ce veți învăța plăcerea de-a pune cărți jos în mod strategic, în grămada cu cărți de tras mai târziu, o să începeți să câștigați. S-ar putea să vă coste câteva încercări, dar ce este extraordinar de plăcut la gin rummy – dacă jucătorii nu sunt nici foarte buni, nici foarte slabi – e că scorul are tendința să fluctueze de obicei, ca fluxul și refluxul. Nici un jucător n-o ia așa de mult înainte, încât să apară dezechilibre. O să vedeți în curând.

Și chiar așa s-a întâmplat. Ashley-Norton își făcuse o rezervare de două săptămâni la hotel, însă acum și-a prelungit șederea „pe o perioadă nelimitată". A cerut doar să își păstreze camera, cu care se obișnuise, și să nu îi scadă porția de trufe de ciocolată. Pe vremea răcoroasă de primăvară, își petrecea zilele plimbându-se prin oraș și mergând în valea îndepărtată, cu un alpenștoc după el, în căutare de narcise galbene. Obrajii i-au devenit și mai rumeni decât erau la sosirea aici. Lăuda cireșii din Mittelland, care înfloreau în această perioadă.

Într-o seară, după ce a vorbit din nou despre cireșii înfloriți întâlniți în plimbările sale, a lăsat jos cărțile, a luat o gură de coniac și a zis:

— Singura problemă cu copacii este că-mi amintesc de drumul spre Bergen-Belsen.

Gustav a făcut o pauză de la joc.

Ashley-Norton și-a scos batista cu model pe care o avea mereu la dispoziție în buzunarul de la piept și și-a suflat nasul. Apoi a spus:

— Odată ce-ai văzut așa ceva, rămâne ca un film în capul tău. Nu vrei să apeși butonul de „pornit". Și-apoi deodată se întâmplă ceva – ca acum, când am văzut frumusețea acelor copaci din văile voastre de pe-aici și le-am simțit parfumul – și butonul e apăsat. Iar acum am iarăși probleme cu somnul.

Gustav l-a întrebat dacă voia să vorbească despre ce văzuse. Colonelul a răspuns:

— Vorbitul alungă coșmarurile, dar nu pentru mult timp.

A spus că era un drum înmiresmat, drumul spre lagărul de concentrare. Toți cireșii erau în floare, iar parfumul din aer era minunat. Când traversau satele, soldații britanici vedeau copiii jucându-se fericiți prin livezi. Vedeau animalele și păsările ducând-o foarte bine pe la ferme, iazuri pline de apă proaspătă și mori de vânt rotindu-se în adierile primăverii. A spus:

— Nu credeam c-o să vedem ce-am văzut.

Gustav i-a umplut colonelului paharul cu coniac, iar când a venit Lunardi să le spună noapte bună, l-a alungat repede.

După ce a plecat Lunardi, Ashley-Norton a zis:

— Când ajung aici, nu mai pot continua. Chestia este, Herr Perle, că aveam doar nouăsprezece ani. Fusesem luat în armată abia de câteva luni. Unii dintre băieții din regiment au făcut față mai bine ca mine, fiindcă ei mai văzuseră și alte lucruri oribile. Lucruri șocante. Dar să știți că nimic așa rău ca acela peste care-am dat la Belsen. Nu cred că poate exista pe pământ ceva mai groaznic.

I-a povestit lui Gustav că i se dăduse un aparat și i se spusese să facă fotografii, fiindcă la armata britanică ajunseseră zvonuri cum că la Bergen-Belsen ar exista un lagăr de exterminare și trebuiau documente pentru proces – pentru judecata ce-avea să urmeze după război. A spus că ofițerul superior i-a dat aparatul lui, fiindcă se știa că el avea „înclinații artistice". Ofițerul l-a instruit să facă cât de multe poze poate și să nu omită nimic.

— Am început de pe drum, a spus el, făcând poze cu copacii, cu gâștele și cu copiii. Apoi, primul semn că urma ceva îngrozitor a fost faptul că aerul era încărcat de o duhoare înfiorătoare. Era tot mai puternică. Iar băieții, până și ofițerii superiori, au început să meargă mai încet. Sincer, ne doream să facem cale întoarsă. Unora dintre băieți li se făcuse rău și vărsau prin șanțuri, înainte ca măcar să ajungem acolo. Eu mi-am legat o batistă peste nas și gură. Știam că trebuie să mergem înainte. Am făcut o poză cu cel mai bun amic al meu, Ralph Thompson, cum vărsa pe un mal înverzit.

Ashley-Norton a mai băut un pic de coniac. A zis că nu putea descrie mai mult ororile pe care le-a văzut. A spus că erau pur și simplu dincolo de cuvinte. Voia însă să povestească despre aparat – „al naibii aparat!" – și cât de tare începuse să deteste să-l aibă la gât și să îl îndrepte spre grămezile de trupuri și apoi către deținuții suferinzi de la Belsen, „de parcă aș fi fost în vreo nenorocită de vacanță la mare, de parcă aș fi fost un adolescent cretin care face poze așa, ca să se distreze!". A spus că unii prizonieri chiar îi zâmbeau și femeile încercau să-și aranjeze părul, dar în jumătate din timp abia de vedea ce fotografia, așa de rău se simțea și așa de orbit de suferință era.

— Treaba e, Herr Perle, că, dacă n-aș fi avut blestematul ăla de aparat și ranița grea plină cu filme în spinare, aș fi putut face mai multe ca să-i ajut pe oameni. Dar fusesem instruit să nu desprind vreodată de corpul meu nimic din acest „echipament", iar ăsta era un ordin care trebuia urmat. Înțelegeți de ce mi s-a părut groaznic? Simțeam că aparatul și geanta cu filme mă trăgeau în jos, în pământ. Aveam echipe care să se ocupe cu mâncarea și cu despăducherea, și tipi care sortau și spălau hainele, și-aș fi putut și eu să ajut la ceva din toate astea. Probabil nu la chestiunile medicale, fiindcă n-aveam pregătirea. Dar aș fi putut să ajut și eu naibii cumva, în loc să fac blestematele alea de poze.

Colonelul s-a șters la ochi. După o clipă sau două, Gustav a zis:

— De fapt, probabil că făceați cea mai importantă treabă din câte se putea – erați martor. Cineva trebuia să o facă.

— Știu. Cineva trebuia să o facă. Și totuși, știți, nu neapărat. Fiindcă au venit americanii. Au filmat. Toate filmele sunt acolo, în arhive. N-au mai avut nevoie de fotografiile mele. Dar, chiar și așa, a trebuit să dorm cu nenorocitul de aparat la gât. I-am zis lui Ralph Thompson: „Mai am un pic și mă spânzur cu curelușa".

Gustav a stat cu Ashley-Norton până târziu în noapte.

Când i-a spus că nu mai putea să vorbească despre Belsen, el s-a oferit să-l conducă în cameră, fiindcă știa că colonelul n-o să fie chiar sigur pe picioare după tot coniacul băut și se îngrozea la gândul că ar putea să cadă și să se lovească în Hotelul Perle. Dar colonelul a zis că nu voia să se culce și să „riște coșmaruri".

Au stat o vreme în liniște. Gustav a mai pus lemne în focul pe care-i plăcea să-l țină aprins în holul hotelului în fiecare seară până la sosirea verii. Știa că erau amândoi prea obosiți ca să înceapă alt joc de gin rummy sau măcar să-l termine pe cel care rămăsese neîncheiat pe masa din fața lor, dar a lăsat cărțile răspândite acolo așa cum erau – ca și cum *ar fi putut* să reia jocul în orice clipă. Și Gustav s-a întrebat: oare asta făcuseră și unele dintre familiile de evrei când fuseseră încolțite – lăsaseră lucrurile așa cum erau în apartamentele pe care le părăseau, ca și cum la lăsarea nopții aveau să se reîntoarcă acasă, la timp ca să aprindă luminile și să pregătească cina?

Ashley-Norton și-a aprins o țigară. Asta a părut să-l liniștească un pic și acum era suficient de întremat ca să înceapă o conversație nouă, așa că l-a rugat pe Gustav să-i spună despre viața lui și cum de își deschisese afacerea cu hotelul.

Gustav s-a apucat să îi povestească. Știa că îi tremură și lui vocea un pic, dar a continuat, descriind perioada petrecută la școala de catering și povestindu-i colonelului cum grija pentru oameni și obiecte a contat foarte mult pentru el de când, în copilărie, fusese parte dintr-un mic grup care îngrijea viermii de mătase, la grădiniță. Asta l-a făcut pe Ashley-Norton să zâmbească, iar Gustav știa că mai avea multe alte lucruri pe care i le-ar fi putut spune despre cum devenise proprietar al hotelului și de ce locul era așa de important pentru el.

Însă atunci, purtat înapoi pe cumplitul drum spre Bergen-Belsen, s-a pomenit subit cotind dinspre trecutul său și spunând:

— Tatăl meu a fost polițist. A avut un grad destul de mare: a fost polițist-șef adjunct aici, în Matzlingen. Cred că-i plăcea munca sa, dar și-a pierdut slujba în timpul războiului, din cauză că a falsificat acte care le permiteau evreilor șederea în Elveția, însă eu n-am știut niciodată cu adevărat întreaga poveste – de ce a îndrăznit să facă asta – sau, dacă chiar e adevărat c-a făcut-o, și *dacă* a făcut-o, cum de-a fost prins. Mama sugera adesea că a fost trădat. Vorbea mereu despre tatăl meu ca despre un „erou“, dar eu nu știu dacă a fost sau nu așa ceva.

Ashley-Norton a tăcut pentru o clipă. Apoi a zis:

— Vreți să spuneți chiar că *nu știți*, sau doar că nu v-ați decis ce să credeți?

— Spun că nu știu.

— Înțeleg. Păi, în cazul ăsta, trebuie să aflați, Herr Perle. Trebuie să aflați! Omul nu trebuie să meargă prin viață fără să cunoască istoria unei asemenea chestiuni. Câți ani aveți? Patruzeci și opt? Cincizeci? Oare nu-i vremea să aflați adevărul de la cineva, înainte ca toată lumea să fie moartă și dispărută?

Momentul Zimmerli

Matzlingen, 1993

Lui Gustav i se păruse că ceea ce susținuse Ashley-Norton despre jocul de cărți – că ar încetini timpul și i-ar permite inimii să ia o pauză de la agitația perpetuă – este exagerarea unei persoane cu o viață oarecum privilegiată. Însă, după ce colonelul a plecat din Matzlingen, Gustav s-a pomenit dezamăgit: îi lipseau mult partidele de gin rummy de seară.

Atunci i-a venit ideea să-l convingă pe Anton să învețe jocul. Se întreba dacă firea agitată a lui Anton îi va permite să se liniștească, dar mai știa și că Anton se plictisea adesea de serile pe care și le organiza singur. Îi spusese lui Gustav:

— M-am săturat până peste cap de scos femeile la cină în restaurante și de plătit nota pentru deserturile ridicole pe care le comandă ele – în schimbul unei partide de sex pernicios.

Însă, abia ce se hotărâse Gustav să deschidă subiectul jocului de cărți cu Anton, că acesta a și apărut valvârtej într-o seară devreme, cu o figură agitată, strângând în mână un exemplar din *Matzlingerzeitung* și zicând că trebuia să-i vorbească imediat lui Gustav „despre ceva ce m-a dezorientat total".

Gustav era în sala de mese, verificând, așa cum făcea întotdeauna înaintea servirii cinei, că fuseseră așezate corect *les couverts*[1], că paharele erau curate și fețele de masă impecabile și proaspăt călcate. Ignorând pentru o clipă nerăbdarea evidentă a lui Anton, și-a continuat treaba fără să se grăbească. (Orice

1. Tacâmurile (în franceză în original).

lucru care îl împiedica să-și facă treaba de supraveghetor meticulos al treburilor din hotel care tânjeau spre perfecțiune îi provoca o senzație de nemulțumire și-o ușoară iritare. Considera și că, într-o viață de-a lungul căreia jucase atât de adesea rolul de slujitor al toanelor și dorințelor lui Anton, trebuia din când în când să-și lase prietenul să aștepte.)

— Grăbește-te, Gustav! a zis Anton. Trebuie să-ți vorbesc despre ceva ce-a apărut în ziar. Mă duc sus, la tine în apartament.

Gustav l-a găsit stând în fotoliul lui obișnuit, turnându-și un pahar de whisky.

— Ia uite-aici, i-a zis Anton, întinzându-i ziarul.

Gustav a luat ziarul și s-a așezat în fața lui Anton. Titlul pe care i-l arătase era: CELEBRITATEA BATE LA UȘA UNUI BĂIAT DIN MATZLINGEN. Scurtul articol de sub el relata *succesul extraordinar al fostului elev de la Academia Sankt Johann din Matzlingen, Mathias Zimmerli, la prestigiosul Concurs de Pian Ceaikovski din Geneva. Zimmerli a ocupat locul întâi și acum se întrezăresc oferte de concerte în toată lumea.*

— Citește ultima propoziție, a spus Anton. Neapărat s-o citești, fiindcă aia mă omoară de-a dreptul.

Gustav și-a pus ochelarii. A trecut repede peste laudele aduse lui Zimmerli despre *claritatea sunetului în interpretarea* Concertului pentru pian nr. 4 *al lui Rahmaninov, o piesă deosebit de dificilă pentru un tânăr muzician*, și a ajuns în cele din urmă la declarația făcută de Zimmerli când i-a fost înmânat premiul. După ce le-a mulțumit părinților săi, Zimmerli a zis: *Aș dori să îi mulțumesc profesorului meu de pian de la Sankt Johann, Herr Anton Zwiebel. Fără răbdarea și inspirația lui Herr Zwiebel știu că nu aș fi stat acum pe acest podium.*

Anton și-a cuprins fața în palme. Printre palmele lipite, a zis cu glas sugrumat:

— A reușit, Gustav! Ce n-am putut eu să fac. Zimmerli a făcut-o. Câți ani are acum? Douăzeci? Douăzeci și unu? Și devine celebru, în timp ce eu am rămas blocat în Matzlingen pentru totdeauna.

Gustav se holba la prietenul său. Îl surprindea că putea fi atât de dezamăgit de succesul unui fost elev. Dar că putea folosi expresia „blocat în Matzlingen" îl șoca de-a dreptul. Gustav nu pusese niciodată la îndoială gândul că el și Anton vor trăi toată viața foarte aproape unul de celălalt, în acest oraș care îi crescuse. Însă acum vedea dintr-odată că, în mintea lui Anton, Matzlingen era doar un loc unde se simțea „blocat" și de unde (se subînțelegea) avea să se elibereze într-o zi. Gustav și-a masat pieptul, încercând să domolească turbulențele pe care le simțea la inimă.

— Anton, i-a zis, cu siguranță mi-ai spus de mai multe ori de-a lungul vieții că ai luat hotărârea corectă în privința carierei...

— Nu-s sigur de *corectă*, a răspuns Anton. Am luat *singura* hotărâre pe care-o puteam lua, fiindcă mi-era imposibil să mai continuu în strădaniile de-a reuși să susțin spectacole publice. Dar nu-ți imaginezi că am petrecut toți acești ani fără să regret, nu?

— N-ai vorbit niciodată despre regrete.

— Poate că nu am vorbit. Însă asta nu înseamnă că nu le-am simțit. Ai văzut cu ochii tăi, aveam talent, dar felul meu de-a fi, mental și psihic, pur și simplu nu mi-a permis să continuu.

— N-am știut că erai trist din cauza asta, Anton. Chiar n-am știut. Poate că n-am fost un observator prea bun.

— Nu trist. E un cuvânt prea sentimental. Doar *neîmpăcat*. Căci gândește-te ce viață aș fi putut avea – prin capitalele lumii! Iar acum toate astea stau la picioarele lui Zimmerli. El o să aibă o carieră publică strălucitoare, iar eu o să am în continuare viața anostă a unui profesor dintr-un oraș mic. Însă îți spun sincer, și fără nici o intenție să mă laud, Gustav, că Zimmerli nu-i mai talentat decât eram eu la vârsta lui. De-aș fi putut să-mi înfrâng teama...

Gustav s-a ridicat în picioare, i-a umplut iarăși paharul lui Anton cu whisky și și-a turnat și lui niște coniac. Știa că acesta era unul dintre acele momente când cursul lucrurilor în existența cotidiană a cuiva se schimbă subit. Dacă l-ar fi întrebat cineva în ce stare de spirit fusese Anton înainte de acea seară, el ar fi spus „mulțumit", însă acum vedea că această mulțumire îi fusese furată și poate că n-avea să și-o mai regăsească pe deplin niciodată.

S-a așezat, cu paharul de coniac în mână. A spus:

— Mie mi s-a părut mereu că n-are sens să încercăm să schimbăm lucrurile pe care nu le putem schimba.

— Știu asta.

— Bănuiesc că trebuie să încercăm să ne schimbăm pe noi înșine, ca să le fim pe potrivă. Oare ai putea să simți o oarecare consolare din gândul că tu ai ajutat această persoană tânără într-un mod în care probabil n-ar fi putut nimeni altcineva?

— Nu, a răspuns Anton. Nu sunt suficient de generos ca să gândesc așa.

Anton s-a îmbolnăvit.

Avea febră mare și refuza hrana. Adriana și Armin l-au luat în apartamentul lor și au stat ore îndelungate lângă patul lui. L-au adus pe medicul de familie, un doctor atât de bătrân, că nici nu putea să stea drept când consulta pacientul, ci trebuia să se aplece într-un unghi ciudat, ceea ce lui Anton i se părea enervant. Doctorul n-a putut pune un diagnostic precis și s-a renunțat la el.

Gustav îl vizita pe Anton zi de zi, aducându-i ciorbe și supe făcute de Lunardi. Când a început să se refacă, Gustav a încercat să-l învețe gin rummy. Jucau pe o noptieră care-i amintea lui Gustav de raftul din bucătăria de pe Unter der Egg. Acolo, pe raft, nu fusese niciodată destul loc pentru farfurii, și castroane, și tacâmuri, iar acum, aici, nu era destul loc pentru cărțile de joc pe noptieră, astfel că acestea tot alunecau și cădeau pe jos.

Pentru scurt timp – fiindcă nu prea avea altceva de făcut –, Anton a părut să fie prins de joc, iar Gustav l-a lăsat să câștige de câte ori i se părea că prietenul său dorește asta. Dar într-o seară i-a spus ce îi zisese Ashley-Norton despre joc, că „liniștește inima", iar asta a părut să-l irite pe Anton.

— Eu nu vreau să am o inimă liniștită, a zis. Eu vreau ca inima mea să dea pe dinafară de bucurie.

Anton a revenit în apartamentul său și a chemat una dintre femeile cu care ieșea. O chema Hansi, nume despre care Anton spusese că i se pare ridicol, dar – după cum îi zisese lui Gustav – se gândea că sexul s-ar putea să-i „readucă pofta de viață". I-a spus că lui Hansi îi plăcea să facă dragoste „stând deasupra", iar asta îi convenea, fiindcă lui îi era prea lene să adopte orice altă poziție.

Adriana, Armin și Gustav primiseră ordine acum să îl lase în pace pe Anton, așa că se țineau deoparte.

Adriana i-a cuprins mâinile lui Gustav într-ale ei, care erau ridate și osoase, dar încă afișau niște unghii stacojii.

— Foarte nefericită întâmplarea asta cu Zimmerli, a spus ea. Mi se rupe inima pentru Anton. Dar ce putem face noi?

— Nimic, Adriana, a spus Gustav.

Anton s-a ținut departe de școală pentru tot restul trimestrului de vară, iar apoi a anunțat că o duce pe Hansi la Davos.

Când l-a auzit rostind numele „Davos", Gustav a simțit cum ia foc de gelozie și tristețe, iar inima a început iarăși să-i bată îngrozitor de iute. Când și-l imagina pe prietenul său întins în vreo cameră bine aerisită, scăldată în lumina albă a sanatoriului părăsit, cu Hansi săltând în sus și-n jos deasupra lui, încercând să-l facă să „dea pe dinafară de bucurie", i se făcea rău și-l cuprindea teama.

I-a spus:

— Anton, nu o duce la Davos. Du-o altundeva.

— Nu, a zis Anton. Spune-mi de ce.

Frau Erdman

Matzlingen, 1993

Sezonul de vară era aglomerat la Hotel Perle. După ce Lunardi i s-a plâns că volumul mare de muncă îi pune sănătatea în pericol, Gustav a angajat un *sous-chef*[1] care să îl ajute.

Sous-chef-ul, Vincenzo, avea douăzeci de ani, era un băiat zvăpăiat din Torino, iar Gustav trebuia să se concentreze pe domolirea lui, fără să-i îmblânzească însă talentul de bucătar. Când i-a sugerat lui Vincenzo că ar trebui să încerce să se stăpânească și să-și construiască o carapace mai solidă, „ca o nucă de cocos", Vincenzo a râs și a zis:

— Ce idee aiurea, șefule! Nucile de cocos sunt păroase, iar eu sunt neted ca un gladiator!

Deși avea de muncit din greu cu băiatul, lui Gustav îi părea bine că îl distrage ceva – orice! – de la gândul că Anton stă la soare în Davos sau se plimbă pe poteca secretă din pădurea de sus. Își spunea că sanatoriul o fi fost demolat de mult, pentru a fi înlocuit cu hoteluri sau apartamente în această stațiune acum modernă, și totuși acesta era încă atât de viu în mintea lui, încât nu-și putea imagina să fi fost pus la pământ. În visele lui, îi vedea pe Anton și Hansi plimbându-se de mână pe drumul abrupt, pe sub pini, și culegând fragi de pe margine. Buzele li se înroșeau. Își treceau fragii din gură, unul altuia...

Uneori Gustav aproape că-și dorea să revină colonelul Ashley-Norton la Hotelul Perle. Știa că ar fi gata și să îndure ca bătrâ-

1. Bucătar-șef adjunct (în franceză în original).

nul să-i mai povestească din amintirile sale de la Bergen-Belsen, în schimbul companiei aducătoare de alinare și-al jocurilor de gin rummy. Însă el n-a mai revenit.

Ceea ce a revenit totuși a fost remarca făcută de Ashley-Norton în legătură cu necesitatea ca el să descopere adevărul despre viața tatălui său. Însă unde era acel adevăr? Dacă tatăl lui chiar fusese un erou, atunci de ce Emilie nu păstrase nici un lucru de-al lui, în afară de cutia goală de țigări care ascunsese cândva „comoara“ lui Gustav? Dacă ea îl venerase pentru un act de curaj, atunci de ce se purtase cu el întocmai cum se purtase cu Irma, arzând sau dând de pomană, din câte se părea, orice obiect care-i aparținuse?

Gustav își dădea seama acum că probabil *existase* un secret în ultimii ani de viață ai tatălui, unul pe care Emilie Perle își dorea ca nimeni să nu-l afle. Stătea întins în patul îngust, mulțumit de senzația de *materie și greutate* considerabilă a scumpului său hotel aflat chiar sub el, liniștit și neclintit pe timp de noapte, însă gata să se urnească și să prindă viață din nou dimineața. Și s-a gândit că marile secrete pot dormi tot așa, pentru ca într-o bună zi să se trezească și să fie scoase la lumină.

Gustav s-a dus la sediul poliției din Matzlingen, și-a spus numele și ocupația și a întrebat dacă ar putea consulta dosarele poliției din anii 1938–1942. Ofițerul de serviciu l-a privit suspicios și l-a întrebat:

— De ce le doriți, domnule?

— Prea bine, o să vă spun, a zis Gustav. Tatăl meu a fost polițist-șef adjunct aici în 1938 și a fost dat afară din poliție în mai 1939. Am nevoie să știu cum de s-a ajuns aici și de ce. Tatăl meu a murit la scurt timp după ce m-am născut. Aș vrea să aflu ce i s-a întâmplat, înainte să îmbătrânesc.

Ofițerul de serviciu l-a întrebat:

— Cum îl chema?

— Perle, a spus Gustav. Hotelul meu îi poartă numele.

Lui Gustav i s-a spus să scrie o cerere „pentru căutarea prin date confidențiale" și a fost informat că va fi contactat dacă sosește aprobarea.

— Sunt fiul lui, a spus Gustav.

— Știu, domnule. Tocmai mi-ați spus.

— Am dreptul să aflu.

— Păi să așteptăm și vom vedea.

În timp ce-și scria cererea, Gustav a ridicat privirea și a văzut deasupra biroului de la recepție un panou cu portretele alb-negru, înrămate, ale unor polițiști.

I s-a părut că îl recunoaște pe unul dintre acești bărbați, de demult, părea să fie cineva care venise o dată sau de două ori la apartamentul lor de pe Unter der Egg. Acum Gustav l-a întrebat pe ofițerul de serviciu cine era persoana aceea, iar polițistul i-a răspuns:

— Este polițistul-șef Roger Erdman. Un șef foarte bun din timpul războiului, din câte se spune. Un om pe care îl respecta toată lumea.

— Mai trăiește? a întrebat Gustav.

— Mă îndoiesc, a spus ofițerul de serviciu. Suntem în 1993. Dar căutați în cartea de telefon, Herr Perle. S-ar putea să-l găsiți.

În cartea de telefoane a orașului Matzlingen erau nouă persoane cu numele Erdman, nici una dintre ele cu inițiala R lângă numele de familie. Într-o seară, Gustav s-a așezat și a început să sune la toate, pe rând, începând cu Erdman, A.

Când a ajuns la Erdman, L, i-a răspuns o voce de femeie. Gustav a cerut să vorbească cu Roger Erdman, iar femeia l-a întrebat:

— Cine sunteți?

Când a spus că îl cheamă Gustav Perle, la capătul celălalt s-a lăsat o liniște deplină. Apoi femeia a zis:

— Gustav. Copilul lui Emilie. Te-am văzut când erai mic de tot. Înainte să moară tatăl tău.

— O, a zis Gustav, m-ați văzut? Deci sunteți soția lui Roger Erdman?

— Da. Roger a murit de mult timp. Războiul l-a îmbolnăvit, iar el nu și-a mai putut reveni niciodată cu adevărat. Dar dă-mi voie să-ți spun ceva. Tatăl tău a fost un om minunat.

— Așa spunea și mama…

— A fost. O, Doamne, sunt emoționată să îți aud glasul, Gustav! Dar de ce m-ai sunat?

Acum a fost rândul lui Gustav să tacă. Era greu să recunoască faptul că încerca să sape după secrete, dar a spus, bâlbâindu-se, că împlinise cincizeci de ani și încă nu știa mai nimic despre viața tatălui său, așa că își propusese să încerce să vorbească cu acei oameni din oraș care își mai puteau aminti de el.

— Ei, a spus Frau Erdman, eu mi-l pot aminti. Vino la mine, la ceai, duminică după-amiaza. Locuiesc pe Grünewaldstrasse. O să-ți spun tot ce vrei să afli.

Apartamentul era mare și întunecos. Deși era o după-amiază de vară, la ferestre erau trase niște draperii groase. La început, Gustav a fost uimit de acest lucru, dar, când s-a așezat împreună cu Frau Erdman și și-a permis să o privească atent, i-a devenit clar motivul pentru care alesese să trăiască în această penumbră ciudată. Era evident că fusese cândva o frumusețe. Adriana Zwiebel îi spusese odată că, atunci când îmbătrânesc, femeile frumoase „încep să se teamă de lumina puternică“, și el era sigur că Frau Erdman prefera strălucirii zilei de vară această cameră întunecată, luminată discret de razele blânde ale unei veioze galbene, așa încât acele vestigii ale frumuseții care supraviețuiseră să poată fi încă văzute.

Ea l-a întâmpinat la sosire sărutându-l pe obraz.

— Gustav! a exclamat. Nu-ți poți închipui ce mult mă bucur că m-ai găsit! Nu arăți ca tatăl tău, dar la voce semeni foarte tare. Mi-a stat inima când ți-am auzit glasul la telefon. Pentru o clipă, mi s-a părut că Erich trăiește din nou.

— Păi, a spus Gustav, *eu* mă bucur mult că v-am găsit, Frau Erdman…

— Spune-mi Lottie. Da? Nu vreau să fiu „Frau Erdman“ cu tine. Te rog, spune-mi Lottie.

Lottie Erdman avea părul strâns în vârful capului într-un coc dezordonat, cenușiu, prins cu o clamă de baga. În ciuda vârstei ei, părul era încă des, iar Gustav își putea imagina că fusese cândva blond și strălucitor, purtat desfăcut sau poate în cozi împletite, care erau la modă în tinerețea ei. Avea ochii albaștri umflați, dar încă îi străluceau puternic în pungile de carne. Sânii și burta îi erau mari și mișcările erau lente.

A făcut ceai și a adus niște *millefeuilles* cumpărate de la patiseria franțuzească de la capătul străzii. Când a dus la gură una dintre aceste născociri, a spus:

— Lăcomia este ultimul privilegiu pe care și-l mai permit oamenii în viață, Gustav. După părerea mea, e un viciu mult mai bun decât băutura. Ești de acord?

Lui Gustav râsul ei i s-a părut molipsitor, aproape ca râsul unei fetițe. Au stat și-au râs împreună și au mâncat *millefeuilles*, iar apoi Gustav a spus:

— Nu vreau să vă răpesc prea mult timp, Frau Erdman...

— Lottie. Trebuie să insist, „Lottie". Vreau să te-aud cum îmi spui pe nume.

— Lottie. Nu vreau să îți răpesc timpul sau să te bat la cap cu întrebări, însă în ultima vreme mi-am dat seama ce puține știu despre viața tatălui meu și...

— Am cunoscut-o pe mama ta. Dacă n-ar fi pierdut primul copil... atunci, cred eu, poate că totul ar fi fost diferit între ea și tatăl tău. Cred că nu l-a iertat niciodată pentru asta.

Gustav a privit-o cu gura căscată. Și-a lăsat în farfuria de porțelan restul de *millefeuille*. A dat să spună ceva, dar nu i-a ieșit nici un sunet pe gură.

— N-ai știut de celălalt copil? Emilie nu ți-a spus?

— Nu.

— Mda, nu-i plăcea să vorbească despre asta. Cred că încerca să uite ce s-a întâmplat. Dar a fost un accident în apartament – cel pe care l-au avut pe Fribourgstrasse. Erich a fost îngrozit de ce s-a întâmplat. A bruscat-o pe Emilie – fiindcă i se părea că ea nu se străduia să priceapă munca pe care-o făcea el în război.

— A lovit-o?

— Nu. Doar a... Nu știu cu precizie... ea a fost dusă imediat la spital, dar n-au putut salva copilul. Biata Emilie! A fost înnebunită. Îl învinovățea pe Erich pentru pierderea ei îngrozitoare. L-a părăsit pentru o vreme și a stat cu mama ei, într-o casă de la munte.

— Cea de lângă Basel.

— Da. Așa cred.

— Știu casa. Am fost acolo. Era îngrozitoare.

— Da? Ei, a stat departe multă vreme. Erich era sigur că n-o să se întoarcă niciodată. Dar s-a întors – poate fiindcă era așa de oribilă casa aia din Basel. Dar cred că luase hotărârea să mai încerce iarăși cu Erich. Și, la vremea cuvenită, te-ai născut tu.

— Habar n-am avut. N-am avut habar de copilul pierdut.

— Nu? Ei, uite, așa era mama ta. Ținea secrete doar pentru ea. Nu ca mine. Eu zic totul. Tu ții secrete doar pentru tine, Gustav?

— Da. Mama mea n-a fost niciodată cu adevărat interesată de ce simt sau gândesc eu. Așa că m-am obișnuit să țin lucrurile ascunse, în mine.

Lottie s-a întins și a mai turnat ceai în ceștile fine de porțelan. Apoi și-a aprins o țigară.

— Bebelușul era băiat. Voiau să-i pună numele Gustav.

Gustav și-a pus mâna cam în dreptul inimii și și-a masat pieptul. Apoi a zis:

— Ce ciudat! Uneori... când trăia mama... mi se părea că nu-i eram *de ajuns*, că mai căuta pe cineva și era dezamăgită când vedea că nu mă are decât pe mine. Bănuiesc că pe acel mic Gustav, primul, l-ar fi iubit mai mult.

Ochii umflați ai lui Lottie au început să scânteieze de lacrimile pe care se străduia să și le rețină. S-a întins peste măsuța cu ceaiul și l-a luat pe Gustav de mână.

— Gustav, a zis. Tatăl tău te-a iubit. Sunt sigură că așa a fost, fiindcă era un om așa de afectuos. Și nimeni nu știe asta mai bine ca mine, înțelegi? Uite, nu știu ce ai vrea tu să mă întrebi, dar dă-mi voie să-ți spun unicul lucru pe care pur și simplu nu ți-l pot ascunde. Tatăl tău și cu mine am fost iubiți. Totul a început atunci când Emilie era plecată și el credea că n-o să se mai întoarcă. N-a știut nimeni. N-a fost rănit nimeni de ce am făcut noi. Iar când s-a întors mama ta, eu am întrerupt legătura. I-am spus tatălui tău că nu îl iubeam, dar am mințit. Îl adoram. Era lumea mea. A fost iubirea vieții mele.

Lacrimile au început să curgă. Lottie a dat drumul mâinii lui Gustav, a luat un șervet mic de pe masă și a plâns în acesta.

Gustav s-a simțit tulburat văzând-o așa. Nu era furios pe ea, nici pe altcineva. Ba chiar își dădea seama că era *bucuros* pentru tatăl lui, simțea o bucurie irepresibilă pentru că fusese iubitul acestei femei cândva frumoase. Și atunci și-a amintit ceva. Și-a amintit că Emilie îi spusese că Erich murise pe Grünewaldstrasse. Și exact în acest loc stătea el acum, în apartamentul familiei Erdman de pe Grünewaldstrasse – poate chiar pe canapeaua unde stătuse tatăl lui și o privise pierdut pe Lottie sau o strânsese în brațe.

— În ziua când a murit, a zis el, a fost aici, pe treptele acestui bloc. Venea să vă vadă, nu-i așa? Venea înapoi la dumneavoastră?

Lottie a ridicat privirea spre Gustav, cu ochii tiviți de lacrimi și încă strângând șervetul în mână.

— N-o să știu niciodată, a spus ea. Am încercat să-mi imaginez că așa s-a întâmplat, căci îi scrisesem cu puțin timp înainte. Îmi dădusem seama că mi-e imposibil să trăiesc fără el. Dar oare se întorcea la mine în ziua aceea, când a murit? Sau venea să-mi spună că nu ne mai putem întâlni? Aș da orice să știu, însă nu voi afla niciodată.

Acum era noapte, dar Gustav nu putea dormi.

Ceea ce aflase astăzi stârnise în el sentimente complicate, dar cel mai intens dintre acestea era o senzație de ușurare. Știa că dezvăluirile lui Lottie Erdman îl ajutaseră să priceapă de ce nu reușise Emilie să-l iubească. Îl făcuseră să înțeleagă și că, în ciuda declarațiilor ei solemne despre eroismul lui Erich, ea nu putuse să-l iubească nici pe el.

Hans Hirsch

Matzlingen, 1994

Gustav observase că, în viețile multor oameni, „criza" care nu rata pe nimeni se ivea de obicei în al cincilea deceniu. Însă în viața lui și a lui Anton a apărut mai târziu, în 1994, când amândoi aveau cincizeci și doi de ani.

Ceea ce el numea „momentul Zimmerli" fusese un fel de precursor, deșteptând în Anton vechea dorință de unicitate și adulație. Din acel moment, a început să aibă vise legate de Mathias Zimmerli. În plus, mai era nevoit și să citească în *Matzlingerzeitung* despre concertele susținute de tânăr la Geneva și Amsterdam. Erau zile, îi mărturisea el lui Gustav, când nu se putea gândi decât la celebritatea în creștere a lui Zimmerli și la propria sa insignifianță.

Iar apoi s-a mai întâmplat ceva.

Totul a început în preajma Crăciunului, când, așa cum cerea tradiția, Academia Sankt Johann găzduia un concert al elevilor, organizat de Anton. La finalul acestui eveniment, Anton fermeca întotdeauna părinții cu un scurt recital susținut chiar de el. Descoperise de-a lungul anilor că sonatele cele din urmă ale lui Beethoven, și mai ales Sonata 26, *Les Adieux*, și Sonata 29, *Hammerklavier*, erau cele care îl mișcau cel mai profund, așa că adesea cânta una din acestea în încheiere.

Exersa la nesfârșit cele două sonate. Îl invita în mod frecvent pe Gustav să le asculte și să-i răspundă la chestiuni legate de tehnică și claritate, pe care Gustav nu era pregătit să le înțeleagă. Dar asta nu-l deranja pe Anton.

— Îmi place să te am ca public, îi spunea. Mi-a plăcut mereu. Mă faci să mă simt liniștit.

Gustav a fost de față, așadar, în seara rece de decembrie când Anton a cântat sonata *Les Adieux*. Și a putut să-și dea seama că interpretarea a fost excepțională, de parcă ceva extraordinar l-ar fi inspirat pe Anton în acea ocazie.

Școala oferea mereu un bufet după concert, însă Gustav nu a putut rămâne și la masă. Boilerul de la Hotelul Perle făcea probleme și a trebuit să se întoarcă acolo, ca să se asigure că instalatorul pe care reușise să-l găsească în timp scurt reușise să-l repare.

Era o seară foarte rece. Iar încălzirea bună a hotelului indiferent de vreme fusese mereu una dintre prioritățile lui Gustav. Încă îi zăbovea în minte amintirea camerei reci sloi de pe Unter der Egg și atingerea trenulețului de tinichea pe care-l simțea ca gheața sub degete. Nu putea suporta gândul că oaspeții săi ar descoperi deodată că tremură. Așa că atunci când s-a întors de la concert a fost ușurat să afle că boilerul funcționa. A plătit instalatorul, i-a urat Crăciun și An Nou fericite, iar apoi a urcat în apartamentul său, ca să se bucure de mezelurile și brânzeturile pe care-l rugase pe Lunardi să i le trimită.

Spre ora unsprezece a sosit și Anton. Avea o sticlă de șampanie. Îi scânteiau ochii și era îmbujorat de parcă ar fi dansat pe gheață.

— Am niște vești incredibile! a zis în timp ce-și scotea paltonul și-l arunca pe un scaun. Vești pe care nu credeam c-o să le mai aud în viața asta!

Gustav a așteptat. Era obosit din cauza grijilor cu boilerul, dar și a emoțiilor legate de concertul susținut de Anton. Nu voia să bea șampanie la ora asta târzie, voia să se culce, dar l-a lăsat pe Anton să toarne în două pahare și să îi dea lui unul. Anton a ridicat paharul și a zis:

— Pentru celebritate! Pentru asta o să bem. Pentru celebritate!

Au ciocnit, iar Gustav a zis:

— Pentru celebritate, târfa aia necredincioasă?

— Da, a spus Anton. Am cincizeci și doi de ani, dar o să îmblânzesc în sfârșit târfa aia. Nu mă crezi, îmi dau seama după figura ta. Și e ceva chiar fantastic. O să beau repede, ca să-mi mai domolesc un pic entuziasmul. Iar apoi o să-ți spun...

Un bărbat pe nume Hans Hirsch participase la concert. Hans Hirsch era unchiul unuia dintre elevii lui Anton. Gustav nu mai auzise de numele acesta, însă se pare că era bine-cunoscut în cercurile muzicale. Anton l-a descris ca pe un „impresar incredibil de frumos“, care lucra la Geneva și era proprietarul unei case de discuri care se ocupa de muzica clasică, CavalliSound.

În timpul bufetului de la școală, Hans Hirsch îl abordase pe Anton. Îi strânsese mâna și-l felicitase pentru cum cântase sonata. Apoi îi explicase cine era.

— La început nu știam de ce-mi spune toate astea, a zis Anton, dar apoi mi-a mărturisit brusc că ceea ce-l entuziasmează cel mai mult în munca lui este să facă descoperiri muzicale – să descopere oameni de care n-a auzit nimeni și să-i facă celebri. M-a privit foarte atent și apoi mi-a spus: „N-o să mai bat câmpii. Cred că am descoperit în dumneavoastră un talent absolut ignorat. Dacă doriți, aș vrea să veniți și să cântați pentru mine la Geneva, în vederea realizării unor înregistrări cu sonatele lui Beethoven. Am putea începe cu una sau două, însă, dacă sunteți pe-atât de bun pe cât mi se pare, întrevăd posibilitatea realizării întregului ciclu, cu toate cele treizeci și două“. Nu-mi venea să-mi cred urechilor, Gustav. A trebuit să-l rog, ca un prost, să repete tot ce a zis. Mi se părea că visez și-o să mă trezesc dintr-o clipă-n alta. Îți dai seama?

Gustav se uita lung la Anton. Sângele viu colorat din obraji îl făcea să pară iar tânăr.

Înainte ca Gustav să apuce să-i răspundă ceva, Anton a continuat.

— N-a fost vis, Gustav! Hans Hirsch crede în mine. Chiar crede că pot stăpâni cele treizeci și două de sonate. Nu ți se pare cel mai incredibil lucru care mi s-a întâmplat vreodată?

Gustav a închis gura, pe care și-a dat seama că o ținea căscată, ca gura unui bătrân care se confruntă cu vreo spaimă de mult îngropată. A sorbit din șampanie și s-a forțat să spună:

— Mi se pare extraordinar, Anton. Să apară așa, din senin. E de-a dreptul extraordinar...

— Și ce-i cel mai frumos în povestea asta, a continuat Anton, e că atunci când o să cânt pentru Hirsch o să mă aflu doar într-un mic studio de înregistrări – și nu abandonat pe vreo scenă imensă –, așa că ar trebui să reușesc să-mi înving emoțiile cu ușurință. O să fie foarte diferit de scena de concerte, și totuși, odată ce sunt realizate înregistrările, milioane de oameni le pot asculta. Închipuie-ți, Gustav! O să cânt pentru milioane de oameni!

— Extraordinar... a zis iarăși Gustav, care parcă nu mai putea găsi alt cuvânt în afară de acesta.

— Și pică așa de bine, a zis Anton. Vrea să mă duc la Geneva săptămâna viitoare, când începe vacanța de Crăciun. A făcut o glumă legată de vârsta mea și-a zis: „Cred că n-ar mai trebui să amânăm, *n'est ce pas*? Trebuie să vă scoatem în lume înainte de-a fi prea târziu.

— Săptămâna viitoare? a bâiguit Gustav.

— Da!

— Dar săptămâna viitoare e Crăciunul. Tu, Armin și Adriana veniți la hotel, la masa de...

— Dă-l naibii de Crăciun! Dă-o naibii de masă! Fii serios, Gustav. Credeam c-o să te bucuri pentru mine. De ce nu te bucuri?

— Mă bucur. Numai că...

— Numai că ce? Nu pari bucuros. Mai ții minte ziua aia de la patinoar, când ți-am spus că nu mai pot continua cu spectacolele în public și tu m-ai susținut așa de bine? Ei, acum totul se-ntoarce și am iarăși nevoie de sprijinul tău, când în sfârșit îmi ies și mie lucrurile cum trebuie. Credeam că pot conta pe tine.

— Poți conta pe mine. Mi se pare minunat, Anton. Doar că m-ai luat prin surprindere.

— Surprizele sunt bune. Se întâmplă așa de rar!

— Sigur că sunt bune. Și bănuiesc că ăsta e un nou început în viața ta.

— Așa-i, a zis Anton. Este. Și-ți spun eu, prietene, că am *nevoie* de un nou început. Știu că tu ești fericit în Matzlingen, cu hotelul și cu toate, dar eu... Eu îmi dau seama de mult timp că aici mor lent. Dacă totul merge bine, voi putea să-mi dau demisia de la Sankt Johann și să nu mă mai întorc niciodată la Matzlingen.

Acum șampania avea un gust acru în gura lui Gustav, așa că el și-a pus paharul deoparte. Simțea o durere atât de insuportabilă în inimă, încât își dădea seama că trebuia să încerce prin orice mijloace, oricât de crude sau nepotrivite, să o domolească. S-a ridicat, s-a dus la fereastră și a privit afară, la luna de dincolo de nori, de deasupra acoperișurilor orașului pe care el nu-l părăsise niciodată. Fără să se întoarcă spre Anton, i-a spus:

— Ai amintit de ziua aceea de la patinoar. Deci îți amintești că m-am oferit să fiu eu cel care îi spune Adrianei de hotărârea ta de a nu mai continua cu concursurile? Și m-am dus, după cum știi. Iar Adriana a început să plângă. Și-atunci eu am sărutat-o. Nu ți-am zis asta niciodată. Am sărutat-o pe mama ta pe gură, un sărut pasional.

A urmat o tăcere lungă în cameră, apoi Gustav s-a întors și l-a văzut pe Anton holbându-se la el. Gustav își dorea să fie șocat și cuprins de ură, la fel cum și el se simțea devorat de vestea apariției lui Hans Hirsch. Însă n-a văzut ură pe chipul prietenului, iar peste o clipă Anton a sorbit din șampanie și-a zis:

— Se-ntâmplă tot timpul. Să nu te crezi special. Mama mea e o femeie foarte seducătoare.

Trei părți

Matzlingen, 1995

A început anul nou.

În Davos și în alte stațiuni de schi, cele mai importante spații de cazare erau aglomerate, însă Hotelul Perle era aproape gol. În ianuarie, Matzlingenul părea un loc trist. Drumurile erau proaste, cu zăpadă care cădea peste gheață și apoi îngheța și ea, și-un alt strat de nea cădea iarăși deasupra. Din cauza șinelor înghețate, circulația tramvaielor fusese întreruptă temporar, iar Gustav s-a gândit la tatăl lui, cum petrecea el nopți reci la depou, tânjind să fie cu Lottie Erdman și apoi fugind, fugind la ușa ei și murind pe Grünewaldstrasse, murind din cauza inimii slabe cu doar câteva clipe înainte să o poată strânge pe Lottie în brațe. Și-a imaginat trecătorii adunându-se în jurul treptelor unde căzuse Erich și apoi retrăgându-se îngroziți, strigând: „E mort".

Anton era la Geneva. I-a spus lui Gustav într-o scrisoare că Hans Hirsch închiriase pentru el un apartament, unde era și un pian cu coadă. În fiecare dimineață, un coleg de-al lui Hirsch, un acompaniator talentat, venea la apartament, și Anton repeta împreună cu el două sonate de Beethoven, 26 și 29. În lunea următoare avea să încerce prima înregistrare, cu Sonata 26, *Les Adieux*. I-a spus lui Gustav în scrisoare că, spre groaza și rușinea sa, simțea cum îi revine o parte din vechea anxietate.

Gustav știa deja foarte bine sonata aceasta. Lucrarea era împărțită în trei părți: *Das Lebewohl* (*Adio* sau *Les Adieux*), *Abwesenheit* (*Absență*) și *Das Wiedersehen* (*Revederea*). El se surprindea mereu tulburat de partea lentă, din mijloc, *Absență*, dar, ținând cont de cât de sumbră era aceasta, aproape mormântală, ultima parte, cea de o vioiciune exagerată, i se părea greșită – de parcă ar fi făcut parte dintr-o lucrare muzicală diferită.

Bănuia că i se părea așa din cauză că absențele – cum ar fi cea pe care o trăise el pe când avea zece ani, când Emilie fusese în spital și el rămăsese singur în apartament – nu se terminau prea adesea într-o atmosferă de mare veselie; se încheiau cu reproșuri: *trebuiau să fie iertate.*

În vreme ce îndura absența lui Anton, pe care el o vedea ca pe-un soi de repetiție pentru o absență ce-avea să fie permanentă și finală, Gustav își dădea seama că n-avea ce altceva să facă decât să aștepte. Supraveghea curățarea treptelor hotelului de zăpadă și gheață. Se asigura că focul din hol ardea bine pentru puținii oaspeți găzduiți. Înțelegea că aceste sarcini erau treburile anoste ale unui servitor și se gândea că, cu toată mândria lui de proprietar al Hotelului Perle, în fond asta era el: un sclav în slujba confortului și dorințelor altor oameni. Însă, din câte se părea, asta era viața pe care și-o alesese.

Acum era duminică seara. A doua zi, la zece dimineața, Anton avea să meargă la studiourile CavalliSound ca să înregistreze *Les Adieux*. Gustav era sigur că prietenul lui n-avea să doarmă deloc în noaptea aceea. Iar atunci și-a propus să nu doarmă nici el, ci să stea de veghe cumva, de la distanță, asupra lui Anton. Și totuși Gustav își dădea seama că grija lui era rușinos împărțită în două. Pe de o parte, avea să stea de veghe pentru ca anxietatea lui Anton să scadă și el să se poată odihni; iar pe de altă parte, veghea sa era rău intenționată, căci își dorea ca Anton să dea greș.

Ca să rămână treaz în noaptea asta deosebit de întunecată, Gustav a decis să deruleze în minte un episod din viața sa pe care nu-l rememora adesea: moartea lentă a mamei. De câte ori se gândea la asta era zguduit de un plâns irepresibil, și totuși adesea ieșea din această furtună emoțională purificat și eliberat.

Gustav avusese patruzeci și trei de ani când mama lui se îmbolnăvise grav.

Cam cu vreun an înainte de asta, ea își găsise un iubit – bărbatul care fusese directorul cooperativei de brânză din Matzlingen și care se pare că nutrise dintotdeauna sentimente romantice pentru „dulcea mea Em".

Emilie nu încerca să ascundă relația, ba chiar i se lăuda lui Gustav cu ea. I-a zis:

— Bănuiesc că aveai impresia că, la cei șaizeci și ceva de ani ai mei, n-o să se mai uite nimeni la mine, nu-i așa?

Gustav îi răspunsese că nu se gândise deloc la așa ceva, nici într-un fel, nici în celălalt, și i-a zis mamei că, dacă acest bărbat o făcea fericită, atunci o să fie și el fericit pentru ea.

Îl chema Martin Studer. Emilie a început să-l aducă din când în când la hotel, la masa de prânz de duminică, iar Gustav li se alătura la masă. Studer avea cam șaptezeci de ani. Capul și gâtul îi ieșeau înainte, dintre umeri, ca la un vultur. Uneori, păreau să fie retrase, iar atunci gâtul îi dispărea în gulerul de la cămașă, iar Gustav aștepta clipa în care aveau să fie iarăși împinse în afară. Era și fascinat, și scârbit de acest fenomen. Studer avea niște ochi mari și strălucitori și niște mâini lungi, cu degete ca niște gheare, cu care mângâia din când în când obrajii lui Emilie.

Exista însă un lucru pe care Gustav îl apreciase la el: omul admira hotelul. Îi arăta lui Emilie ce apretate sunt fețele albe de masă, florile proaspete așezate pe mese, servirea bună a ospătarilor și, desigur, mâncarea bună făcută de Lunardi. La început, când el menționa aceste lucruri, Emilie zicea:

— Ei, toate detaliile pe care mi le arăți au foarte puțin de-a face cu Gustav.

Gustav refuza să răspundă la așa ceva, dar Studer îi reamintea lui Emilie că responsabilitatea excelenței, în cele din urmă, în orice hotel, îi aparține directorului sau proprietarului.

Și într-un târziu, după ce înfuleca un număr semnificativ de specialități de duminică făcute de Lunardi, Emilie reușea să-și smulgă cuvintele:

— Măcar reușești să ai niște standarde înalte, Gustav. Nu ca atunci când îți făceai lecțiile, nu?

Apoi, într-o duminică, Emilie nu a putut să mănânce. Stătea la masă fără să vorbească, doar clătinând din cap înainte și înapoi, cum au tendința să facă oamenii mult mai în vârstă decât era ea, de parcă ultima lor treabă pe pământ ar fi să cadă de acord cu tot ceea ce au văzut și auzit în lume.

Gustav a propus ca Studer să o ducă acasă. Își amintea mereu cum Studer întinsese o mână ca o gheară și începuse să o mângâie pe Emilie pe păr. Bietul bătrân abia își terminase friptura de pui și cu siguranță abia aștepta tortul de ciocolată făcut de Lunardi sau *parfait*-ul de piersici, însă a luat o ultimă sorbitură de vin roșu, apoi s-a ridicat docil în picioare și a ajutat-o și pe Emilie să se scoale de la masă.

— Haide, Em, i-a zis cu blândețe. Ești obosită. Hai să te ducem la culcare.

Gustav i-a condus până la ieșirea din hotel. Și-a văzut mama cum se desprinde brusc de Studer și face câțiva pași clătinați, ca să vomite într-un rond de flori. A dat să se ducă la ea, dar Studer l-a oprit.

— O să am eu grijă de ea, a spus. Îmi pare rău de flori. Bănuiesc că le poți spăla cu furtunul. Mama ta o să se facă bine în curând.

Nu s-a mai făcut bine niciodată.

I s-au găsit tumori la stomac și la plămâni. A fost internată în spitalul unde aproape că murise când Gustav era mic și a făcut un tratament cu niște medicamente care se presupunea că vor reduce cancerul, dar care își trimiteau otrava prin toate organele din corp, astfel că slăbeau pacienții și îi supuneau la niște suferințe așa de cumplite, încât Gustav s-a pomenit dorindu-și uneori ca aceste medicamente să nu fi fost niciodată descoperite și încercate.

Pentru o vreme, suferințele lui Emilie s-au mai domolit, iar atunci i s-a permis să meargă acasă, pe Unter der Egg. Gustav a aranjat ca două cameriste de la hotel să se ducă la apartamentul ei în ziua dinaintea externării, să facă o curățenie lună și să-i pună o vază cu trandafiri înmiresmați în sufragerie. Apoi a luat-o de la spital. Ea strângea în mână o valijoară pe care el a recunoscut-o de demult, de tare demult. Iar la vederea acestei valize vechi și ponosite a simțit cum brusc se sufocă. N-a putut să iasă din parcarea spitalului. Și-a pus capul pe volan și a plâns. Alături de el, Emilie a stat neclintită, n-a spus nimic, nu l-a băgat în seamă nicicum. Apoi el și-a șters ochii, și-a cerut scuze și a pornit mașina.

Martin Studer era în apartament. Emilie n-a vrut să se bage în pat, ci s-a așezat în scaunul ei obișnuit din salon, uitându-se la trandafiri.

— Nu știu cum au ajuns ăștia aici, a zis.

— I-am pus eu pe oamenii mei de la hotel să le aducă, a spus Gustav.

— Ah, da, sigur! a zis Emilie. Uitasem. Nu mai faci nimic cu mâna ta, nu-i așa? Îi ai pe „oamenii tăi" să-ți facă treaba. Dar nu se poate trăi așa, fiule. O să se termine cu toate.

Lui Emilie îi căzuse părul, și-așa dintotdeauna rar și cu firul subțire, așa că purta o perucă. Peruca era din păr șaten și des, ușor ondulat, care nu semăna deloc cu părul ei natural, așa că lui Gustav i se părea că Studer și cu el stăteau acolo cu o străină – o străină care acum părea un pic cam nebună. Gâtul de vultur al lui Studer intra și ieșea din cămașă în timp ce el se holba, trist și perplex, la scumpa lui Em. Gustav s-a uitat prin cameră și s-a gândit: nimic bun nu s-a întâmplat vreodată aici, nici măcar atunci când a venit Anton la ceai și s-a dat cu rujul de culoarea prunei; cel mai bine ar fi dacă s-ar dărâma clădirea asta.

A făcut ceai, Emilie a băut un pic, iar apoi s-a ridicat și a ieșit din cameră. Gustav și Studer au auzit-o trăgând pârțuri la toaletă. Nu s-au uitat unul la celălalt. Pârțurile continuau să răsune puternic. După o clipă, Studer a spus:

— M-am îndrăgostit de mama ta când era foarte tânără și a venit să lucreze la cooperativa de Emmental, dar sigur că n-am putut s-o mărturisesc atunci. Acum mi se pare că mi-am irosit întreaga viață.

Gustav s-a întrebat adesea ce o ținea pe Emilie în viață. Fusese atât de furioasă și tristă de atât de mult timp, atât de imposibil de iubit sau măcar de mulțumit, încât el își imaginase că, atunci când își va vedea sfârșitul apropiindu-se, ea poate se va bucura de eliberarea adusă de moarte. Însă, în încăpățânarea care o caracteriza, ea s-a luptat să alunge moartea. Poate de dragul lui Studer? Deși arăta ca o pasăre de pradă, era un om bun și sensibil. Odată, când Gustav a trecut pe la apartamentul de pe Unter der Egg, iar Emilie era în mod vădit cuprinsă de dureri oribile, Studer o legăna în brațe ca pe-un copil. Ei îi căzuse peruca, dar pe el nu-l deranja. Îi săruta capul chel și îi cânta falsând.

A fost internată din nou. Ultima oară când a vizitat-o Gustav, stătea într-un salon mic, luminat de o veioză albastră, exact ca atunci când avusese pneumonie și el trebuise să-și baricadeze ușa de frica lui Ludwig Krams.

Dormea. Părea liniștită. A intrat o asistentă și Gustav a întrebat-o:

— Cât timp mai are?

Iar asistenta a zâmbit și a zis:

— Cred că e pregătită.

După ce a plecat asistenta, Gustav i-a vorbit lui Emilie. I s-a adresat cu „Mutti". Nu știa dacă îl aude sau nu. I-a zis:

— Poate că tu ești pregătită, Mutti, dar eu nu sunt. Am crezut mereu că te pot învăța ceva, și anume cum să mă iubești. Dar n-am reușit. Sau...

Aici s-a oprit, așteptând sau poate sperând ca Emilie să spună ceva, însă ea dormea în continuare, nemișcată. I-ar mai fi putut spune multe – foarte multe –, însă știa că trecuse de mult vremea de vorbit toate astea.

Gustav i-a ridicat mâna și i-a ținut-o într-a lui. Mâna era foarte rece. Și-a spus în gând să-i sărute fruntea și să nu plângă, ci să se stăpânească și să iasă pur și simplu din încăpere știind că nu o va mai vedea niciodată, că restul va fi o eternă absență, fără nici un *Das Wiedersehen* în continuare. Ieșitul din salon avea să fie unica lui victorie – aceea că a plecat din viața ei înainte ca ea însăși să plece și să-l lase acolo.

A ieșit, iar ușa camerei albastre s-a închis cu un țac-țac care l-a dus cu gândul la sunetul scos de-un proiector de cinema atunci când se termină un film vechi. Pe coridor l-a întâlnit pe Studer, care avea în mână un buchet de anemone. Cei doi bărbați s-au oprit ca să vorbească o clipă, iar apoi Studer și-a continuat drumul spre Emilie. Gustav nu și-a mai văzut mama decât în coșciug, unde i s-a părut că zărește, pe gura ei rujată, umbra unui zâmbet.

Era foarte târziu acum, se apropiau zorii. Gustav își dorea să înceapă să plângă, să-i curgă acele lacrimi purificatoare, însă ochii i-au rămas uscați.

Nu poți ști sigur niciodată

Matzlingen, 1995

Luni, seara târziu, Anton l-a sunat pe Gustav din apartamentul de lux al lui Hirsch, unde el și Hirsch beau șampanie. Anton părea să urle în receptor de parcă vorbea la telefon de pe vreun câmp de luptă.

— Întreabă-mă cum a mers! a strigat Anton. Întreabă-mă!

— Da, a zis Gustav, te întreb.

— Absolut excepțional e răspunsul. Absolut excepțional! Toată lumea e fantastic de entuziasmată.

Gustav n-a spus nimic. S-a gândit ce enervant e faptul că omul își exprimă adesea entuziasmul printr-o revărsare de clișee.

Anton a continuat.

— Gustav, chestia e că nu m-am emoționat. Simțeam un soi de euforie fiindcă făceam înregistrarea. Eram încântat, dar deloc neliniștit. Nici urmă de povestea aia cu răul. Pesemne c-am fost vegheat de un înger!

— Asta e minunat, Anton, s-a forțat Gustav să spună. E tot ce speram.

— Iar acum, a zis Anton, Hans și cu mine ne facem planuri – între înghițiturile acestui uluitor Dom Perignon din care bem! Nu-i suficientă o înregistrare. Hans nu vrea să pierdem vremea. Rămân aici să mai lucrez cu acompaniatorul la încă trei sonate de-ale lui Beethoven. Apoi putem să scoatem o casetă sau un CD la casa CavalliSound.

Gustav era cât pe ce să întrebe: „Cine-i Hans?“ Mintea îi fugise la Davos, la jocul lor de la sanatoriu și la băiatul cu tamburina. Însă apoi și-a amintit că și pe Hirsch îl chema Hans.

— Bănuiesc că cei de la Academia Sankt Johann vor fi înțelegători, nu, Gustav? a întrebat Anton.

— Cu ce să fie înțelegători?

— Cu faptul că nu mă mai întorc. Nu crezi? Își dau și ei seama că-i o șansă unică pentru mine. Vor trebui să angajeze un profesor de muzică nou pentru trimestrul de iarnă.

— Vrei să spui că nu te mai întorci deloc?

— Deocamdată nu, în tot cazul. Poate niciodată. Cine știe ce se mai întâmplă odată ce lansăm CD-ul?! Posibil să apară tot felul de oferte. Dar deocamdată trebuie să rămân aici, la Geneva, pentru cât timp e nevoie, ca să terminăm treaba. Ai putea să treci tu la școală pentru mine, nu?

— De ce eu? a întrebat Gustav.

— Pentru că tu ești diplomat. Uite cum sare toată lumea să te servească la hotel. Tu ai puterea de a-i determina pe oameni să facă lucruri. Mai știi cum, în prima mea dimineață la grădiniță, mi-ai ordonat să nu mai plâng?

— Sigur că mai știu. Dar asta-i ceva diferit.

— De ce-i diferit?

— Fiindcă e vorba de un lucru pe care eu nu vreau să-l faci.

— Bine. Dar oricum o să te duci. Tu îi ajuți mereu pe ceilalți. Așa că mă bazez pe tine.

După ce s-a terminat conversația telefonică, Gustav s-a întins în pat. Liniștea de dincolo de fereastră îi amintea că se află în Mittelland, acel loc liniștit din mijlocul țării unde nu se întâmpla mare lucru, de care munții se țineau la distanță. Însă acum, s-a gândit el, mă aflu în propriul meu Mittelland, al vieții mele, și toate strigă la mine și îmi cer să schimb felul în care văd lucrurile, iar asta o să mă ucidă.

În ziua următoare, după prea puține ore de somn, a pornit spre Academia Sankt Johann, ca să vorbească despre Anton cu directorul. Însă, când s-a apropiat suficient de mult încât putea vedea școala, și-a dat seama că nu-și putea îndeplini misiunea.

Nici măcar nu voia să se *gândească* la Anton, darămite să pledeze în numele lui pentru părăsirea unui post pe care îl ocupase vreme de cincisprezece ani.

A schimbat direcția în care mergea și s-a îndreptat spre Grünewaldstrasse. Bănuia că îl va consola compania lui Lottie și că vorbitul despre Erich îi va domoli vâjâitul din cap.

Lottie stătea întinsă pe canapea, lângă un șemineu electric, și citea o povestire de Guy de Maupassant în germană. A zis:

— Nu știu dacă povestea în sine e bună sau proastă, însă traducerea în germană mi se pare de mare rahat.

Asta l-a făcut pe Gustav să zâmbească. S-a așezat în fața lui Lottie. Își dorea ca Lottie să-l servească cu niște *millefeuilles*, ceva cremos și scandalos în care să găsească alinare.

Lottie s-a uitat peste ochelari la chipul lui neliniștit și a zis:

— Deci ce s-a-ntâmplat, Gustav? Azi arăți ca un măgar cenușiu și trist.

— Da, cam așa sunt: un măgar cenușiu și trist...

— Spune-mi ce s-a întâmplat, măgarule.

Gustav a inspirat. Ar fi vrut să spună: omul pe care-l iubesc cel mai mult pe lume e pe cale să mă părăsească pentru totdeauna, dar știa că aceste cuvinte erau imposibil de rostit. În schimb, a zis:

— Am primit o scrisoare, săptămâna asta, de la secția de poliție. Știi că am fost acolo ca să încerc să aflu mai multe despre ce s-a întâmplat când a fost dat afară tata. Însă ei zic că nu pot discuta cazul.

— De ce? Doar trebuie să se afle toate informațiile acolo, la dosar.

— Or fi acolo, dar ei zic că-s clasificate.

— *Clasificate?* Nu *urăști* jargonul funcționăresc? Cred că nu vor să-ți spună ce i s-a întâmplat lui Erich fiindcă le este rușine.

— Rușine?

— Ei știu că ceea ce-a făcut Erich a fost o dovadă de moralitate și curaj, nu o infracțiune. N-ar fi trebuit lăsat să se chinuie cu slujba aia de la depoul de tramvaie. Ar fi trebuit repus în vechea lui funcție, dar ei n-au făcut-o. Toată lumea se temea – se temeau de Oberkommando[1] din Germania și de ce-ar fi putut Hitler să-i facă Elveției. L-au lăsat să moară.

— Ceea ce eu încă nu pot pricepe, Lottie: cineva din Matzlingen trebuie să fi raportat la Ministerul Justiției din Berna ce făcuse tatăl meu. Căci altfel cum s-ar fi aflat? Dar cine?

Lottie a închis ochii. După o clipă, a spus:

— Poate că cei din Berna au acuzat Israelitische Flüchtlingshilfe de falsificarea datelor și atunci ei au zis: „Nu, n-am făcut-o noi, ci polițistul-șef adjunct Perle". Dar poate c-ar trebui să lași lucrurile așa cum sunt, Gustav. Cred că e ceva ce nu se poate ști niciodată cu siguranță.

— Totul se poate ști până la urmă, Lottie.

— Majoritatea lucrurilor. Dar poate că nu și acesta. Trebuie să renunți.

Gustav s-a uitat iscoditor la Lottie. Ca să scape de privirea lui insistentă, ea luase iarăși volumul cu povestirile lui Maupassant și începuse să-l răsfoiască, de parcă ar fi căutat locul unde rămăsese.

Brusc, Gustav a întrebat:

— Soțul tău a fost?

Lottie a oftat. A lăsat iarăși cartea deoparte și a spus:

— Roger a fost om cinstit, Gustav. Tatăl tău împreună cu mine l-am trădat pe el, nu invers.

— Dar dacă a aflat că tatăl meu era amantul tău?

— Nu era amantul meu atunci, în 1939. Totul a început mult mai târziu, după ce a plecat mama ta.

— Și postul soțului tău n-a fost niciodată în pericol?

— Totul era în pericol. Era un moment primejdios pentru Elveția. Generația ta n-are habar...

— Ba avem habar. Însă nemții *nu* ne-au invadat. Trebuie să se fi făcut târguri la toate nivelurile.

---

1. Marele comandament al Wermachtului (forțele armate germane).

— Poate c-au fost târguri. Poate c-au fost și trădări? Dar ce-i o trădare, de fapt, Gustav? Ești sigur că știi?

— Nu. Sunt sigur că nu știu.

— Și-atunci?

Gustav s-a ridicat în picioare. Își dădea seama că discuția despre Erich se încheiase, cel puțin deocamdată. Lottie n-avea să mai spună nimic. S-a dus la fereastra lui Lottie, pe jumătate umbrită de draperiile grele, și a privit jos, în strada rece, unde ningea delicat. Apoi s-a răsucit și a zis:

— În clipa asta, mă simt de parcă aș fi trădat de cel mai bun prieten al meu, Anton, însă probabil că, într-un fel, eu sunt adevăratul trădător. Anton nu mi-a cerut niciodată să simt ceea ce simt.

Lottie s-a uitat lung la Gustav.

— Stai un pic, a zis, stai mai ușor. Cred că-i cazul să bem ceva. Vin, sau whisky? Sau șnaps?

— Nu contează.

— Haide, Gustav. *Întotdeauna* contează. Ce-ai prefera?

— Vin alb. Vin german, dacă ai.

Gustav a privit-o pe Lottie cum se ridică și se duce încet spre bucătărie. A văzut cum i se frecau coapsele groase între ele în timp ce mergea și că apăsa mai tare pe piciorul drept. Și și-a dorit să nu fi fost așa. Ar fi vrut ca Lottie Erdman să fie cum fusese pentru tatăl lui, cu părul ei de aur și cu ochii de culoarea porțelanului de Delft.

Când a revenit cu vinul alb, ea s-a așezat și a așteptat ca Gustav să înceapă să vorbească despre Anton. El a sorbit din vinul care avea gust dulce de mere și de soc și s-a gândit că așa avea să-și trăiască viața de acum înainte, savurând mici plăceri fără să caute dincolo de ele un soi de fericire supremă.

— Așa, spune-mi… a zis Lottie după o vreme.

Însă el și-a dat seama acum că nu voia să vorbească despre Anton. Își dorea să nu-i fi rostit numele.

S-a uitat la ceas.

— Trebuie să plec, a zis. Am o întâlnire programată cu directorul Academiei Sankt Johann.

Seara târziu, Gustav l-a sunat pe Anton. Voia să îi spună cu câtă amabilitate primise directorul de la Sankt Johann vestea că principalul său profesor de muzică plecase din Matzlingen fără nici un preaviz. Voia să îi spună: Oamenii din țara asta știu să se stăpânească, Anton. În loc să fie supărați de ceva, aleg să fie politicoși. Poate că nu înțeleg cum și de ce se întâmplă anumite lucruri, dar le acceptă. Se abțin – așa cum tu n-ai reușit niciodată.

Însă la telefonul lui Anton n-a răspuns nimeni. Gustav și l-a imaginat pe undeva prin Geneva, sărbătorit și răsfățat de Hans Hirsch. S-a gândit cum de jur împrejurul lui Anton era frumusețea orașului, minunatul loc care avea să-i devină lui casă și unde avea să își clădească o carieră, să facă bani și să ajungă celebru. Și l-a închipuit plimbându-se pe un bulevard larg, trecând pe lângă vitrinele buticurilor elegante, cu silueta iluminată de luminile galbene ale mașinilor uriașe, ce se perindau vâjâind. Iar apoi s-a închipuit și pe sine, așa cum poate că-l văd ceilalți, singur într-un hotel care nu avea oaspeți aproape deloc în perioada asta a anului și unde nimic nu spărgea liniștea, în afară de zăngănitul unui tramvai în trecere și de sunetul – neauzit – care se înălța dinăuntrul său, răgetul neîncetat și zadarnic al unui măgar cenușiu și bătrân cuprins de durere.

Absență

Matzlingen, 1997

Anton Zwiebel a părăsit Matzlingen pentru totdeauna în primăvara lui 1996.

Gustav a organizat o cină de adio pentru el în salonul de la Hotelul Perle, la care au participat Armin și Adriana. Lunardi a gătit biban de mare cu fenicul, urmat de *crème brûlée* de vanilie cu sos de caise. Adriana a zis:

— Ziua asta trebuia să vină cu ani în urmă, când eram toți tineri.

Gustav a văzut imediat că Anton era absent. De parcă abia aștepta să se întoarcă la Geneva, de parcă toate deceniile pe care le petrecuse în Matzlingen erau atât de neînsemnate, încât nu putea fi deranjat să acorde atenție acestei cine. Voia să vorbească despre Hans Hirsch și „inginerii de sunet fantastici" de la studiourile CavalliSound. Spunea:

— De câte ori intru acolo, știind că voi cânta bine, e ca o întoarcere acasă.

O întoarcere acasă.

Când s-au rostit aceste cuvinte, Adriana și Armin și-au privit lung fiul, nemulțumiți, dar n-au zis nimic. Gustav s-a uitat în altă parte, pe o fereastră fără perdele, la cerul cu aspect încă iernatic, pe care încă adăsta o lumină verde, sidefie, înainte de capitularea în fața beznei.

Anton a plecat devreme de la cină. A zis că trebuie să-și facă bagajele. Gustav l-a condus până la ieșirea din hotel, apoi l-a îmbrățișat și a zis:

— Să nu mă pierzi din gândurile tale, Anton. Eu o să mă gândesc la tine în fiecare zi.

— Nu, n-o să te gândești, a spus el. Ai un hotel de condus, iar eu am de construit o carieră. Să te gândești la mine o dată pe lună; atât e suficient.

Apoi s-a îndepărtat, trecând pe lângă rondul de flori unde îi fusese rău lui Mutti și pierzându-se în noapte. Gustav a rămas privindu-l cum se duce, apoi s-a întors la Armin și Adriana, care se țineau strâns unul de celălalt, ca ocupanții unei bărci pe furtună.

Gustav a comandat cafea și coniac. Armin a spus:

— A fost o cină minunată, Gustav. Dar pun rămășag că Anton nici măcar nu ți-a zis mulțumesc.

Adriana s-a tras dinspre soțul ei, s-a întors spre Gustav și a întrebat:

— Tu crezi că e posibil să se întâmple?

— Vă referiți la ce își dorește Anton – celebritate și succes?

— O parte din mine refuză să creadă. A mai fost dezamăgit și înainte.

— Unele lucruri vin mai târziu în viață. Iar el se descurcă foarte bine la înregistrări. A fost doar groaza de scena de concerte care…

— Bine. Dar, din câte știu eu despre lumea muzicală, în cele din urmă va trebui să cânte în fața publicului, nu? Carierele din asta se fac, din înregistrări *și* spectacole – nu doar din înregistrări.

— El pare să nu se fi gândit la asta, a spus Armin. Ție ți-a vorbit despre asta, Gustav?

— Nu. Dar, nu cred c-ar trebui să ne îngrijorăm, Armin. Deocamdată e fericit. Ar trebui să-l lăsăm să se bucure de ce se întâmplă acum.

Anton i-a trimis lui Gustav un CD cu prima sa înregistrare: Sonatele pentru pian nr. 24, nr. 25, nr. 26 (*Les Adieux*) și nr. 27 ale lui Beethoven. Într-o notă însoțitoare, i-a scris: *„Geneva este cel mai frumos oraș din lume. Uneori, seara, mă duc și mă* *uit la lac și mulțumesc cerului că mi-au fost date toate acestea înainte de-a fi prea târziu*".

Gustav stătea în apartamentul lui, ascultând muzică. Nu-și putea da seama dacă Anton cânta excepțional sau pur și simplu banal. După o vreme, a scos registrele contabile ale hotelului și a început să lucreze la ele, în vreme ce muzica se scurgea mai departe. Apoi a scos CD-ul din player și l-a pus deoparte. A continuat să lucreze la contabilitate, iar munca l-a absorbit complet în liniștea care a urmat muzicii. Însă se simțea încins și agitat. Cifrele arătau foarte limpede că, de-a lungul ultimului an, veniturile scăzuseră tot mai mult. Hotelul începuse să decadă.

Gustav știa de ce. Își dădea seama că de ceva vreme refuza să o creadă, dar acum era vremea să recunoască: locul era tot mai ponosit. Pereții salonului unde se lua masa erau murdari. Erau îmbâcsiți de un miros stătut, de sos. Covorul din hol era pătat. Iar oaspeții începuseră să se plângă că era „inacceptabil la jumătatea anilor nouăzeci" să fii nevoit să mergi la toaletă la capătul coridorului. Toate camerele ar fi trebuit dotate cu băi proprii.

Gustav își dădea seama că ar fi putut fi suportate cu ușurință costurile cu redecorarea, însă modificările la clădire pentru construirea băilor noi ar fi fost o cheltuială importantă. Mai mult, în unele cazuri nici nu se putea adăuga o baie la camerele existente; în trei cazuri, ar fi trebuit să se renunțe la dormitoarele învecinate și să se spargă zidurile ca să se facă loc acolo „băii proprii". Asta ar fi lăsat hotelul cu doar nouă dormitoare în loc de douăsprezece, profitul potențial fiind astfel redus cu aproape o treime. Și, mai rău, își dădea seama că, pentru a face treaba cum se cuvine, ar fi fost nevoit să închidă de tot hotelul pentru o vreme; nu-și putea expune oaspeții la zgomotul continuu al ciocanelor și mașinilor de găurit.

Gustav a lucrat la datele contabile până târziu. Acum era vară și hotelul era plin. A luat hotărârea să se consulte cu constructorii și apoi, dacă reușea să obțină de la ei un preț rezonabil pentru lucrare, să ia în calcul posibilitatea închiderii hotelului pentru lunile de iarnă. Atunci și-a dat seama și că, pentru a-l păstra pe Lunardi, o să trebuiască să-i acorde concediu plătit. Și că, dacă făcea așa în cazul lui, atunci și restul personalului, până și Vincenzo, se vor aștepta să fie tratați la fel. Și-a dat seama că îl păștea o lungă perioadă de pierderi financiare.

Nu a dormit bine în acea noapte, însă în ziua următoare, ai cărei zori au fost foarte luminoși, cu cer senin, a făcut o plimbare cu mașina, ieșind din Matzlingen și mergând pe valea lungă care șerpuia de-a lungul râului Emme. A parcat și a pornit pe jos spre un deal împădurit, de unde a privit în jos, spre oraș.

S-a așezat pe iarba caldă. La lizieră, a recunoscut frunzele familiare și bobițele viu colorate ale unui ciorchine de fragi. S-a întors dinspre acestea și a privit lung în jos, către aglomerarea dezordonată de clădiri cu apartamente, birouri și magazine care alcătuia orașul Matzlingen. Faptul că își petrecuse întreaga viață în acest oraș banal i s-a părut brusc o tristă reflexie a omului care era el – atât de lipsit de simț al aventurii, atât de speriat să se afle în vreun alt loc, unde s-ar fi simțit pierdut, încât nu se uitase vreodată (nici măcar nu-și dorise să se uite) dincolo de străzile și piațetele ce-i erau cunoscute.

În afară de Berna, Burgdorf, Basel și Davos, nu mai fusese nicăieri; nu părăsise Elveția niciodată. Din când în când îi ieșiseră în cale broșuri turistice venite prin poștă, iar el se uitase la fotografii lucioase cu Roma, Barcelona și insulele din Egee. Dar Gustav Perle nu fusese niciodată tentat să se suie în avion și să încerce să se ducă în locurile acelea. Adevărul este că numai gândul că ar ajunge acolo, singur și pierdut într-o altă limbă, îl umplea pur și simplu de groază. Asemenea multora dintre compatrioții lui, considera că Elveția este, aproape sigur, cel mai bun loc de pe pământ. Îi intrase în cap gândul că, dacă ar călători, asta l-ar face să sufere în feluri pe care nici măcar nu și le putea imagina limpede, dar care chiar și așa îl pândeau.

Și totuși acum privea în jos către orașul Matzlingen, așezat confortabil în valea sa verde, un loc mic și deloc drăguț, cu puțini vizitatori, unde nu se născuseră bărbați sau femei de renume (în afară de tânărul pianist Mathias Zimmerli), un loc care era cuprins de-o vagă bucurie doar grație străvechilor Schwingfesturi, unde bărbații beau bere și se luptau îmbrăcați în pantaloni scurți de in, în vreme ce fetele îi priveau amuzate – cu alte cuvinte, un loc care putea fi ras de pe hartă cu puține regrete sau deloc –, și-i era rușine când se gândea că el era captiv aici de cincizeci de ani.

Pentru că i s-a făcut brusc sete, Gustav s-a ridicat și s-a dus spre locul unde creșteau fragi, a început să-i culeagă și să și-i îndese în gură. Pe măsură ce fructele mititele și frumoase îi potoleau setea, a luat o hotărâre. Nu cea pe care se așteptase s-o ia, dar măcar părea să nu fie una înfricoșătoare. Odată ce avea să le permită constructorilor să înceapă treaba în octombrie, el avea să plece din Matzlingen timp de două luni și să se întoarcă abia înainte de Crăciun, când știa că e posibil ca Anton să revină acasă, pentru a-i vizita pe Armin și Adriana. Avea să meargă la Paris.

Gustav nu voia să călătorească singur. A decis să o ia pe Lottie Erdman cu el. Știa ce mult ar însemna pentru ea o călătorie la Paris – cum, într-adevăr, era dincolo de ceea ce-ar fi putut spera ea de la restul zilelor sale. Iar ideea că Lottie Erdman merita un *dar*, pentru iubirea dăruită tatălui lui, i se părea corectă lui Gustav.

Și mai era ceva: temându-se ca Parisul să nu i se pară întunecat și aglomerat și nu tocmai pe gustul lui, prefera să încerce să trăiască experiența aceasta prin ochii lui Lottie, să descopere acolo măcar un pic de mirare efemeră. Avea el o bănuială că n-o să fie tulburat de înălțimea colosală a Turnului Eiffel, de brațele sparte ale lui Venus din Milo de la Luvru, de grandoarea solemnă a Jardins des Tuileries, însă că Lottie nu va rămâne netulburată de aceste lucruri. Ochii ei de porțelan, scrutând fascinați tot ceea ce îi arăta el, aveau să scânteieze plini de lacrimi recunoscătoare. Avea să-l țină strâns de braț sau să-l apuce de mână. Avea să-i spună: „Gustav, nu-ți poți imagina ce înseamnă asta pentru mine. Chiar nu-ți poți imagina".

Înainte de plecare, a trebuit să parcurgă proiectele pentru băi împreună cu constructorii. Le-a spus:

— Vreau ca aceste băi noi să fie stilate, moderne și calde. Vreau plăci de marmură pe podea și dușuri încăpătoare și ușor de folosit. Vreau ca Hotelul Perle să fie renumit pentru luxul său în acest domeniu crucial.

Costurile erau descurajante. De-a lungul anilor, Gustav reușise să economisească bani, dar acum vedea că un mare procent din ei trebuiau folosiți la renovare. Iar o parte din el se întreba: oare chiar merită Hotelul Perle, de care am fost așa de ridicol de mândru pentru atât de mult timp (așa cum e el, aflat pe o stradă banală dintr-un oraș foarte banal), toată această cheltuială înspăimântătoare? O să-mi pot recupera banii vreodată?

Nu putea să răspundă la întrebare. Tot ce știa era că trebuia să meargă mai departe în viață, și nu să rămână încremenit, ducându-i dorul lui Anton cel absent, și că a merge mai departe presupune uneori cheltuială. Se gândea adesea la dulapul bunicii, plin de varză murată și de bancnotele pe care el și Emilie le găsiseră în borcanul acela foarte vechi. Și îl frapa, ca fiind foarte trist, faptul că Irma Albrecht nu înaintase niciodată în viață, ci își dusese traiul într-o căsuță dărăpănată, de pe un deal din sălbăticie, lângă Basel, adunând o comoară, bancnotă cu bancnotă, într-o cămară soioasă, însă fără să se bucure deloc de ea, singura bucurie fiind aceea de a-i priva pe micii negustori de ceea ce le datora.

În seara dinaintea plecării lui Gustav la Paris, când în hotel deja nu mai erau angajații, cu excepția lui Leonnard, *maître d'hôtel*, care fusese de acord să rămână pe post de responsabil, s-a auzit soneria de la poartă.

La intrare era deja pus un bilet prin care se anunța că hotelul e închis pentru renovare, așa că Gustav a fost surprins să audă că sună cineva.

Seara de la începutul lunii octombrie era răcoroasă, așa că a coborât repede ca să vadă cine era afară și a recunoscut imediat un chip drag, care se uita prin gard. Era colonelul Ashley-Norton.

L-a poftit înăuntru pe bărbatul în vârstă și i-a strâns mâna, care era înghețată. Omul avea îndesată pe cap, pe părul alb dat cu briantină, o pălărie de fâș prăpădită. De pe nas, o picătură rece amenința să-i cadă pe mustața ca o perie de unghii. Gustav s-a simțit îngrozitor din cauză că nu avea nici un foc aprins, în nici una dintre camerele de jos.

— Colonele, i-a spus, îmi pare așa de rău! Închid hotelul pentru niște lucrări de restaurare. Mâine plec la Paris...

— Da, a spus Ashley-Norton. V-am văzut anunțul. N-am nimerit bine, hm? Am vrut să revin aici vara și să-mi reiau plimbările prin văile minunate, dar am fost țintuit în Anglia de boală. Păcat, mare păcat. Acum mi-am revenit și speram să ne putem relua jocurile de gin rummy în toamna asta.

Gustav l-a condus pe colonel sus, în apartamentul lui, singurul spațiu încălzit din clădire, și l-a așezat lângă foc. Omul nu mâncase cina, așa că Gustav i-a pregătit un platou cu mezeluri din micul lui frigider și i-a turnat un pahar mare de coniac.

— Excelent! a zis el. Calitatea-ntâi.

— Îmi pare așa de rău! a zis Gustav iarăși. Nu vă pot spune ce des m-am gândit la dumneavoastră și la jocul de cărți, sperând că veți reveni. Tot ce mi-ați spus despre joc, cum că aduce alinare și „liniștirea inimii", s-a dovedit a fi adevărat. L-am învățat și pe prietenul meu, Anton, să joace. Îl mai știți pe Anton Zwiebel? A plecat de aici.

— O, unde a plecat?

— Locuiește la Geneva.

— Geneva, ziceți? Frumos oraș. Elegant în cele mai mici detalii. Matzlingen însă... nu știu de ce, dar orașul ăsta mi se pare plăcut. Nu excesiv de luxos. Și exact de mărimea potrivită pentru mine.

A pregătit o cameră pentru colonelul Ashley-Norton. I-a spus că apa era încă fierbinte, așa că, dacă voia, putea să facă o baie sau un duș înainte de culcare. Apoi a sunat la singurul hotel care mai exista în Matzlingen, Hotelul Friedrich, și i-a făcut o rezervare pentru noaptea următoare.

— Hotelul Friedrich, a zis colonelul, clătinând din capul său alb. O să fiu pe mâini bune acolo?

— Sper că da. Altceva n-avem ce face.

— Pun rămășag că bucătarul lor nu face trufe de ciocolată, nu?

— Mă tem că nu face.

— Cel mai delicios lucru pe care l-am gustat în viața mea, trufele alea. Și s-a mai întâmplat o treabă aici, Herr Perle, a zis. Am dormit mereu bine. Am dormit mereu ca un prunc nevinovat – aproape de parcă n-aș fi avut un trecut de care să-mi fie rușine. De ce? vă veți întreba. Paturi confortabile, bănuiesc, și acel țac-țac delicat al tramvaielor, însă, cel mai important, acea senzație copilărească, și-anume că dumneavoastră vegheați asupra mea.

Interludiu

Paris, 1996

Mult înainte ca Gustav și Lottie Erdman să ajungă la Paris, Lottie a început să comenteze despre cât de minunat este totul. Mergând prin terminalul aeroportului din Berna, purtând o haină albă de lână și ghete din piele de antilopă, se tot oprea ca să se minuneze la magazinele care vindeau ursuleți de ciocolată, cașcaval Emmental, cârnați elvețieni și șorțuri imprimate cu steagul național. Apoi, în avion, când Gustav i-a comandat o băutură, ea a râs încântată de sticluța miniaturală de whisky care i s-a dat. Când a privit pe fereastră și a văzut umbra avionului plutind pe deasupra norilor, a zis:

— Uite, Gustav! Suntem o navă de îngeri!

Gustav a aruncat o privire la profilul ei luminat de razele soarelui ce pătrundeau pe hublou. Ea își făcuse șuvițe liliachii în părul cărunt, pe care și-l răsucise într-un coc îngrijit, și-și pusese cercei de aur, iar toate acestea îi dădeau aerul unei femei bogate. Gustav s-a simțit brusc mândru să fie cu ea. Și-a imaginat ce emoționat și uimit ar fi fost tatăl lui dacă ar fi reușit să o ducă pe iubita sa Lottie la Paris. I-ar fi cumpărat rochii noi și lenjerie franțuzească nouă. Ar fi stat cu orele prin cafenele, ținând-o de mână.

Curând după sosirea lor la Paris, Gustav și-a dat seama limpede că toamna era cel mai bun anotimp pentru vizitarea unui oraș necunoscut. A înțeles că tot ceea ce îi conferă unei metropole străine impresia exterioară de ostilitate – contururile cenușii ale clădirilor din care simți c-ai putea fi exclus pentru totdeauna, trotuarele cu încărcătura lor de străini grăbiți – era îndulcit și umanizat de frunzele care cădeau și dansau purtate de vânt. Simțea că ploaia de octombrie avea o melancolie blândă, iar în zilele senine strigătele copiilor care-și croiau drum înghiontindu-se pe trotuarele presărate cu frunze sau pe aleile acoperite de pietriș ale parcurilor, în căutare de castane sălbatice și comestibile, sunau limpede și adorabil în aerul curat.

Se așteptase să se simtă pierdut în Paris, să se pomenească cuprins de rușinea și jena omului care n-a priceput cum să-și negocieze un loc al său într-o lume pe care nu o pricepe. Însă plimbându-se pe acolo cu Lottie, surprinși amândoi la fiecare colț de priveliștile mărețe dezvăluite brusc de oraș, privind lung în sus, ca niște copii, la Arcul de Triumf, pe dealul său de lumini, zăbovind pe malurile râului verde-cenușiu, s-a trezit cuprins treptat de o senzație de ușurătate, de parcă fusese închis într-o celulă pentru mult timp, iar acum era brusc eliberat.

Locuința pe care o închiriase se afla pe rue Washington, cam la o sută de pași de cotitura aglomerată către Champs-Élysées. Apartamentul era la etajul al doilea. Ca să ajungi la el, urcai pe o scară largă, care la început îi amintea de cea de la vechiul apartament al lui Emilie, numai că aici treptele de piatră erau acoperite cu covor – așa că nu răsuna nici un ecou nostalgic când urcai sau coborai.

Rue Washington în sine era banală: un bar, o farmacie, un mic magazin de optică medicală. Însă în partea din spate apartamentul dădea spre o curte pavată cu piatră, scăldată după-amiaza în lumina soarelui, iar în prima lor săptămână acolo Lottie și Gustav au petrecut multe momente prelungi și captivante privind cu uimire în jos, la aceasta. Curtea, în care erau plantați dafini și se aflau ghivece și jardiniere de mușcate, care se uscau în vântul aspru de octombrie, nu era a lor, însă nimeni nu-i putea împiedica să privească; era acolo pentru a-i bucura pe toți locatarii din clădire.

— Simt, a spus Lottie într-o seară, în timp ce se uitau cum curtea se umple de umbre și lumina de pe cer prinde o nuanță de-un albastru electric, că suntem în afara timpului, Gustav. Acest ciob din vieţile noastre este un interludiu; nu se pune la socoteală în măsurătoarea zilelor sau a orelor. Când o să plecăm de aici, o să avem exact aceeaşi vârstă ca la sosire.

Gustav s-a gândit mult timp la asta. Vedea cum viaţa lui din Matzlingen – o viaţă despre care ar fi zis că era departe de-a fi una nefericită înainte ca Anton să plece la Geneva – fusese marcată de un vâjâit slab de *Weltschmerz*[1], pe care nu se oprise să-l bage în seamă. Aşa că a început să îşi schimbe, deliberat, anumite obiceiuri. Lăsa apartamentul să fie cuprins de dezordine şi se forţa să nu se mai simtă deranjat dacă Lottie îşi lăsa hainele împrăştiate prin camere. Şi a devenit repede nesăbuit cu cheltuitul. Ştia că era ceva ridicol, un pic infantil, dar voia să-i cumpere lui Lottie lucrurile pe care i le-ar fi cumpărat tatăl lui, dacă ei ar fi avut la dispoziţie timpul şi mijloacele.

S-au dus în nişte magazine micuţe şi frumoase din St-Germain-des-Prés, iar Gustav şedea printre pantofi şi stative cu sutiene, în timp ce Lottie dispărea pe după draperii pentru a se ivi, ca o divă de la operă, îmbrăcată în fuste de catifea şi bluze decoltate şi strălucitoare, cu sânii mari susţinuţi şi talia strânsă de-un soi de armură feminină pe care ea o numea *bustieră*. Cu părul liliachiu, cu ochii albaştri scăpărând de bucurie, Lottie părea mult mai tânără decât i se păruse când o întâlnise prima oară, iar Gustav vedea că trupul ei plin, cu forme, era obiectul admiraţiei printre vânzătoarele tinere şi slabe, care o ajutau să-şi aleagă hainele.

— Madame arată minunat! strigau ele în cor, în vreme ce vreun nou veşmânt strălucitor o făcea pe Lottie să-şi dorească să danseze prin magazin ca o fetiţă. Madame are un stil foarte deosebit!

---

1. Termen introdus de autorul german Jean Paul, însemnând „durere a lumii" şi semnificând acea senzaţie resimţită de omul care consideră că realitatea fizică nu poate niciodată satisface dorinţele minţii, idealurile (în germană în original).

Atunci Lottie se întorcea spre Gustav și spunea:
— E foarte scump, Gustav. Nu-mi trebuie.
Iar el zicea.
— Ba cred că îți trebuie. Vreau să îți trebuiască.
Iar vânzătoarele lăsau să se reverse o cascadă de râsete, presupunând că Madame are un amant care e sclavul tuturor dorințelor ei.

Dar unde avea să poarte Madame toate aceste haine uluitoare? Ea a văzut un anunț cu un concert la Salle Pleyel și l-a rugat să cumpere bilete. În program era *Concertul nr. 4* de Rahmaninov și *Simfonia nr. 5* a lui Mahler, interpretate de o orchestră din Ierusalim.

Gustav a ezitat. Se obișnuise să fie de acord cu majoritatea lucrurilor pe care le dorea Lottie, dar gândul de-a intra într-o sală de concerte îl speria. Luase hotărârea să trăiască fără să se mai apropie vreodată de una. Bănuia că putea îndura frumoasa simfonie a lui Mahler, dar știa că i-ar face rău la modul fizic concertul lui Rahmaninov, cu spaima pentru solist și amintirile chinurilor lui Anton cu o lucrare pentru care elevul său, Mathias Zimmerli, devenise celebru.
— Lottie, a zis, hai să-ți cumpăr ție bilet și să ne vedem apoi, la cină. Putem să mergem la restaurantul acela drăguț pe care l-am descoperit în Places des Ternes.
— Să mă duc singură la concert, Gustav?
— Da, de ce nu?
— Păi mi se pare că nu-i prea frumos din partea ta.
— Nu-mi plac concertele, a zis Gustav. Mi se par greu de suportat. Îmi pare rău.
Ea a renunțat la subiect, dar în seara aceea, simțindu-se presată de melancolia lui Gustav, care strica entuziasmul simțit de ea, s-a îmbrăcat cu o bluză cu sclipici și o fustă de catifea și a anunțat că iese singură în oraș.
Gustav s-a holbat la ea. Era dată cu un ruj de-un roșu aprins. Părul liliachiu îi cădea în cascade pe umeri.
— Și unde anume? a întrebat Gustav.

— Mă duc la Paris Bar de pe bulevard, a zis ea. Să văd ce se întâmplă.

Gustav știa la ce se referă: voia să vadă dacă putea să agațe un bărbat. Ea îi vorbise adesea de nevoia ei continuă de sex. Așa o definea, ca pe o nevoie, nu o dorință. Poate că sperase să regăsească ceva din fosta ei iubire, Erich, dacă l-ar fi putut atrage pe Gustav în patul ei. Într-o seară încercase să-l sărute, dar, când el se trăsese, ea îi spusese cu blândețe: „Ah, bine. Tu nu simți așa. E păcat, ținând cont că locuim împreună în Paris, dar înțeleg".

Acum, ea a plecat singură în noaptea pariziană.

Gustav a rămas în apartament, imaginându-și toate pericolele care puteau s-o pândească. Simțea că el era vinovatul, pentru că nu era în stare să-i fie iubit. Voia să se ducă la bar și s-o aducă înapoi, în zona de siguranță, dar cine era el să hotărască ce era sigur și ce nu? Cine era el să-i strice șansa la extaz?

Orele treceau și Gustav nu s-a mișcat, stătea și doar asculta, cu neliniște în suflet, sunetele vii ale orașului captiv în propria sa vrajă, în propria sa revărsare de frumusețe și dorință. A adormit în fotoliu și a visat un băiat, pe Anton, cum se apleacă deasupra lui în lumina puternică a soarelui, în Davos, și-l sărută pe buze. Când s-a trezit, era dimineață devreme și Lottie se auzea sforăind în camera ei.

Ea nu i-a vorbit niciodată despre ce i se întâmplase și nu s-a mai dus iarăși la Paris Bar. Deși Gustav a insistat să îi spună, ea a refuzat, zicându-i că n-are nici un drept s-o întrebe. Iar el s-a pomenit gândindu-se dacă, până la urmă, nu cumva nu găsise nici un bărbat, nici un străin înfometat la bar, și dacă nu cumva Lottie nu stătuse pur și simplu singură acolo, sorbind până la închiderea barului din noua ei băutură preferată, Campari cu sifon. Iar această imagine a ei, purtând haine stridente și cu pletele ei liliachii ondulate, așteptând și tot așteptând, dar nefiind abordată de nimeni, îl făcea pe Gustav să simtă că-i vine să plângă.

Ca să-și alunge noaptea asta din gând, și-a reluat rolul de binefăcător al lui Lottie și a căzut de acord să cumpere bilete la concertul de la Salle Pleyel.

Lottie a petrecut mult timp pregătindu-se pentru eveniment. A apărut, în cele din urmă, într-o rochie neagră fără bretele, cu o haină de blană artificială albă pe deasupra. Oamenii din public s-au holbat la ea cu o neîncredere fățișă tipic pariziană. Majoritatea erau îmbrăcați în haine terne de iarnă sau cu hanorace și eșarfe. Începea luna noiembrie. În costumul lui subțire, Gustav tremura în sala rece.

Solistul tânăr era din Israel și se ținea departe de pian în exact aceeași poziție pe care o adopta dintotdeauna Anton. Gustav nu putea să-l privească. S-a întins după mâna lui Lottie, dar a ținut-o atât de strâns și și-a dat seama că o rănea abia când ea s-a tras și s-a eliberat. Ea l-a privit lung pe Gustav, în întuneric. Lui îi era așa de frig, încât tremura.

A început Rahmaninov. De la distanță, Gustav putea aprecia că solistul era talentat, așa că s-a forțat să ridice capul și să se uite spre el, însă se străduia să nu-l vadă pe tânărul din Israel, ci doar mâinile lui dansând pe clape și picioarele, în pantofii negri lucioși, apăsând și eliberând delicat pedalele. Lottie și-a scos haina de blană și i-a dat-o lui Gustav, iar el și-a înfășurat-o în jurul mâinilor și a strâns-o aproape de corp, ca să se încălzească.

În minte au început să-i roiască amintiri cu clipe când îi era frig: când se târa în patru labe și curăța grătarul din Biserica Sankt Johann înainte ca pe cer să apară prima geană a luminii de iarnă; când cobora în adăpostul nuclear din clădirea de pe Unter der Egg și vedea paturile etajate în teancuri înalte, până-n tavan; când mergea prin beznă la spital, atunci când Emilie avea pneumonie; când stătea la fereastră cu trenulețul de tinichea.

Și s-a gândit: Asta era situația mea în Elveția – îmi era frig în aerul ca gheața din Mittelland. Am cumpărat hotelul în primul și-n primul rând ca refugiu, ca loc pe care să-l pot umple cu căldură și lumină plăcută. Iar fără el n-aș fi supraviețuit.

În pauză, Gustav a băut cu nesaț niște whisky și așa s-a mai încălzit un pic. Lottie l-a întrebat dacă voia să plece. El se gândea dacă va putea rezista la simfonia lui Mahler, cu acea parte a doua care ți se duce direct la inimă și pe care el n-o putea asculta fără să se gândească la filmul lui Visconti după *Moarte la Veneția*, al lui Thomas Mann. Suferințele personajului principal, Aschenbach, i se păruseră mereu o versiune extremă a propriilor sale suferințe. Mann înțelesese perfect că o pasiune secretă, neîmplinită, duce inevitabil la colaps fizic și astfel, cu timpul, la moarte. Gustav n-avea decât să se întrebe unde și când îl aștepta moartea pe el.

Știa că Lottie vrea să asculte simfonia lui Mahler. S-a uitat la ea, cu sânii ei strânși și ridicați de armura rochiei negre, ca niște boboci de orhidee străbătuți de vene, și cu toți ochii participanților la concert ațintiți asupra ei, și a luat hotărârea că n-o putea abandona acolo. Așa că s-au întors în sală. Când a început partea lentă din Mahler, în mintea lui Gustav au dat buzna scene din filmul lui Visconti. Nu-și putea aminti numele actorului englez care-l interpretase pe Aschenbach, doar chipul lui senzual și minunata abilitate de a transmite durerea din suflet cu puține cuvinte îi rămăseseră foarte prezente înaintea ochilor. Momentul care îl tulbura cel mai tare era acela când Aschenbach se ducea la frizer, ca să-și vopsească părul în negru. Frizerul îl machiază și, în zadarnica încercare de a părea mai tânăr și mai acceptabil pentru băiatul pe care-l iubește, Tadzio, Aschenbach cade într-o clovnerie efeminată. Mai târziu, când plouă, vopseaua neagră din păr începe să i se prelingă pe față. Gustav n-a putut niciodată să se uite până la capăt la filmul ăsta fără să plângă.

Voia să plângă și acum, dar s-a abținut, exact așa cum se abținuse și când era doar un băiat. S-a aplecat un pic către Lottie, așa încât să-i poată simți căldura și să-i poată inspira parfumul. Ea părea fermecată de muzică. Iar Gustav și-a propus să reteze această autocompătimire și să se gândească numai la ea. Timpul petrecut la Paris se scurgea cu repeziciune. Începuse așa de bine, cu atâta bucurie și hotărâre, dar acum Gustav dădea să strice totul cu nefericirea lui. Știa că trebuia să încerce să schimbe ceva.

Parcul cel mai apropiat de rue Washington era Parcul Monceau, iar lui Lottie și Gustav le plăcea să se plimbe pe acolo în zilele senine, dimineața târziu, la braț, înainte să hotărască unde le-ar plăcea să prânzească. Acest parc era un loc preferat al celor care practicau joggingul, iar oamenii aceștia o amuzau pe Lottie – cu expresia lor de hotărâre plină de satisfacție personală, cu felul în care își etalau trupurile slabe, oprindu-se ca să facă exerciții de întindere pe aleile acoperite cu nisip.

S-au dus în Parcul Monceau în dimineața de după concert. Lottie se simțea bine. Se hlizea la alergători. Apoi a zis că trebuie să recunoască faptul că și corpul ei se schimbase un pic de la sosirea la Paris.

— Pesemne că din cauza plimbărilor noastre, a zis ea, sau poate cu tot întinsul și îndoitul de la probatul de haine!

I-a spus lui Gustav că slăbise un pic și îi mai cedase durerea din piciorul stâng, care o sâcâia aproape încontinuu la Matzlingen.

— Păi ce fac eu toată ziua în Grünewaldstrasse, a zis ea, în afară de faptul că stau pe canapea, citesc romane, beau vin și uneori mă dedau la vechiul meu obicei de-a mă masturba? Cred că-mi înțepeniseră oasele.

— E bine c-a mai cedat durerea, a zis el. Să sperăm că așa și rămâne.

— N-o să rămână așa, a spus Lottie, decât dacă ne putem muta la Paris. N-am putea face asta, Gustav? Ca prieteni – ca oameni care au grijă unul de celălalt. N-am putea?

Gustav s-a întors spre Lottie. Fața ei era foarte aproape de-a lui și avea o expresie care îl implora, înflăcărată.

— Trebuie să mă întorc și să conduc hotelul, i-a răspuns.

— De ce? Hotelul nu se poate conduce de unul singur?

— Nu.

— Pune un manager. Și te duci la câteva săptămâni, să vezi cum merg lucrurile.

— Nu pot face asta, Lottie. N-aș fi fericit cu un asemenea aranjament.

— Păi atunci vinde hotelul. În felul ăsta, ai avea o grămadă de bani. Ai putea să cumperi un apartament aici pentru noi. Am putea fi fericiți.

Gustav a întors privirea dinspre Lottie și s-a uitat la parcul rece. În platani atârnau ultimele frunze. Rondurile de flori mai aveau doar câteva dalii viu colorate prin frunzișul umed, muribund. În toate acestea, el vedea plecarea lor inevitabilă.

— Tu ai fost cea care, a zis el, a spus că ăsta e un „interludiu". Sigur e o greșeală să crezi că un interludiu poate deveni o stare permanentă.

— Nu văd de ce-ar fi.

— Hotelul e refugiul meu, Lottie. Nu sunt pregătit să renunț la el. Am muncit jumătate din viața mea pentru asta. E tot ce am.

— E doar un *loc*, Gustav. Și ăsta-i un loc. Nu faci decât să schimbi unul cu altul.

— Și ce-aș face aici?

— De ce trebuie să *faci ceva*? Nu poți, pur și simplu, să *fii*?

Gustav nu știa ce să răspundă la întrebarea asta. Avea senzația că, indiferent ce ar face sau zice de acum înainte, Lottie o să aibă senzația că a dezamăgit-o. A dezamăgit-o fiindcă nu o iubea așa cum o iubise Erich.

Cu blândețe, a apucat-o de braț și s-au îndreptat spre micul carusel unde, chiar și în ziua asta de noiembrie, câțiva copii mici erau suiți în automobilele, mașinile de pompieri și avioanele miniaturale metalice care aveau să înceapă să se rotească de îndată ce pornea muzica.

S-au așezat pe o bancă, iar Lottie se uita tristă la copii. După o vreme, a spus:

— E ceva ce nu ți-am mărturisit niciodată, Gustav. Când i-am scris tatălui tău ca să îl rog să se întoarcă la mine, i-am zis că vreau să fac un copil cu el. Roger și cu mine încercaserăm, dar nu reușisem să rămân însărcinată. Și m-am gândit că probabil cu tatăl tău – dacă nu ne luam precauții, așa cum făcuserăm înainte – s-ar întâmpla foarte repede, fiindcă dragostea noastră era așa de intensă și potentă. Așa că ai fi avut un frățior sau o surioară vitregă. Te șochează să afli asta?

Gustav a apucat mâna lui Lottie, care era strânsă într-o mănușă fină din piele de antilopă, cumpărată de el de la Chanel. I-a spus că, atunci când venea vorba de dragostea omenească, nimic nu-l șoca și nu-l va șoca vreodată.

S-a pornit muzica de la carusel – o veche melodie la acordeon, pe care el își amintea că o auzise demult la un Schwingfest. Copiii treceau rotindu-se iar și iar, cu brațele întinse spre părinți când ajungeau în dreptul lor, majoritatea ca să-i salute, însă câțiva cuprinși de teamă, de parcă ar fi implorat să se oprească.

Tată și fiu

Matzlingen, 1997

Au trecut multe luni înainte ca Gustav să afle vești de la Anton.

Când s-a dus în vizită la Adriana, ea a recunoscut că era îngrijorată din cauza lui. Se pare că Anton îi spusese că își „continua treaba cu Hirsch“, însă cronicile la primele patru sonate ale lui Beethoven nu fuseseră „așa cum sperase Hans“, așa că amânaseră realizarea următoarelor înregistrări până când Anton își mai perfecționa tehnica.

— Bietul meu fiu! a zis Adriana. Nu suport să fie dezamăgit pentru a doua oară.

— Poate ar trebui să mergeți la Geneva și să vedeți cum stau lucrurile, a propus Gustav. Dumneavoastră împreună cu Armin.

— Armin nu mai poate călători, a zis ea. Are cancer la prostată.

— Of! a zis Gustav. Of…

Lui Gustav îi era greu să și-l imagineze pe Armin Zwiebel lovit de boală. Era un om care, chiar și când îmbătrânise, păruse mereu puternic. Corpul, vocea, poftele – toate acestea rămăseseră exuberante și semnificative. Fusese mereu rumen la față, iar vara era bronzat; nu pălise, așa cum pălesc mulți oameni în vârstă. Iar acea stranie antipatie față de lume care pare adesea să pună treptat stăpânire pe bătrâni nu-l stricase deloc pe Armin Zwiebel. Politețea arătată străinilor, amabilitatea arătată lui Gustav, iubirea pentru Adriana – tuturor acestora le rămăsese fidel.

Însă Adriana i-a spus lui Gustav că Armin fusese foarte deprimat în ultimele luni din cauza acuzațiilor internaționale formulate împotriva unor bănci elvețiene care, după ce au primit aur și alte obiecte de valoare de la naziști în timpul războiului – obiecte de valoare luate de la familiile de evrei trimiși în lagărele de concentrare –, aceste bănci, așadar, făcuseră „eforturi insuficiente" pentru a găsi moștenitorii de drept ai acestor avuții.

— Banca la care a lucrat Armin nu e printre cele acuzate, a spus Adriana, însă, dacă integritatea întregului sistem bancar elvețian va fi slăbită, asta o să fie foarte rău pentru țară. Nouă ni s-a părut mereu că băncile au dat dovadă de probitate deplină, în ciuda discreției impuse prin statutul lor. Noi, evreii, am avut încredere în ele. Noi am crezut că tot acel aur le-a fost returnat proprietarilor de drept, în cazurile în care s-au găsit moștenitorii, dar se pare că nu e așa. Băncile s-au îmbogățit cu niște bani care nu erau ai lor. Lui Armin îi e foarte rușine. Rușine de sistemul bancar. Rușine de Elveția. Sunt lucruri pe care e îngrozitor să le simți, antinaționale. Și mă întreb dacă nu cumva rușinea asta e cea care a permis bolii să-l atace.

Gustav a ascultat atent toate astea. Era un subiect mult discutat de oaspeții de la hotel și care părea să-i facă să se simtă prost pe toți cetățenii Elveției, de parcă ar fi fost vorba de o epidemie cu o boală contagioasă, căreia ei i-ar fi căzut deja victime.

I-a spus Adrianei că el a fost mereu convins că tristețea din viața unui om slăbește abilitatea trupului de a se opune bolilor. A spus că poate nici tatăl lui n-ar fi murit dacă n-ar fi suferit din cauză că și-a pierdut serviciul și stima de sine.

— Cine știe, a zis el, dacă n-ar mai fi putut trăi și acum, și să fie căsătorit cu Lottie Erdman?

— Lottie Erdman, a zis Adriana. Ai dus-o la Paris. De ce-ai făcut asta?

— Fiindcă îmi doream o companie. Și fiindcă simt că-i datorez multe. L-a iubit pe tata mult mai mult decât a făcut-o mama vreodată.

— Știi că are o reputație proastă în Matzlingen. Chiar și la vârsta ei. De curtezană.

Gustav a zâmbit auzind cuvântul demodat.

— N-am știut asta, a zis – sau poate c-am știut? Lasă să fie curtezană. Pentru mine nu contează.

Într-o după-amiază, Gustav s-a dus la ceai pe Fribourgstrasse. Armin stătea în fața focului și slăbise atât de mult, încât devenise jumătate din omul care fusese cândva. Când l-a văzut pe Gustav cum rămâne cu gura căscată, i-a zis:

— Nu te speria, Gustav. Cu toții trebuie să murim. Acum, că m-am micșorat un pic, o să încap mai bine în sicriu.

Adriana făcea ceaiul în bucătărie. Gustav s-a așezat în fața lui Armin și a spus:

— Nu puteți muri, Armin. Nu e prevăzut în planurile mele.

Armin a râs și a spus:

— Nici într-ale mele nu era. Eu credeam că oamenii care mor se dau bătuți prea ușor. Dar, știi, Gustav, eu chiar am avut o viață foarte bună. Am fost sărac la început, dar lucrurile s-au aranjat. Știu că acum se consideră că a fi bancher e ceva ce are legătură cu corupția, dar nu era așa când eu lucram în domeniul ăsta, și mie întotdeauna mi-a făcut plăcere munca mea. Ce mi-aș fi putut dori mai mult? M-am căsătorit cu femeia pe care-am iubit-o mereu. Nu contează dacă acum plec.

— Contează pentru noi, cei pe care îi lăsați în urmă.

— Știu. Dar ce pot să fac? Și, apropo, voiam să-ți cer un favor, Gustav. O să ai grijă de Adriana când eu n-o să mai fiu? Să o inviți la niște mese frumoase la hotel? Să vii să o vizitezi cât de des poți. Să te asiguri că finanțele ei n-o iau razna. Poți face asta?

— Da, a zis Gustav. Sigur că pot. Cu mare drag. Dar Anton? N-ar trebui să fie aici, cu dumneavoastră, acum?

Armin a privit în foc. După o clipă, a spus:

— Anton a plecat altundeva. Trebuie să respect asta.

— Altundeva?

— Nu prea mai comunică cu noi. Nu știe ce bolnav sunt. Mama lui vrea să-i spună și să-l roage să vină, și atunci sigur că el va veni. Dar eu mă opun. Cred că Anton s-ar putea să fie într-o situație delicată. Nu știm sigur cât de bine stă cu psihicul. Nu vreau să i se spună nimic care să-i provoace o criză.

Adriana a intrat în cameră cu ceaiul. Pe tavă era o farfurie cu bezele mici, și ea l-a servit cu una pe Armin.

— Singura chestie pe care pot s-o mănânc, a zis el zâmbind, albuș cu zahăr. Unde s-au dus friptura de miel și prăjiturile însiropate cu rom?

Au stat în liniște și au mâncat bezelele. Dintr-odată, Adriana a zis:

— Anton compune acum. Asta nu ți-am zis, Armin. Era în ultimul mesaj de la el. Zice că Hirsch îl încurajează.

— Compune? a făcut Armin. Asta nu-i de cincizeci de ori mai greu decât interpretatul? De ce a apucat-o pe drumul ăsta?

— Nu știu, a spus Adriana. Mie nu-mi spune decât jumătate din povestea vieții lui. Poate că o să fie bun la compus.

— Doar cu o muncă imensă, a spus Armin. Ar putea fi chestia care să-l omoare.

— N-ai cum să știi asta.

— Îl știu pe Anton. A făcut o cotitură greșită cu treaba asta. Sunt sigur că Gustav e de acord.

Gustav s-a uitat de la Armin la Adriana, neștiind ce să zică. Îl durea să și-l imagineze pe Anton aplecat deasupra paginilor cu portative, semănând șiruri de optimi și șaisprezecimi, căutând noi forme și expresii muzicale iluzorii, închipuindu-și că geniul lui Beethoven stătea în el ca o maladie nedescoperită, iar el încerca să-l scoată la suprafață.

— Nu știu ce să spun, a zis Gustav. Eu n-am putut niciodată să prezic de ce e în stare Anton.

— Dar eu am fost, a zis Armin. Și-o să vedeți că am dreptate, într-o zi. Anton a fost în stare să fie un profesor de muzică foarte bun, și ăsta a fost darul lui, atât. V-aș fi putut spune asta cu ani și ani în urmă. De fapt, v-am și zis, nu-i așa? Numai că ați uitat cu toții.

Armin Zwiebel a murit în decembrie. Gustav s-a întrebat dacă nu cumva moartea asta era ceea ce aștepta el – în mod bizar.

Anton a sosit în ziua dinaintea înmormântării, apoi a rămas să țină *shiva* pentru tatăl său, cu Adriana și fratele lui Armin, David, sosit din Berna împreună cu soția și fiica, Magda și Leah. În această perioadă, conform obiceiului evreiesc, familia a stat acasă, oglinzile din apartament au fost acoperite, lumânările au fost ținute aprinse, iar rugăciunea evreiască numită Kaddish a fost rostită de câteva ori pe zi. Bărbaților li s-a interzis să-și radă barba vreme de șapte zile.

În ultima zi de *shiva*, Adriana l-a sunat pe Gustav. Abia de o putea auzi, fiindcă ea îi vorbea în șoaptă la telefon. I-a zis:

— Mi se rupe inima, Gustav. Anton zice că se întoarce mâine la Geneva. Bineînțeles că i-am zis: trebuie să mai rămâi și să te vezi cu Gustav, dar el spune că Hirsch are nevoie de el. Nevoie pentru ce? Bănuiesc că-i vorba de muncă, dar să știi că nu prea mi-a vorbit despre asta, doar despre compus. Așa că nu știu ce să fac, decât să-ți sugerez să treci pe-aici diseară. Vii?

Gustav a ezitat. Fusese supărător să știe că Anton era pe Fribourgstrasse, dar că el, Gustav, trebuia să respecte ritualul de înmormântare pe care prietenul său îl ținea pentru tată. Deși Adriana îl tachinase adesea că el este „ca din familie", când s-a ajuns la marea și finala chestiune a morții, știa că nu are nici un drept să deranjeze.

După o clipă, Gustav a zis:

— Vin numai dacă vrea Anton să vin.

Adriana a tăcut. Apoi a început să plângă.

— Nu știu ce vrea, a zis printre lacrimi, e atât de rece cu mine, așa de închis. Te rog să vii, Gustav! Ceva s-a întâmplat cu el, îmi dau seama, dar nu vrea să-mi vorbească despre asta. Poate cu tine o să vorbească.

— Nu pot veni, Adriana, decât dacă vrea el. Nu pot să dau buzna așa.

— Ți-am spus, nu știu ce vrea el și cred că nici el nu știe. Dar vino de dragul meu. Am terminat *shiva*. Ați putea ieși la un restaurant... Te rog, te rog spune-mi că vii...

Când Gustav a ajuns la ușa apartamentului, Anton a fost cel care i-a deschis.

Avea ochii umflați de oboseală. Barba de șapte zile, pătată ici și colo cu cenușiu, îi dădea un aer de profet bătrân în pustiu. Era slab, de parcă, prin simpatie cu suferințele ultime ale tatălui, ar fi trăit hrănindu-se și el doar cu albuș de ou.

Gustav l-a îmbrățișat, dar Anton s-a tras repede. A zis:

— Înțeleg că te-a invitat Adriana.

Încă stăteau la intrarea în casă. Lumina era micșorată aici, iar când s-a uitat la Anton, lui Gustav i s-a părut că parcă prietenul lui se trăgea anume la umbră, nedorind să fie văzut. Apoi însă a pornit spre ușa apartamentului și i-a zis repede:

— N-o să stăm aici. E toată familia Zwiebel grămadă pe canapele. Niște străini. Haide!

Gustav ar fi vrut să vorbească cu Adriana, dar Anton l-a apucat de braț și l-a tras iute, să iasă din apartament și apoi să coboare scările.

Seara de decembrie era rece, iar Anton n-avea paltonul pe el. Gustav și-a scos fularul de lână și l-a înfășurat în jurul gâtului subțire al lui Anton, iar Anton a deschis calea, îndreptându-se cu pași rapizi spre Marinplatz, către o pivniță întunecată unde se bea bere, pe care o frecventau când erau tineri.

Au coborât treptele cunoscute – mereu întunecate, umede și mirosind a urină. Gustav a văzut că pivnița nu se schimbase aproape deloc. Pereții erau de cărămidă lăcuită și lumina slabă. Mesele erau vopsite în negru și pe ele licăreau lumânărele. Anton a comandat niște bere belgiană tare, din care i-a spus lui Gustav că bea la Geneva. Cu prima gură, a înghițit și un pumn de pastile scoase din buzunar.

— Nu mă-ntreba, a spus.

A așteptat, privind fără nici o expresie la Gustav, de parcă n-ar fi vrut să vorbească înainte ca pastilele să-și facă efectul. Apoi a zis brusc:

— Te-ai îngrășat. N-aș fi crezut să ajung să văd asta vreodată. Tu ai fost mereu așa de slab.

Gustav a protestat vag.

— Nu sunt gras, n-aș zice. E cam nedrept. Doar un pic *mai plin*. Ți-am zis că am petrecut o perioadă la Paris. Ți-am trimis vederi de acolo, dar nu mi-ai răspuns.

— Ah, vederi. Ei, eu nu răspund niciodată la alea. Nu-s niciodată serioase.

— N-a decretat nimeni că totul trebuie să fie „serios".

— Decretez eu. Acum duc o viață serioasă. Renunț la tot ce nu corespunde.

— Ce vrei să spui cu „o viață serioasă"?

— Îți zic eu ce vreau să spun, Gustav. Numai că trebuie să juri că n-o să-i spui niciodată mamei mele ceea ce îți voi mărturisi. Bine?

— Da.

— Știu că tu și Adriana sunteți apropiați. Dar nu trebuie să mă trădezi.

— Știi că nu te-aș trăda niciodată. Ești ultima persoană din lume pe care-aș...

— Trăiesc cu Hans acum. Fac muzică cu el și fac dragoste cu el. Totul e o treabă foarte serioasă.

Gustav a lăsat pe masă pocalul mare de bere. A remarcat cum lumina lumânării, reflectată prin sticla pocalului, îi amintea de vitraliul cu pietă din Biserica Sankt Johann. A bâjbâit după o țigară și a aprins-o, sperând ca Anton să nu observe că îi tremurau mâinile.

— Înțeleg că ești șocat. Ciudat. Credeam că tu, din toată lumea...

— Nu sunt șocat.

— Și-atunci de ce tremuri?

— De surprins. Nu de șocat. Credeam că-ți plac femeile.

— Nu, nu-mi plăceau. Nu tocmai. Știi că am *încercat* să-mi placă – Hansi și toate bietele târfe, celelalte. Dar când l-am întâlnit pe Hans s-a întâmplat ceva.

— Îl iubești?

— Mă așteptam să menționezi iubirea, Gustav. Însă cuvântul ăsta nu mai are nici un înțeles pentru mine. Sunt *înrobit* de

Hans Hirsch, asta-i tot ce știu – fiindcă e frumos și fiindcă are putere asupra mea. Slavă cerului că a murit tata! Armin vedea mereu limpede ce e cu mine. Și-ar fi dat seama că am ajuns un sclav, nici mai mult, nici mai puțin.

— Și cum poți fi fericit așa?

— Nu sunt fericit. Sau sunt numai ca sclav, care nu cunoaște altă fericire decât atingerea blândă a stăpânului său. O simt o dată la zece zile, iar atunci mă copleșește – când fac muzică pe care Hans o admiră, când ne futem toată noaptea. Dar el nu mi-e fidel. Are iubiți prin toată Geneva, fiindcă nimeni nu-i poate rezista. Însă mă gândesc că acum suntem mari, Gustav, nu? De fapt, suntem aproape *bătrâni*. Trebuie să ne urmăm dorințele înainte de-a fi prea târziu. Nu crezi?

Gustav s-a uitat la Anton. În lumina slabă și tremurătoare, avea niște trăsături care îi dădeau un aer bântuit, de parcă ar fi coborât dintr-un tablou de Goya. Avea ochii imenși, înnebuniți. S-a aplecat mai aproape spre Gustav și a zis:

— Să nu mă dezamăgești, Gustav. Îmi pun nădejdea în tine că vei înțelege.

Gustav a tras iar din țigară, dar atunci și-a dat seama, cu groază, că o să i se facă rău. A aruncat țigara în scrumieră, s-a ridicat de pe scaun poticnindu-se și a gonit spre locul unde-și amintea că era toaleta. Erau două cabine, dar ambele ocupate, așa că a vomitat într-unul dintre pisoare. Se ținea de marginea vasului alb de porțelan. Un bărbat mai în vârstă a intrat și l-a privit cu scârbă.

Gustav a ridicat ochii și și-a privit fața într-o oglindă pătată, și a văzut că era galbenă, avea exact culoarea grăsimii de pe o halcă de carne de vită crudă. S-a întins după niște șervete de hârtie și s-a șters la gură. Apoi a tras apa încercând să îndepărteze voma din pisoar, dar aceasta s-a adunat și-a înfundat scurgerea. S-a uitat, tot mai amețit și derutat, la această priveliște oribilă. Apoi totul a început să se încețoșeze și înnegureze.

Două femei

Matzlingen, 1999

După ce Anton i-a dezvăluit că era iubitul lui Hans Hirsch, Gustav a încercat – printr-un act de voință, făcând un apel disperat la vechea autostăpânire din copilărie – să uite de el. N-a luat legătura niciodată cu Geneva, iar Anton n-a luat niciodată legătura cu el. Numai în vise, uneori, vedea chipul drag al prietenului și simțea cum tânjește din nou după dragoste.

Și totuși viața lui Gustav continua în felul său calm, neschimbat. Când se întreba dacă era nefericit, descoperea că nu putea găsi în propriul său suflet vreo nefericire mai profundă decât cele pe care le constata la ceilalți oameni. Refuza să se vadă ca pe-un Aschenbach. Nu ținea să moară la cincizeci și șapte de ani. Uneori se gândea totuși că cele două femei, Adriana și Lottie – prin bunătatea lor și prin faptul că aveau nevoie de el –, îl făceau să se agațe de viață doar fiindcă asta își doreau ele să facă.

A hotărât să o învețe pe Adriana gin rummy. Ea urca la el în apartament de două ori pe săptămână, după ce el îi oferea o cină la hotel, iar în curând a devenit o adeptă a jocului, căzând în vraja lui aducătoare de alinare.

Jucau cu un set de cărți scumpe, dar bine tocite, care îi fusese trimis din Anglia lui Gustav. În pachetul cu cărțile de joc se aflase și o scrisoare de la o firmă de avocatură pe nume Montague & Lewis, cu sediul în Devon. Scrisoarea suna așa:

Dragă Herr Perle,

Ne vedem nevoiți să vă informăm cu regret despre moartea colonelului Reginald Llewellyn Ashley-Norton, la locuința sa din Sidmouth, pe data de 13 ianuarie 1999.

Colonelul Ashley-Norton mi-a înmânat aceste cărți înainte de a muri, cu dorința expresă de a vi le trimite dumneavoastră, în eventualitatea morții sale. A dorit să vă transmit că este pachetul cu care juca gin rummy cu răposata lui soție, Bee.

Rămân, Herr Perle, al dumneavoastră sincer,

Jeremy Montague

Pe Adriana o interesa să asculte despre Ashley-Norton, iar Gustav își dădea seama că, atunci când povestea despre el – despre detaliile pe care le cunoștea din viața liniștită a colonelului, petrecută în sudul Angliei alături de soția sa, Bee –, asta avea aproape același efect asupra lui ca și partidele de rummy; îi liniștea inima.

Gustav a evitat să îi povestească Adrianei că, la vârsta de nouăsprezece ani, Ashley-Norton făcuse fotografii la Bergen-Belsen. Știa că și ei, și lui Armin le displăcuse dintotdeauna să vorbească despre război, ca și cum ei, ca evrei aflați în siguranță în Elveția, s-ar fi simțit vinovați de milioanele care pieriseră. Armin îi spusese odată că avea un vis recurent legat de lagăre. „Chestia îngrozitoare", îi zisese Armin, „este că în vis nu sunt deținut. Sunt unul dintre gardieni. Și mân oamenii despuiați către moarte".

Gustav și Adriana vorbeau foarte des despre Armin, iar asta rareori o întrista pe Adriana, fiindcă, zicea ea, „am avut o căsnicie minunată. Am știut amândoi ce norocoși suntem – într-o lume în care cuplurilor le este atât de greu să rămână împreună. Noi n-am întâmpinat dificultăți. Între noi a fost mereu armonie, iar când mă gândesc la Armin asta aud undeva în adâncul meu, un soi de melodie, ca un cântec de leagăn".

Iar ea și Gustav conveniseră să discute rar despre Anton. Adriana nu știa nimic despre relația fiului ei cu Hans Hirsch; credea că Hirsch e doar un „impresar arogant" care mai scosese două CD-uri cu sonatele lui Beethoven la casa CavalliSound, „dar care nu se deranjează să le și promoveze". Despre asta discutaseră ea și Gustav: despre aparentul eșec al acestor înregistrări de a se vinde la scară largă și despre lipsa invitațiilor de a cânta în vreo sală importantă de concerte. Gustav a sugerat că asta ar putea fi un lucru bun, ținând cont de problemele pe care le avea Anton la concertele live, dar Adriana i-a zis odată, cu părere de rău:

— Îmi amintesc când am fost dusă, ca adolescentă, la Grand Théâtre de Genève. Viața mea ar fi fost împlinită dacă l-aș fi văzut pe Anton dând un recital acolo.

Gustav ar fi vrut să îi spună că ziua aceea nu va veni niciodată, însă i s-a părut că ar fi fost o cruzime, așa că a tăcut. Și-a mai zis în sinea lui și că n-avea cum să fie sigur dacă nu cumva Anton, în „sclavia" lui, n-avea să descopere abilitatea de a-și învinge emoțiile și de-a cânta în fața a ceea ce el numea „tigrul rânjit" – dar era prea dureros și nu suporta să se gândească la asta prea mult.

Mai vorbeau și despre viața lui Gustav, iar Adriana îl felicita adesea pentru hotelul renovat – pentru atmosfera primitoare, căldura și frumusețea sa. Însă, în afară de hotel, erau foarte puține lucruri din existența prezentă a lui Gustav Perle de care să mai discute, așa că uneori alunecau spre amintiri. Într-o seară, Adriana i-a spus:

— Anton a avut mare noroc că te-a întâlnit în prima lui zi la grădiniță. I-ai fost atât de loial, Gustav, și nu știu dacă el te-a răsplătit vreodată cu adevărat pentru asta.

— Să mă răsplătească? a întrebat Gustav. Păi eu nu mă gândesc în termenii aceștia. Eu îl iubesc pe Anton. L-am iubit mereu, și asta-i tot, pur și simplu.

Lunardi îl tachina pe Gustav zicându-i că nu mai cina decât „cu femei bătrâne acum", fiindcă celălalt oaspete constant al lui în sala de mese era Lottie Erdman. Lottie tocmai împlinise optzeci și trei de ani.

Adriana mânca foarte cumpătat, dar Lottie avea mereu o poftă de lup și se îndopa cu mâncare. În plus, căpătase obiceiul să bea mai mult vin ca în trecut, iar asta o făcea să spună uneori niște lucruri care îl și enervau pe Gustav, dar îi și frângeau inima. Într-o seară, a declarat că ar fi „renăscut" dacă ea și Gustav s-ar fi cuplat la Paris. A zis că Erich înțelesese ce era ea, un om „cu abilități sexuale desăvârșite".

— ...și, cine știe, a continuat, poate c-aș fi putut să-mi fac vraja să funcționeze și pe tine, Gustav, iar apoi am fi fost amândoi fericiți. Dar tu nu m-ai lăsat să încerc. Și-acum nu mai vrea absolut nimeni pe lume să mă fută, așa că ce-mi mai rămâne de făcut, decât să mă omor?

Gustav i-a luat mâna, care stătea cu palma în sus pe fața albă de masă, așteptând nerăbdătoare servirea desertului, și a dus-o la buze. A spus că el considera că gândul sinuciderii îi însoțește pe mulți oameni de-a lungul vieții lor, o companie care dispare numai pentru a reveni. Însă i-a reamintit lui Lottie că, dacă oamenii dau ascultare acelei companii, atunci, din păcate, s-a terminat cu speranța la încă un *mousse au chocolat*, la încă o *baba au rhum* cu frișcă...

Lottie l-a lovit pe Gustav în umăr. A zis că s-a săturat de tachinările lui, că viața era o treabă serioasă și că el n-ar trebui să uite asta.

— N-am uitat, a răspuns el. Doar că am obosit să mi se tot amintească.

Într-o seară de toamnă, când Lottie trebuia să vină să ia cina cu Gustav, ea l-a sunat pe la șase fără ceva ca să-i spună că nu se simte bine și nu se poate da jos din pat. În ultima vreme, fiindcă mânca și bea atât de mult, se îngrășase rău și picioarelor le era așa de greu să care toată această greutate, încât uneori se împleticeau sub ea. Acum mergea cu ajutorul unui baston, iar când o însoțea, Gustav o lua mereu de braț ca să o așeze în siguranță în scaunul ei din sala de mese a hotelului.

Gustav s-a dus cu mașina pe Grünewaldstrasse. A sunat la soneria lui Lottie, dar n-a răspuns nimeni. A așteptat o clipă, apoi a chemat portăreasa, pe Frau Richter, care avea cheile de la toate apartamentele, și au urcat împreună până la etajul lui Lottie. Gustav a bătut la ușă și a strigat-o, dar din apartament nu se auzea decât liniște.

— Pot să deschid ușa, Herr Perle, a spus Frau Richter, dar numai dacă n-a pus lanțul. Să deschid?

Gustav a strigat-o iarăși pe Lottie. Știa, din interludiul lor la Paris, că își băga doape în urechi înainte de-a se duce la culcare. I-a spus lui Frau Richter să deschidă ușa. Lanțul nu era pus, așa că a intrat. I-a cerut lui Frau Richter să aștepte un pic, „în caz că e nevoie de vreun ajutor".

Seara de toamnă era rece, dar Lottie își făcuse foarte cald în apartament, iar aerul era închis, de parcă nu locuia nimeni acolo de multă vreme.

Gustav a mers spre dormitor și, pentru că nu voia ca ea să creadă c-a intrat vreun hoț și să se sperie, a strigat tare:

— Sunt Gustav! Lottie, vezi că intru, da?

În camera ei era extrem de cald, cu un șemineu electric de modă veche pornit și toate caloriferele date la maximum. Gustav s-a apropiat de pat, unde Lottie stătea întinsă, cu părul cărunt împrăștiat vraiște pe pernă. A atins-o pe mâna care strângea valuri de cuvertură, iar ea a deschis ochii. Gustav se minuna mereu cum, în cutele feței cărnoase a lui Lottie, ochii aceștia erau încă de un albastru limpede, scânteietor.

— Gustav, a zis ea, ce faci?

— Nu vreau să te deranjez. Am trecut doar să văd dacă ai nevoie de ceva.

— Stai jos, a spus ea. Stai cu mine.

— Să aduc un doctor?

— Nu. Fii tu doctorul meu. Am vrut să vin la cină la hotel, dar nu pot să mă mișc, asta-i tot.

— Ai încercat să te miști?

— Da, am fost la baie, dar am căzut. A trebuit să mă duc în patru labe. Și-a fost o comedie să mă bag înapoi în pat.

— Ai dureri?

— Da, Gustav. Am dureri. Am dureri de când am plecat din Paris.

Gustav n-a comentat răspunsul ei. A strigat la Frau Richter că poate să coboare și apoi s-a așezat lângă Lottie, pe un scaun de lângă pat, mângâindu-i mâna. Credea că o să adoarmă la loc, însă ea a întors brusc capul spre el, cu ochii larg deschiși, și i-a spus:

— Aș vrea să-ți spun ceva, Gustav. Ți-aș fi putut spune de ani de zile, dar n-am vrut. Acum cred însă că nu mai contează, așa c-o să-ți spun: e vorba despre ce s-a întâmplat cu Erich.

Gustav a așteptat. Se întreba dacă *voia* să știe lucrul pe care era pe cale să i-l spună sau dacă nu era mai bine să rămână ceva neștiut, în așa fel încât mintea să-și poată fabrica propriile povești ale trecutului, povești cu care se putea trăi, povești care, în timp, își creaseră propria lor realitate, încât păreau să fi devenit adevărate.

— Mă asculți? a întrebat Lottie.

— Da.

— Așa, păi, în primul rând, lucrul de care trebuie să ții cont este că în 1939 toată lumea se temea. Credeam că nemții ne-ar putea invada, și asta ar fi însemnat sfârșitul lumii noastre.

— Știu asta, Lottie.

— Nu. N-ai cum să știi – nu așa cum am știut-o noi: teama aia îngrozitoare legată de ce-o să se întâmple. Și teama aia, de-un soi extrem, afectează comportamentul oamenilor.

— Da, știu.

— Tot spui că știi, dar *nu* știi, Gustav. Dacă n-ai trăit-o, n-ai dreptul să spui „știu“.

— Bine.

— M-ai întrebat cândva cine l-a „trădat“ pe Erich, iar eu am obiectat la cuvântul acela, fiindcă n-a fost așa – a fost vorba doar de felul în care s-au derulat evenimentele la vremea respectivă, așa cum le-a fost dat să se deruleze.

— Continuă...

— Deci, când cei de la Ministerul Justiției din Berna au dat legea că nici un evreu nu mai poate intra în Elveția după termenul-limită de 18 august, ei au presupus că poliția și IF vor fi vigilenți cu aplicarea. Însă, după ce termenul a venit și-a trecut, și-au dat seama că numărul de evrei care soseau creștea în continuare, așa că au trimis funcționari de la Ministerul Justiției la diferite filiale ale IF din Elveția – ca să-i interogheze. Probabil c-au aflat că în Matzlingen veneau mulți evrei, nu știu. Dar acei oameni de la Berna au venit la IF de aici și i-au întrebat dacă ei falsificaseră datele de intrare. Se pare că IF a fost amenințată cu închiderea și cu confiscarea fondurilor. Dar *nu* cei de la IF falsificaseră datele – nu îndrăzniseră s-o facă! –, așa că sigur că ei au ridicat mâinile a nevinovăție și-au zis: „Dacă a falsificat cineva datele, atunci trebuie să fie cei de la poliție".

— Și când s-a întâmplat asta, Lottie? Înainte, sau după ce s-a întors Roger la poliție?

Lottie a luat mâna lui Gustav și a apropiat-o de buzele ei.

— Ascultă-mă atent, a zis. Și nu te lăsa tentat să judeci prea aspru pe cineva. Bine? Îmi promiți că n-o să judeci?

— O să încerc.

— Deci asta s-a întâmplat după ce s-a întors Roger de la spital. El știa ce făcuse tatăl tău și știa și unde era teancul de formulare. Și, la un moment dat, a primit vizita de care-i era groază, de la Ministerul Justiției. Ei presupuseseră că vor găsi semnătura lui Roger pe formulare. I-au zis că erau pregătiți să-l demită pe loc, dacă vedeau că datele fuseseră falsificate de el. Roger s-a gândit să încerce să ascundă formularele – să spună că au fost rătăcite sau nu știu ce –, dar era îngrozit, Gustav. Îți poți închipui ce înspăimântător a fost pentru Roger? Avea de ales între a se salva pe el și a spune adevărul despre Erich. Nici măcar n-a fost vorba de o alegere, fiindcă pe toate documentele acelea era semnătura lui Erich. Totul avea să iasă la iveală. Și din cauza asta nu se poate vorbi despre „trădare".

Gustav a rămas nemișcat. Căldura din cameră i se părea apăsătoare. Lottie a ridicat privirea spre el, cu ochii brusc plini de lacrimi.

— Trebuie să-ți reamintesc, Gustav, a zis ea după o clipă, că Roger nu l-a trădat pe Erich. Noi doi am fost cei care l-am trădat pe Roger – Erich și cu mine. Singura trădare reală a fost pasiunea noastră. Sper că acum poți înțelege totul cum trebuie.

Au început să bea whisky.

Lui Gustav îi fusese foame când ajunsese la apartamentul lui Lottie, dar acum îi pierise pofta. Whisky-ul era bun și îi plăcea să-și simtă creierul amorțit. I se părea că pricepe, în sfârșit, în lunga lui viață de trezie, de ce beau oamenii – pentru ca ceea ce știi și realitatea să facă loc unui ceva mai bun, unei remodelări a lucrurilor într-o versiune a lor, în care execută un dans de-o neașteptată grație și frumusețe. Și cine n-ar vrea să fie martor la acest dans?

Singurul lucru care-l sâcâia acum pe Gustav era că îl durea spatele de la spătarul scaunului de lângă pat. Când l-a văzut foindu-se din cauza poziției inconfortabile, Lottie s-a întins înspre el și i-a zis:

— Bagă-te-n pat cu mine, dragă, și termină cu toate.

Termină cu toate.

Asta l-a făcut să zâmbească.

Și-a scos haina și pantofii și s-a băgat în pat lângă Lottie. Trupul ei ardea așa de tare, încât s-a temut să se apropie, însă ea l-a tras mai aproape și i-a sărutat fața.

— Gustav, a zis. Gustav Perle.

Au dormit o vreme, iar apoi Gustav s-a trezit, fiindcă tot whisky-ul pe care-l băuse îl înghiontea să se ducă la baie. Tot trupul îi era scăldat în transpirație și s-a întrebat dacă nu s-o fi molipsit de ceva de la Lottie.

Camera era întunecată. Gustav și-a croit drum bâjbâind către toaletă și a rămas acolo mult timp, încercând să se răcorească. Prin geamul de sticlă mată auzea ploaia. Ar fi vrut să se suie în mașină și să se întoarcă la hotel, să stea singur, să se gândească la lucrurile pe care i le spusese Lottie. Dar i se părea jalnic s-o părăsească pe Lottie în toiul nopții.

S-a întors în camera supraîncălzită. A mers tiptil la fereastră, a deschis-o un pic și a inspirat aerul răcoros, umed. Atunci, în puțina lumină care pătrundea din stradă, a văzut deodată că era ceva pe covor, o formă voluminoasă, pliată aproape în forma unui cub, ca un balot de bumbac. Și și-a dat seama că era Lottie.

Gustav a aprins una dintre veiozele de pe noptiere. Lottie căzuse în genunchi, apoi trunchiul i se prăbușise înainte, iar capul era pe podeaua tare. A îngenuncheat lângă ea și i-a vorbit cu blândețe, apoi a încercat să o ridice. Dar și-a dat seama de îndată ce a atins-o că era moartă. Prin toată carnea ei magnifică se răspândise o răceală inconfundabilă.

A renunțat să mai încerce s-o ridice. A rămas pur și simplu îngenuncheat lângă ea, cuprinzând-o în brațe, ținând-o strâns lângă el, până când s-a făcut dimineață. S-a gândit dintr-odată că stătea cam în aceeași poziție pe care trebuise să o adopte în Biserica Sankt Johann, când curăța grătarul metalic. Numai că atunci avea o pernuță pe care să îngenuncheze, iar acum nu era nici o pernuță, doar covorul subțire așternut lângă patul lui Lottie. Și a înțeles că acum, mai mult ca oricând în viața lui, nu mai exista nimic care să-l protejeze de duritatea pământului.

Locul nepotrivit

Geneva, 2000

Adriana l-a sunat pe Gustav de la Geneva. I-a spus că Anton fusese internat într-un spital de psihiatrie de acolo, în urma unui „căderi nervoase totale“.

— Acum sunt cu el, a spus, dar nu li se permite vizitatorilor să vină prea des. Medicii sunt de părere că e mai bine să aibă parte de liniște deplină, până i se stabilește medicația.

Apoi a început să plângă.

— Dacă l-ai vedea, Gustav... Așa de slab. Și și-a smuls smocuri mari de păr din cap. Și s-a tăiat. E plin de cicatrici pe brațe. Și lucrurile nebunești pe care le spune...

Primul lucru la care s-a gândit Gustav a fost: nu pot merge acolo, nu pot să văd asta. Anton trebuie să rămână în mintea mea așa cum era.

Dar apoi Adriana i-a zis:

— Singura clipă de speranță a fost când a cerut să vii tu aici.

— A cerut el?

— Da. A zis că doar tu ai înțelege că se află în locul nepotrivit.

— Locul nepotrivit?

— Nu știu ce-a vrut să spună. Nu voia să explice. Vii, Gustav? Îți pot rezerva o cameră la hotelul unde stau eu.

Gustav a tăcut. Detesta ideea de-a se duce la Geneva. Nu voia să fie aruncat într-o suferință de-o asemenea intensitate. Nu voia să vadă cum se mutilase Anton. Era furios că, după toate cele întâmplate, Anton aștepta asta de la el.

A auzit-o pe Adriana suflându-și nasul și apoi zicându-i:

— Înțeleg ce greu va fi pentru tine. Și mie mi-e greu. Te rog să mă crezi. Dar chestia asta cu *locul nepotrivit*; mă gândesc că numai tu vei putea înțelege despre ce-i vorba. Nu-l putem lăsa să moară, Gustav! Trebuie să-mi promiți c-o să vii. Vii? Te implor.

Gustav l-a lăsat responsabil de hotel pe Leonnard. A luat un tren până la Berna, apoi altul până la Geneva. În ambele trenuri a dormit. Nu voia să se gândească la cum va depăși următoarea perioadă de timp.

Era o zi de toamnă. Era plin de frunze viu colorate pe jos, la spitalul Marburg, pe peluza unde niște ciori pășeau țanțoșe, sub un cer absolut senin. Printre ciori se afla o singură gâscă canadiană. O pacientă mai în vârstă hrănea păsările, dar, pe măsură ce ele se adunau în jurul ei, ea tot alunga gâsca.

— Pleacă, gâsco! bombănea. Haideți, ciorilor! Nu m-ai auzit, gâsco? Gâsco, pleacă!

Iar Gustav s-a gândit: Da, așa e mereu în viață, când o ființă este aleasă în detrimentul alteia, iar cea respinsă este lăsată să flămânzească și să fie singură.

Adriana și Anton stăteau pe o bancă de fier. Adriana îi citea lui Anton ceva din *Le Temps*, ziarul din Geneva. Ea era îmbrăcată ca întotdeauna, elegant, dar Anton purta un halat de spital decolorat, cu unul dintre șalurile Adrianei deasupra. Era desculț și picioarele îi erau dezgolite.

Gustav înainta spre bancă, iar Anton s-a întors și l-a văzut. Anton s-a ridicat imediat în picioare și a deschis larg brațele, iar când Gustav a ajuns la el, l-a strâns într-o îmbrățișare puternică.

— Ajută-mă, i-a șoptit, ajută-mă! Numai tu poți.

Gustav s-a așezat pe bancă, lângă Anton și Adriana. Nimeni nu vorbea. O parte din atenția lui Gustav se tot întorcea spre bătrâna cu ciorile care țopăiau țanțoșe. Gâsca stătea deoparte acum.

După o clipă, Adriana s-a ridicat. I-a spus lui Anton că îl lasă cu Gustav și o să revină mâine. Anton i-a răspuns că el speră să nu mai fie la spital mâine. Adriana l-a privit cu tristețe. Apoi l-a sărutat pe cap, într-un loc de unde era smuls un smoc de păr, și s-a îndepărtat.

Anton și-a înfășurat mai bine pe trup șalul mamei. Gustav l-a întrebat dacă îi e frig.

— Nu, a zis el. Știu că vine iarna, dar nu simt răcoarea aerului. Simt doar furtunile din mine.

Gustav se uita la brațele lui Anton, pline de cicatrici roșii, unde se tăiase. Și-a imaginat, pentru o clipă teribilă, că toate acele răni fuseseră făcute de lamele unor patine.

— Nu trebuie să te uiți la mine, a zis Anton. Știu că arăt ca un ciudat. Dar trebuie să mă ajuți. Dacă nu mă ajuți, sunt pierdut.

Gustav a așteptat. L-a luat pe Anton de mână, i-a ținut mâna într-a lui și i-a mângâiat-o, așa cum o mângâia pe Lottie când vorbea despre sinucidere.

Anton a închis ochii o clipă, de parcă mângâierea l-ar fi calmat. Apoi a spus:

— Gustav, fii atent. Ești atent? Trebuie să merg la Davos. Trebuie să mă duci acolo. Nu pot să stau la Geneva și nu mă pot întoarce în Matzlingen. Trebuie să mă duci la sanatoriul din pădure. Cum îi zicea?

— Sankt Alban.

— Așa: Sankt Alban. Am lăsat noi o tamburină pe unul dintre paturi. Trebuie să merg acolo acum.

Gustav a așteptat să vadă dacă Anton mai are ceva de zis, apoi i-a răspuns:

— Sunt sigur că poți merge la Davos, Anton. Dacă găsim acolo un spital care să te primească...

— Nu, nu, a zis el. Nu un spital. Trebuie să mă întorc la Sankt Alban. Trebuie să găsesc tamburina.

— Nu cred c-o să mai fie lucrurile acelea acolo, Anton, nici tamburina, nici sanatoriul.

— De ce nu? Noi am vindecat muribunzii acolo. Nu-ți mai amintești? Am scos paturile pe balcon. Iar lumina soarelui era puternică și albă. O să fie toate acolo.

— Era un loc părăginit, Anton. Chiar și pe-atunci era o ruină. Doar noi l-am adus la viață.

— Și-o să-l aducem la viață din nou. Am nevoie să șterg timpul, înțelegi? Am nevoie să mă întorc în locul de unde pot începe totul de la zero. La început nu mi-am dat seama unde-aș putea să mă duc. Lumea mea s-a micșorat așa tare. Nu mai suport să fiu oriunde. Dar apoi mi-am amintit de Davos și de Sankt Alban. Așa că aranjează tu, Gustav. Bine? Și trebuie să vii cu mine. Am nevoie să-mi răspunzi când bat cu tamburina.

Gustav a așteptat o clipă și apoi a zis:

— O să mă străduiesc să aranjez. Dar mai întâi trebuie să știu ce s-a deranjat în tine. Trebuie să-mi spui ce ți s-a întâmplat.

Anton a scuturat din cap.

— Asta întreabă toată lumea, a zis. Ce ți s-a întâmplat? Ce s-a întâmplat? Dar eu nu vreau să vorbesc despre asta. *Refuz* să răspund la întrebarea asta. Nu vreau decât să ajung la Sankt Alban și să iau totul de la capăt. Depind de tine, Gustav – doar de tine, din toată lumea asta! Dar, dacă tu nu poți să-mi aranjezi asta, spune-mi acum și poți să te cari naibii din locul ăsta, ce-o fi el, și să nu mă mai vezi viu niciodată.

— Locul ăsta e un spital, Anton, a zis Gustav calm. Un spital foarte bun. Dacă rămâi aici, o să te faci bine.

— Nu, n-o să mă fac. O să mă omor. Credeam că ești prietenul meu, Gustav. Credeam c-o să fii de partea mea.

— Sunt de partea ta. Dumnezeu știe, Anton, că sunt *de partea ta* de mai bine de cincizeci de ani! Chiar nu-ți dai seama de asta?

— Cincizeci de ani? Am trăit noi așa de mult?

— Da.

— Suntem bătrâni?

— Aproape. Ne îndreptăm într-acolo.

— Probabil că de-asta m-a înșelat Hans. Sunt prea bătrân.

— Hans Hirsch te-a înșelat?

— Oamenii fac promisiuni. Dar nu și le țin niciodată. Toată lumea de pe pământ ne trădează – și-apoi ne trădăm și noi pe noi înșine. Ne tăiem carnea... Dar dacă pot ajunge la Davos, cu tine, și să am impresia că m-am întors în timp, când totul era simplu și eram în siguranță, atunci aș putea avea o speranță în viață.

Lui Gustav i s-a părut că aude această expresie, *speranță în viață*, de la mare depărtare, de parcă ar fi răsunat cu ecou din ceruri. Și s-a gândit: Oare propria mea existență ar fi fost mai fericită dacă nu l-aș fi întâlnit niciodată pe Anton Zwiebel? Și în clipa asta a simțit că da, ar fi fost.

Deși Emilie Perle îl învățase bine cum să iubească fără să fie la rândul lui iubit, Gustav înțelegea acum că această lipsă a iubirii îl făcuse să caute obsesiv ordinea superficială și deținerea controlului. S-a uitat la bătrâna care reușise să despartă ciorile de gâscă și s-a întrebat dacă, până la urmă, nu semăna cu ea, dorindu-și ca totul să fie încadrat într-o categorie sau alta și nelăsând lucrurile să fie așa cum tind cu adevărat să fie. Vedea gâsca stând acum singură pe o alee betonată, ciugulindu-și penele.

Gustav a rămas cu Anton până când lumina a început să scadă și a apărut o asistentă care l-a chemat pe Anton înăuntru. El a plecat supus cu ea, fără să-și ia la revedere de la Gustav sau să se mai întoarcă o dată spre el înainte să dispară.

În ziua următoare, Adriana și Gustav s-au dus la directorul spitalului. Când Gustav i-a transmis dorința expresă a lui Anton de a merge la Davos, directorul a zis:

— Mda, cu siguranță e doar ceva din mintea lui. Îi este mult mai bine aici.

Adriana a zis:

— Îmi cer scuze, Herr Director, dar de ce să nu fie mutat la Davos, dacă asta e dorința lui?

Directorul a zâmbit spre Adriana cu unul dintre acele zâmbete condescendente care, Gustav remarcase adesea, păreau să fie specialitatea celor cu funcții superioare în domeniul medical și a zis:

— Davos a fost cândva un loc renumit pentru tratarea tuberculozei, așa cum probabil că știți. Însă în zilele noastre este o stațiune pentru sporturile de iarnă. Iar cărțile de specialitate nu asociază sinuciderea cu turismul. Din câte știu eu, nu există în Davos clinici potrivite pentru tratarea situației lui Anton. Mă pot interesa, dar n-am mari speranțe. Marburg îl poate ajuta, dar trebuie să înțelegeți că e cale lungă. Sperăm să se refacă, dar o să dureze.

— *Sperați*, a zis Adriana. Adică nu sunteți sigur că se va reface?

— Nu. În asemenea cazuri nu poți ști sigur. Facem tot ce putem. Dar nu ne ajută faptul că, din câte se pare, Anton nu vrea să *facă* nimic. Refuză orice fel de terapie de grup, ne jignește dacă e forțat să participe. L-am rugat să ne spună cum și-ar dori să-și petreacă timpul, dar...

— Cu muzică, a zis Adriana imediat. E un muzician minunat. Sunt surprinsă că nu i-ați auzit numele.

— Scuze, nu, a spus directorul. La ce instrument cântă?

— La pian. A făcut înregistrări pentru casa de discuri Cavalli-Sound. Sonate de Beethoven.

— A, da? Bravo lui. Dar bineînțeles că nu-l putem lăsa să cânte la pian aici. I-ar deranja mult prea tare pe ceilalți pacienți.

A doua zi, Gustav l-a vizitat pe Anton în camera lui mică. Stătea pe pat și se trăgea de păr.

— Să m-apuc să-mi fac bagajul, Gustav? a întrebat imediat. Ai aranjat călătoria la Davos?

— Nu, a zis Gustav. Davos s-a schimbat, Anton. Acum e o stațiune de schi. Nu există nici o clinică acolo care să poată avea grijă de tine.

— Nu vreau să mă duc într-o clinică, a spus Anton, întinzând mâna și apucându-l strâns pe Gustav de braț. Ți-am zis. Vreau să merg la Sankt Alban. N-am nevoie de psihiatri și de tot rahatul ăla al lor. Ai putea avea tu grijă de mine. N-am nevoie decât de un munte, un pat, un balcon și o imagine a ceea ce va urma.

— Cum adică „o imagine a ceea ce va urma“?

— Există un drum, Gustav. Știi că există. Un singur drum pe care trebuie s-o luăm. Trebuie să devenim oamenii care-ar fi trebuit să fim dintotdeauna.

Gustav se uita lung în jos, spre Anton – la fața lui suptă, la ochii lui luminoși și febrili.

— Nu înțeleg ce vrei să spui, a zis Gustav.

— Ba da, înțelegi. Știi ce-ar fi trebuit să fim, însă eu am fost cel care s-a opus. Cu o singură excepție, atunci, în Sankt Alban, când eu eram băiatul pe moarte și tu mi-ai salvat viața cu un sărut. Acum va trebui să mi-o salvezi din nou.

Allegro vivace
Davos, 2002

Suma pe care Gustav a obținut-o din vânzarea Hotelului Perle a fost substanțială – mult mai mult decât crezuse el vreodată că valorează. A fost cumpărat de un lanț hotelier elvețian, ca „mică afacere, pentru diversificare", considerată profitabilă, și tot personalul a fost păstrat, cu excepția lui Lunardi, care a refuzat cu îndârjire oferta făcută de noua conducere.

— Să nici n-aud, șefu', i-a zis Lunardi lui Gustav. Nu lucrez eu pentru nici un *lanț*, dă-i în mă-sa! Și mai ales dacă ăștia zic că-i o „mică afacere". Ce prostie mai e și asta? O să-mi încerc norocul într-unul dintre hotelurile importante din Berna sau Zürich. Să fac și eu niște bani grămadă în sfârșit, păi nu?

Însă la despărțire au plâns și Lunardi, și Gustav.

— Cum să plângi tu, șefu'? a zis bucătarul acum destul de în vârstă, ștergându-se la ochi cu o cârpă de vase. Io-s italian, deci normal că plâng. E o zi tristă. La capătul atâtor ani. Dar tu? Nu-i un gest prea elvețian, prietene, nu-i așa? Unde ți-e faimoasa stăpânire de sine acum?

Acum Anton și Gustav aveau șaizeci de ani.

Locuiau împreună într-o cabană mare și izolată, pe care o cumpărase Gustav pe dealurile de lângă Davos. Era genul de casă trainică și confortabilă, cu ceva pământ în jur, la care Gustav și-a dat seama că visase uneori. Pe poteca împădurită care ducea la ea, a plantat fragi. De pe această potecă se puteau auzi clopotele din Davos, care punctau orele ce treceau.

Dormitorul lui Gustav și Anton dădea spre un balcon larg de lemn, îndreptat către sud. În diminețile de vară, își luau acolo micul dejun, printre jardiniere pline cu mușcate stacojii. Iarna, făceau plimbări lejere pe schi printre copacii tăcuți și se uitau la filme lângă foc. Își cultivau propriile legume și creșteau câteva capre și pui. Anton a spus că sunetele scoase de pui îi linișteau inima, iar lucrul la peticul de pământ cu legume i-o întărea.

Și era puternic acum. Întins în întuneric, Anton îi povestise în cele din urmă lui Gustav, pas cu pas, despre viața lui în Geneva cu Hans Hirsch și cum, când era cu Hirsch, se simțea mereu judecat și examinat atent, „exact cum am fost judecat și examinat când am cântat pe scenă la Kornhaus". Se întinsese după Gustav, îi strânsese umărul puternic și-i zisese:

— Nu mai pot trece prin așa ceva în viață, Gustav. Așa că te rog, te implor, dragul meu prieten, să nu mă mai lași să ajung acolo.

— De ce-aș face-o? a întrebat Gustav, trăgându-l cu o forță pătimașă pe Anton mai aproape de el. Dacă ne-am lua viața de la început, nu te-aș mai scăpa din ochi.

Adriana locuia cu Gustav și Anton. Primise o cameră mare cu baie în partea din spate a casei, cu ferestre spre coasta dealului. Gustav se temea ca această încăpere să nu fie prea întunecoasă, dar Adriana a zis:

— Uneori este, dar nu mă deranjează, Gustav. Nu mă deranjează deloc. Tu și Anton aveți nevoie de lumina soarelui, încă vă trebuie acea lumină albă. Dar eu sunt fericită cu ierburile și florile sălbatice care îmi cresc la fereastră. Când ești bătrân, umbra poate fi o alinare.

Expediaseră aici, de pe Fribourgstrasse, cam toată mobila Adrianei, inclusiv pianul cu coadă, la care Gustav îl auzise pe Anton cântând *Für Elise* atât de demult. La început, imediat după ce se mutaseră împreună, Anton nu voise nici să se apropie de el. Spunea că nu credea c-o să mai cânte vreodată, fiindcă asta îi amintea de atât de multe lucruri care îl chinuiseră în viață.

Pianul se dezacordase, iar Gustav a întrebat-o pe Adriana dacă n-ar trebui să se descotorosească de el. Însă ea a zis:

— Nu. Nu încă. Pentru că dacă facem asta o să rămână un mare loc gol în cameră, iar Anton o să se uite la gol într-o zi și-o să-și amintească că acolo a fost cândva ceva frumos.

Într-o dimineață de vară, când s-a trezit, Gustav a văzut că Anton nu era în pat, dar se auzea niște muzică: Anton cânta la pian.

Gustav s-a furișat până la ușă, a ascultat și a zărit-o și pe Adriana, ascultând și ea, de cealaltă parte a încăperii mari.

Lucrarea pe care o cânta Anton începuse cu niște acorduri bogate, sonore, iar acum trecuse la un alt motiv, cântat *allegro vivace*, care l-a făcut imediat pe Gustav să se gândească la imaginea unui pârâu iute, ce curge peste pietre și crengi căzute în apă, apoi încetinește treptat, dar își păstrează energia și avântul, de parcă și-ar fi găsit un făgaș mai liniștit și acum poate curge în continuare, neîmpiedicat de nimic, către mare.

Anton nu părea să fie conștient că este ascultat de cineva. Își ținea trupul în poziția obișnuită, înclinat și îndepărtat de clape, iar Gustav vedea pe chipul lui o expresie de mare bucurie.

Mai târziu, când cei trei luau micul dejun pe balcon, Adriana a zis:

— Trebuie să acordăm pianul, Anton. Dar ce era lucrarea aceea pe care o cântai azi-dimineață? Mi s-a părut minunată.

— Ah, a răspuns Anton, e doar o bucată pe care am compus-o la Geneva. Am scris-o într-o noapte cumplită, când am înțeles toate cotiturile greșite din viața mea și unde mi-aș fi dorit să fiu. Nu e gata, după cum vă puteți da seama, dar s-ar putea să încep să lucrez iarăși la ea. Se numește *Sonata Gustav*.

Mulțumiri

Mulțumirile și recunoștința mea cărții *Switzerland Unwrapped: Exposing the Myths*, de Mitya New (I.B. Tauris, Londra, 1997), căreia îi rămân îndatorată pentru că mi-a dezvăluit povestea lui Paul Grueninger, polițist-șef în cantonul St. Gallen în 1938, așa cum a fost ea redată de fiica lui, Ruth Rhoduner. Unele detalii din această poveste au fost folosite la construirea vieții imaginare a tatălui lui Gustav, Erich Perle.

Mai doresc să mulțumesc și micii, dar eroicei, trupe de „primi cititori", ale căror comentarii și sugestii m-au ajutat să șlefuiesc cartea, de la prima ciornă până la manuscrisul final: Vivien Green, Penny Hoare, Clara Farmer, Gaia Banks, Jill Bialosky, Roger Cazalet, Neel Mukherjee, Richard Holmes și mai ales Bill Clegg, a cărui intervenție perspicace a ajutat la transformarea unui dovleac într-o caleașcă.

R.T., 2015

Cuprins

PARTEA ÎNTÂI

PARTEA A DOUA

PARTEA A TREIA

La prețul de vânzare se adaugă 2%,
reprezentând valoarea timbrului literar.

În colecția **Raftul Denisei** au apărut

Jim Fergus, *Amintirea dragostei*
Dario Fo, *Fiica papei*
Dave Eggers, *O hologramă pentru rege*
Marguerite Yourcenar, *Povestiri orientale*
Ludmila Ulițkaia, *Imago*
J.M. Coetzee, *Epoca de fier*
Mo Yan, *Femeia cu buchetul de flori și alte povestiri*
Jeanette Winterson, *O paranteză în timp*
Howard Jacobson, *Shylock este numele meu*
Kenichi Yamamoto, *Enigma Rikyū*
Thomas Mann, *Alteță regală*
Yu Hua, *În viață*
David Foenkinos, *Potențialul erotic al soției mele*
Ismail Kadare, *Firmanul orb*
Alain de Botton, *Ce se întâmplă în iubire*
Kate Morton, *Casa de lângă lac*
Jeanette Winterson, *Scris pe trup*
Care Santos, Francesc Miralles, *Cel mai frumos loc din lume e chiar aici*
Vesna Goldsworthy, *Marele Gorsky*
Lisa Strømme, *Fata cu fragi*
Adrien Bosc, *Constellation*
Anne Tyler, *Scorpia*
Djuna Barnes, *Pădurea nopții*
Yukio Mishima, *Amurgul marinarului*
Nikos Kazantzakis, *Fratricizii*
Evgheni Vodolazkin, *Aviatorul*
Tom Rachman, *Creșterea și decăderea marilor puteri*
Nicole Krauss, *Istoria iubirii*
Jonathan Safran Foer, *Iată-mă*
Aris Fioretos, *Mary*
Priya Parmar, *Vanessa și sora ei*
J.M. Coetzee, *Viața și vremurile lui Michael K*
Sara Gruen, *La marginea apei*
Romain Gary, *Clar de femeie*

Marguerite Yourcenar, *Alexis sau Tratat despre lupta zadarnică. Lovitura de grație*
Jim Fergus, *O mie de femei albe*
Catherine Cusset, *Celălalt pe care-l adoram*
Francesc Miralles, *Iubire cu „i“ mic*
Dario Fo, *E-un rege nebun în Danemarca*
Jessie Burton, *Muza*
Yasushi Inoue, *Favorita*
Eshkol Nevo, *Trei etaje*
Yu Hua, *Cronica unui negustor de sânge*
Colson Whitehead, *Ruta subterană*
Margaret Atwood, *Pui de cotoroanță*
Carmen Domingo, *Gala-Dalí*
Kyung-sook Shin, *Dansul privighetorii de primăvară*
J.M. Coetzee, *Dezonoare*
Alessandro Baricco, *Castele de furie*
Jon Krakauer, *În sălbăticie*
Melanie Benjamin, *Lebedele de pe Fifth Avenue*
Care Santos, *Jumătate de viață*
Jon Krakauer, *În aerul rarefiat*
Catherine Banner, *Casa de la Marginea Nopții*
Guzel Iahina, *Zuleiha deschide ochii*
Sarah Dunant, *În numele familiei*
David Mitchell, *Visul numărul 9*
Antoine Laurain, *Pălăria Președintelui*
Anthony Burgess, *Omul din Nazaret*
Yukio Mishima, *Viață de vânzare*
Ismail Kadare, *Păpușa*
A Cheng, *Cei trei regi*
J.M. Coetzee, *Zilele de școală ale lui Isus*
António Lobo Antunes, *Pe râurile ce duc...*
Francisc Miralles, *Wabi-Sabi*
George Saunders, *Lincoln între vieți*
Tracy Chevalier, *Băiatul cel nou*
Etgar Keret, *Și, deodată, cineva bate la ușă*
Alessandro Baricco, *Această poveste*
Yasunari Kawabata, *Țara zăpezilor*
Marguerite Yourcenar, *Obolul visului. Poveste albastră*
Hanif Kureishi, *Intimitate și alte povestiri*

Arundhati Roy, *Dumnezeul lucrurilor mărunte*
Christoph Ransmayr, *Cox sau Mersul timpului*
Anna Hope, *Sala de bal*
Yasunari Kawabata, *Povestiri de ținut în palmă*
J.M. Coetzee, *Scene de viață provincială*
François-Henri Désérable, *Un anume domn Piekielny*
Romain Gary, *Promisiunea zorilor*
Yōko Ogawa, *Suspine tandre*
Lorenzo Marone, *Tentația de a fi fericit*
Boualem Sansal, *Satul neamțului sau Jurnalul fraților Schiller*
Ludmila Ulițkaia, *Scara lui Iakov*
Robert Musil, *Omul fără însușiri*
Heather Morris, *Tatuatorul de la Auschwitz*
Nikos Kazantzakis, *Grădina de piatră*
Dario Fo, *Ca din întâmplare, femeie. Regina Cristina a Suediei*
Ismail Kadare, *Palatul Viselor*
Ludmila Ulițkaia, *Soniecika. Înmormântare veselă. Minciunile femeilor*
Hanif Kureishi, *Nimicul*
Kurt Vonnegut, *Bun venit printre maimuțe*
Ann Pattchet, *Comuniune*
Kate Morton, *Fiica ceasornicarului*
Paula McLain, *Hemingway și cu mine*
Maja Lunde, *Istoria albinelor*
Nikolai Leskov, *Pelerinul vrăjit*
Didier Decoin, *Biroul pentru Grădini și Iazuri*
J.M. Coetzee, *Ținuturi în crepuscul*
Mo Yan, *Un lup atârna în cais, cu capul în jos*
Ludmila Ulițkaia, *Al dumneavoastră sincer, Șurik*
Vesna Goldsworthy, *Monsieur Karenin*
Jo Nesbø, *Macbeth*
António Lobo Antunes, *Până ce pietrele vor deveni mai ușoare ca apa*
Yi In-Hwa, *Imperiul fără de sfârșit*
Arundathi Roy, *Ministerul fericirii supreme*
Michel Houellebecq, *Serotonină*
Romain Gary, *Dincolo de limita aceasta biletul își pierde valabilitatea*
Ismail Kadare, *Mesagerii ploii*
Ryūnosuke Akutagawa, *Paravanul-Iad și alte povestiri*
Rose Tremain, *Sonata Gustav*